명사의 초대

이름을 불러 삶을 묻는다

김경집 산문

교유서가

최혜원과 김민성에게

명사를 초대합니다 9

명사를 초대합니다

하루에도 수많은 낱말을 쓰고 그보다 훨씬 더 많은 낱말을 만난다. 낱말을 기능, 형태, 의미에 따라 나눈 갈래가 품사다. 국어에는 9개의 품사, 영어에는 8개의 품사가 있다. 그 가운데 우리가 가장 많이 쓰고 듣고 읽는 품사는 단연 명사다. 명사는 사물의 이름을 나타내는 품사다. 아이가 태어나서 가장 먼저 배우는 품사도 명사다. '맘마' '엄마' '아빠' 등의 낱말부터 듣고 배운다. 글자를 배우는 것도 명사부터 시작한다. '강아지' '모자' '자동차' 등의 글자를 '그림'과 함께 적어놓은 도표를 벽에 붙여놓고 하나씩 배운다. 그렇게 우리는 낱말을 익힌다. 명사에서 시작해서 다른 품사들로 확장하면서 성장한다. 수많은 명사가 있다. 그리고 계속해서 수많은 명사들이 만들어진다. 다른 품사에서는 새롭게 생성되는 게 별로 없지만 명사는 무한하게 신조된다.

내가 살아오면서 얼마나 많은 명사들을 배우고 듣고 썼을까? 그런데 너무 흔해서 그런지 정작 명사에 별 관심이 없다. 당연하게 여긴다. 하지만 그 이름 안에 담긴 건 생각보다 옹골차다. 인간의 역사는 계속해서 새로운 명사를 만들어내며 성장하고 발전했다. 더 많은 명사를 손에 쥐기 위해 싸웠다. 어떤 명사는 형태를 갖고 있고 어떤 명사는 형태는 없지만 더 많은 의미를 담기도 한다. 예를 들어 '명예'나 '신념' 등의 명사는 손에 잡히지는 않지만 우리의 머리와 가슴 속에서 묵직한 자리를 차지한다. 때로는 그것을 얻기 위해, 지키기 위해 목숨을 터럭처럼 버리기도 한다. 그러므로 인간의 역사는 명사의 역사다. 어느 날 명사를 하나하나 소환해봤다. 끝도 없다. 나이들어가는 만큼 명사의 나이테도 늘어간다. 우선 내게 가까이 있는 명사들을 초대해봤다. 만년필, 종이, 컴퓨터, 명함 등 셀 수 없이 찾아왔다. 이번에는 집안에 있는 것들을 찾아봤다. 창문, 의자, 접시, 액자 등 생각보다 많은 명사들이 집을 가득 채우고 있음을 깨달았다. 그다음 집밖으로 찾아 나섰다. '눈에 보이는 모든 것'이 명사들이다. 아, 나는 명사의 바다에서 살고 있는 것이구나. 일렁이는 파도도 명사고 바다도 명사네. 관념을 나타내는 명사도 초대했다. 그런데 일단 손에 잡히고 눈에 띄는 친구들 먼저 앉히라고 양보한다. 제법 예의도 알고 품위도 있는 녀석들이다. 이른바 추상명사들이다. 아이들이 이 명사들을 만나게 되면서 인생의 새로운 면목들을 알게 될 것이다.

그냥 스쳐가던 명사들에 초대장을 보내어 불러 말을 걸고 그들의 이야기를 들었다. 할말이 꽤 많았고 들어야 할 이야기도 제법 다양했다. 어떤 것들은 과거부터 만나왔고 어떤 것들은 어느 틈에 서서히 사라지고 있는, 미처 작별인사도 나누지 못한 채 이미 멀어진 이름들도 있었으며, 어떤 것들은 지금 부지런히 쓰고 있으면서도 정작 그것들의 생로병사에 대해서 별생각도 없이 썼던 이름들이 있었다. 또다른 어떤 것들은 새로 나타난 이름들인데 마치 오래전부터 익숙하게 알았던 것처럼 느낄 만큼 일상에 깊숙하게 들어온 이름들도 있었다. 그 다양함과 변화만큼 내 삶도, 우리의 사회도 그렇게 변해간다. 때론 발전이라는 이름으로, 때론 추억이라는 이름으로.

나보다 내 아이들은 더 많은 명사들을 만나게 될 것이고 손녀와 손자는 제 부모보다 몇 배 더 많은 새로운 명사들을 만나게 될 것이다. 그때마다 무심하게 지나지 않고 그 명사들에게 말을 걸고 이야기를 듣기도 하면서 살아가면 좋겠다. 사물의 이름은 단순히 명사의 일부가 아니라 나와 관계를 맺고 내 삶에 작용하며, 앞으로도 내 삶과 세상을 이어줄 소중한 이름들이다. 명사를 초대하는 건 단순하게 낱말을 초대하는 게 아니라 세상과 삶을 이어주는 일종의 매파媒婆의 일이다. 좋은 관계로 서로 보듬고 살 수 있기를 꿈꾸면서, 그런 초대장을 하나씩 만들어 여러 명사들에게 보내는 것도 즐거운 일이 되지 않을까? 그 초대장이 세대를 넘어 자녀를 통해 손녀, 손자에게까지 전해지기를 소망하면서. 나는 오늘도 명사에게 초대장을 보낸다.

2020년 9월 27일
초대장을 쓴 김경집

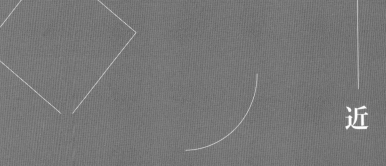

근

近

오르골

orgel , 自鳴琴

태엽을 감는다. 곧이어 그 태엽이 풀리면서 영롱한 노래를 토해낸다. 작은 상자 위에서 발레리나가 빙글빙글 춤을 춘다. 앙증맞은 물건이다. 모양도 예쁘다. 우리에겐 흔한 물건이 아니어서 때론 낯설고 이국적이라 귀뿐 아니라 눈길도 끌린다. 오르골, 일정한 음악이 자동으로 연주되는 음악 완구. 한자로는 자명금自鳴琴이라고 부르기도 한다. 이제는 '고유한 보통명사'처럼 쓰이는 오르골이라는 낱말은 엄밀하게 따지면 국적불명의 언어다. 영어도 아니고 네덜란드어에서 유래한 말이다. 손으로 돌려 소리 내는 오르겔orgel이 네덜란드 상인들을 통해 일본에 전해지면서 일본식 발음 오르골로 변형된 것이다. 영어로는 'music box'라고 한다.

본디 오르골은 완구가 아니라 중세 때 시계탑에서 시간을 자동으로 알려주는 신호음으로 고안된 것이다. 지금도 유럽

15

여행을 가보면 시청 앞 광장의 시계탑에서 정시마다 아름다운 선율이 울리는 게 바로 그 원형이다. 처음에는 수동으로 종을 쳐서 시각을 알렸지만 1381년 브뤼셀에서 자동으로 멜로디를 연주하는 게 발명되었다. 당시에는 '카리용carillon'으로 불렸다. 이 자동연주기를 점차 소형화시키면서 오늘날의 오르골이 탄생했다고 한다. 오르골은 1770년경 유럽의 귀족들 사이에 유행되어 담배 케이스나 콤팩트, 그리고 인형 상자 등에 장식되면서 귀족들의 사치품처럼 퍼졌다.

시계 역할을 했던 카리용에 태엽장치가 고안되고 빠르게 발전하면서 18세기 말에 드디어 시계공에 의해 최초의 오르골이 만들어진 건 어쩌면 자연스러운 과정이겠다. 카리용이 광장이나 교회의 시계와 종에서 비롯되었으니 오르골이 스위스의 시계 장인 앙투안 파브르Antoine Favre에 의해 만들어진 건 우연이 아니다. 오르골은 실용적인 자명종의 시끄러운 벨을 아름다운 음악으로 대신하면서 선풍적인 인기를 끌었다. 그렇게 해서 오르골은 스위스의 기간산업으로까지 발전했고 중국으로도 전해져 널리 유행했다. 하지만 오르골의 전성기는 에디슨이 축음기를 발명하면서 끝났다. 게다가 1차 대전의 공포와 전후에 이어진 경제 대공황은 그런 사치를 누릴 여유 자체를 몰아냈다.

아이러니하게도 오르골의 유행을 부활시킨 건 2차대전이었다. 유럽에 주둔한 미군들 사이에서 선풍적 인기를 얻으면서 오르골 산업이 부흥한 것이다. 그리고 그 부흥의 결실을 구체적인 사업으로 만든 게 일본이었다. 1950년대 일본에서 소형 오르골이 대량 생산되면서 스위스 중심의 오르골 산업은 일본으로 넘어갔다. 지금도 일본에 가면 여러 도시에서 오르골 전문점과 박물관을 쉽게 찾을 수 있다. 몇 해 전 일본 여행중에 작은 도시에서 1, 2층 전체가 오르골만 파는 전문 가게를 찾은 적이 있다. 초소형 오르골부터 초대형 오르골까지 그야말로 '오르골의 A to Z'를 맛볼 수 있었다. 영화 〈러브레터〉의 배경인 홋카이도 삿포로의 위성도시 오타루는 '오타루오루고루(오르골의 일본식 발음)도'라는 오르골 회사가 들어서면서 일본에서 가장 유명한 오르골 생산지로 급부상했다.

일본인들의 독특한 오르골 사랑은 많은 영화나 드라마에서 단골 소재로 등장한다. 영화 〈비밀의 화원〉에서도 아일랜드 민요인 〈푸른 옷소매〉 곡이 나오는 오르골이 소품으로 중요한 역할을 하고 애니메이션에서도 즐겨 사용한다.

또한 중요한 과거를 소환하는 장치로 쓰이거나 미래의 중요한 사건에 대한 복선이 되기도 한다. 그런 영화를 볼 때마다 '소리'와 '완구'의 결합이라는 오르골의 독특한 위상이 새삼 확인된다. 오르골은 주어진 멜로디 하나만 연주할 수 있다. 주크박스처럼 다양한 곡을 내장한 독특한 오르골이 없는 건 아니지만 그건 특수한 경우에 불과하다. 늘 같은 멜로디만 반복하는 게 지루할 만한데 이상하게도 오르골에는 그 제한을 벗어나는 특권이 있는 듯하다. 그 소리가 영롱하기 때문만은 아닐 것이다.

오르골을 고를 때 모양만으로 선택하지 않는다. 그 오르골의 노래도 중요한 고려사항이다. 여러 곡도 아니고 단 한 곡만을 담고 있으니 들을 때마다 지루하지 않으며 자신의 감정을 회복할 수 있는 곡이어야 한다고 생각하기 때문이다. 그러니 그 곡은 일종의 자신의 주제가와 같다. 어쩌면 오르골의 매력 가운데 하나가 그것이 아닐까?

대개의 오르골이 하나의 곡만을 연주한다는 것만으로도 특별할 수 있다. 오르골과 나, 그리고 그것을 연결해주는 '하나의' 멜로디. 그 일관된 결합과 충성도는 그 어디에서도 찾기 어렵다. 오르골과 나의 관계에 그치지 않는다. 그것을 선물로 받았다면 준 사람과의 관계도 늘 소환하기 때문이다. 오르골 태엽을 돌릴 때마다 그 사람을 기억할 테니 선물로 이만한 것도 찾기 쉽지 않겠다. 그러니 오르골의 모양이 예쁘다고 해서 덥석 고를 일이 아니다. 나의 주제가는 무엇일까? 여러 오르골의 태엽을 감고 들어보는 멜로디 가운데 어떤 곡이 나의 마음을 가장 살갑게 이끌어내는지 골라보는 것도 즐거운 일이다. 일본의 오르골 전문점에서 여러 가지 오르골의 태엽을 감으면서 들어보던 그 경험이 지금도 새록새록 떠오른다.

오르골은 충성스럽다. 오직 하나의 노래만 연주하지만 대신에 일관적이다. 마음이 흔들릴 때 오르골을 들으면 초심을 되살릴 수 있는 건 그런 일관성이 주는 매력 때문이다. 나는 누군가에게 어떤 오르골일까? '사랑한다'는 말은 너무 흔해서 진부한 말이 되기 쉽다. 그러나 그 말을 넘는 말을 찾을 수 없다. 아무리 반복해도 '사랑해'라는 말은 지루하지 않다. 누군가 내 태엽을 감으면 그에게 '사랑해'라는 멜로디를 충성스럽게 고백하는 오르골이라면 허튼 삶은 아닐 것이다. 조용히 오르골의 태엽을 감아본다. 오르골의 음악이 지겹지 않은 건 노래가 짧아서가 아니라 자신을 표현하는 노래라고 여기기 때문이다. 오르골은 반복적으로 그걸 상기시켜준다.

신용카드

credit card , 信用卡

밖에 나왔는데 지갑을 집에 두고 온 경우가 가끔 있다. 낭패다. 그러나 이제는 큰 낭패는 아니다. 예전에는 곤혹스러웠지만 이제는 휴대전화에 저장된 화폐(휴대전화 커버에 꽂았거나 휴대전화에 앱으로 저장해놓은)가 있기 때문이다. 이 새로운 화폐는 바로 신용카드다. 고객의 신분과 계좌를 확인해주는 이 작은 플라스틱 조각은 언제 어디에서나 지갑의 역할을 완벽하게 대신한다. 이제는 신용카드가 없으면 여간 불편하지 않다. 교통카드 기능까지 첨가되어 대중교통을 이용할 때는 필수적이다.

　이 카드는 언제 어디에서 시작되었을까? 최초로 신용거래를 했던 사람들은 바빌로니아인과 로마인이었다. 중국에서도 일찍부터 어음이라는 일종의 신용거래 방식이 많이 쓰였다. 바빌로니아인들은 물건을 사고팔 때 혹은 서로 교환할 때 상품의 종류와 양이 표시된 점토 조각을 이용했다. 로마인들은 대부와 대출의 방식을 채택했다. 근대에 영국에서는 할부 판매인들이 막대기나 신표에 거래 내역을 새기면서 할부판매를 시행했다. 유럽에서는 1880년대, 미국에서는 1920년대에 처음으로 신용카드를 발급했다고 하지만 그것은 일정 기간 지급을 유예시키고 그 이후에 대금을 지급하는 방식이었을 뿐 현재와 같은 카드는 아니었다. 그리고 그것은 일정한 관계를 기반으로 소매점, 석유회사, 호텔 등에서 상인들이 자기 고객에게 발행하는 것이었다.

오늘날 우리가 사용하는 방식의 신용카드는 미국에서 시작되었다. 1950년 해밀턴 크레딧 코퍼레이션 사장인 프랭크 맥나마라Frank McNamara는 어느 날 사무실에 지갑을 두고 온 걸 까맣게 잊고 변호사와 친구들과 함께 뉴욕 맨해튼의 한 식당에서 음식을 먹었다. 현금이 없어서 어쩔 수 없이 외상 처리한 그는 나중에 그 음식점에 다시 가서 직접 만든 '다이너스클럽'이라는 카드판을 내밀고는 앞으로는 식사 때 거기에 사인을 하고 나중에 한꺼번에 지불하겠다고 제안했다. 그가 워낙 믿을 만한 사람이었기에 식당 주인이 그 제안을 받아들였고 그렇게 신용카드의 역사가 시작되었다고 한다. 이날 함께 식사했던 세 사람은 다이너스클럽을 설립했고 친지와 친구 200여 명에게 카드를 나눠주었으며 그 카드를 받아들인 식당도 14개로 시작해서 27개로 늘었다. 그게 바로 시티그룹의 '다이너스카드'의 시작이었다. 왜 그 카드의 이름이 '다이너스Diners'인지 궁금증은 그렇게 풀렸다. 처음에 만들어진 신용카드는 종이였다. 회원사 식당은 거래 때마다 7퍼

22

센트의 수수료를 지불해야 했고 고객들은 3달러를 연회비로 납부했다. 회원이 늘면서 수입도 많이 생겼지만 불행히도 맥나마라는 그게 일시적인 유행이라 여기고 동업자들에게 다이너스클럽 지분을 20만 달러에 넘겼다. 아마 훗날 땅을 치고 후회했을 것이다. 아메리칸 익스프레스가 1958년에 이 사업에 뛰어들었고 나중에 비자VISA가 된 뱅크아메리카드BankAmericard가 뛰어들면서 플라스틱 머니의 시대가 열렸다.

외상 거래는 신용이 바탕이 되어야 한다는 점에서 이것은 일종의 외상 거래인 셈이다. 신용은 사람을 신뢰 혹은 신임한다는 것이고 인간관계에서, 특히 사회생활에서 필수적이다. 신용이 있으면 당장 돈을 지불하지 않더라도 결제를 믿을 수 있기 때문에 재화와 용역을 제공한다. 당연히 신용 있는 사람은 나중에 그것을 계산한다. 이것은 경제를 활성화하는 데에 큰 역할을 한다. 자본주의 사회에서 신용거래가 중요한 역할을 한다는 점에서 신용카드는 자본주의의 꽃이라고 할 수 있다. 상품의 생산과 유통은 더 커지고 이익이 증가함에 따라 그 이익을 나누는 사람이 많아지고 그 사람들이 다시 소비할 수 있는 능력이 커지면 구매가 증가한다.

그러나 신용카드는 약이 되기도 하지만 독이 되기도 한다. 물건을 구매할 때 지갑에서 돈을 꺼내서 지불하면 머뭇거리게 되지만, 신용카드는 당장 내 손에서 돈이 빠져나가는 것을 실감하지 못하게 하면서 충동구매와 그로 인한 경제적 곤경에 처하게 만든다. 그래서 카드 결제일이 되면 전전긍긍하거나 카드로 신용대출을 받아 '돌려막는' 일을 몇 차례 반복하다보면 경제 상황이 악화되거나 심한 경우 파산에 이르기도 한다. 그래서 분수에 맞는, 계획에 따른 경제생활을 위해 신용카드 사용을 자제하거나 심지어 잘라버리기도 한다.

내 기억에 나의 최초의 신용카드는 1980년대 후반 결혼 즈음이었다. 당시에는 백화점 카드를 만들 때도 까다로웠다. 당연히 신용카드는 신분과 직업이 확실하고 어느 정도 은행 잔고가 있어야 발행해줬다. 그러니 신용카드는 사회적 위치를 과시할 수 있는 일종의 신분 카드 역할도 했다. 하지만 나중에는 몸집을 불리기 위해 카드회사들이 경쟁적으로 무분별하게 카드를 발행했다. 심지어 길에서 행인들을 붙잡고 카드 가입을 강권하기도 했다. 1987년 정부는 '신용카드업법'을 만들어 신용카드 업종의 육성과 소비자금융 활성화를 꾀했다. 업무영역도 대폭 확대시켜서 회원들의 일상생활 전반에 신용생활의 편의를 극대화시키도록 권장했다. 한 사람이 열 개 정도의 신용카드를 소유하는 일도 다반사였다. 1996년 신용카드 가입 회원은 약 240만 명에 달했다. 그러나 곧이어 1997년 외환위기로 촉발된 IMF사태를 겪으면서 무분별한 카드 사용이 경제의 발목을 잡았고 카드회사들도 줄줄이 쓰러졌다.

신용카드는 편리하다. 해외에서도 간편하게 쓸 수 있다. 그러나 사치와 낭비를 조장할 뿐 아니라 위조와 해킹 등의 위험에 노출되는 경우도 많다. 컴퓨터와 스마트폰을 이용해 인터넷쇼핑을 할 때 결제 단계에서 보안장치를 요구하는 것도 그 때문이다. 어차피 이제는 이 카드의 사용을 포기할 수 없다. 그렇다면 어렸을 때부터 자연스럽게 합리적인 사용과 위험성 등에 대해 학습하는 과정을 채택해야 하지 않을까. 어쩌면 언젠가는 플라스틱은 사라지고 개인의 몸에 내장하고 그것을 읽어내는 방식으로 진화할 것이라는 예측도 있다. 그럴수록 우리는 실제 돈은 받지도 주지도 만지지도 못한 채 살아갈지 모르겠다.

돈의 '형태'는 끊임없이 변할 것이다. 그러나 그 형태에 담겨 있는 돈의 힘은 조금도 변하지 않을 것이고 오히려 더 강해질 것이다. 신용카드는 편리한 화폐지만, 신용카드에 내 모든 경제활동이 철저하게 기록됨으로써 누군가 나를 들여다볼 수 있기 때문에 사생활 보호에 문제가 되기도 한다. 물론 잘 관리하면 지출내역을 일일이 기록하지 않아도 대신 기록해주기 때문에 나중에 한꺼번에 검토할 수 있는 장점도 있지만. 그러니 어렸을 때부터 신용카드를 어떻게 현명하게 사용할 것인지 가르쳐야 한다. 무조건 '엄카(엄마카드)'의 위력만 발휘할 게 아니라.

중국에서는 카드를 '卡카'라는 신조어로 만들었다. 신용카드는 '信用卡'라고 하지만 일반적으로 '卡'로 쓴다. 카드 계산할 때 위에서 아래로 긁기 때문에 이 글자를 쓰는 듯하다. 참 재미있는 발상이다. 나는 오늘도 지갑을 두고 나왔다. 그러나 당황하지 않는다. 플라스틱 머니가 있으니까. 든든한 녀석이다. 나중에 한꺼번에 돈 내놓으라고 호통치는 고약한 녀석이기는 하지만. 그래서 일찍이 러시아 사람들은 이런 속담을 만들었을 것이다. "남의 돈에는 날카로운 이빨이 숨겨져 있다." 카드가 신용이 아니라 내가 신용 되는 것이 제대로 된 삶이다.

가스레인지

gas range

,

燃气灶

저녁도 먹었는데 밤늦게까지 잠을 못 자거나 일해야 하는 경우 속이 헛헛한 때가 있다. 잠시 망설이게 된다. 뭘 먹자니 속이 부담스럽고 먹지 않자니 배가 허전하다. 잠깐 갈등하다 냄비에 물을 받는다. 그러고는 간단하게 가스레인지에 불을 붙인다. 어쩌다 그런 때가 있다. 고민과 갈등의 값을 치렀고 다음날 어떤 결과를 맞을지 모르지만 어쨌거나 그런 밤참 라면의 맛은 끝내준다. 가스레인지가 기특하다. 나는 이상하게도 가스레인지를 볼 때마다 숲이 생각난다. 조금은 엉뚱하고 논리적 비약이 끼어드는 연상이지만 내겐 그렇다. 숲과 불은 상극이라 더더욱 이상한 조합인데도 말이다.

박정희 정권은 쿠데타로 집권했고 3선개헌으로 헌법을 농락했으며 유신헌법으로 민주주의와 정의를 유린했다는 점에서 비난을 면할 수 없다. 물론 경제발전과 중화학공업으로

27

의 대변신 등 허물과 버금가는 공을 지닌 것 또한 부인할 수 없다. 그 사람만큼 공과 과가 크면서 동시에 엇비슷한 인물도 찾기 드물 것이다. 그가 한 업적 가운데 하나가 산림녹화 사업이다.

민둥산이 예사였던 시절이 있었다. 마구잡이로 벌목하여 큰비라도 내리면 산사태가 나고 가물면 그대로 먼지 바닥을 드러냈다. 산을 푸르게 해야 한다는 정책은 당연하고 옳았다. 물론 군사정권답게 매우 강압적이었다. 당시 공휴일로 지정된 식목일에는 산에 나무를 심어야 했고 관리에 대한 책임이 엄격하여 나무가 잘 자라는지 감시해야 했다. 행여 허가 없이 나무를 베면 형사처벌까지 받았다. 심지어 자기 소유의 산에서도 마음대로 나무를 베지 못했다. 그렇게 철저한 정책과 시행 덕분에 오늘날 세계에서 모범사례로 꼽는 산림녹화가 이루어졌다.

맞는 말이다. 그러나 산림녹화가 성공할 수 있었던 건 전적으로 그런 정책 때문만은 아니었다. 그 본질은 다른 데에 있다. 왜 나무를 마구 베었을까? 땔감으로 써야 했기 때문이다. 시골의 장터에는 '나무시장'이 따로 있어서 땔감만 전문으로 팔았다. 그러니 산에 나무가 자랄 수 없었다. 나뭇잎까지 싹싹 긁어다 태웠으니 거름이 될 틈도 없었다. 그런 악순환이었다. 그런데 연탄이 출현했다. 이전에도 연탄은 있었지만 대개 시골에서는 나무를 땠는데, 연탄이 널리 보급되면서 나무를 쓰는 아궁이가 빠르게 사라졌다. 베가는 사람이 없으니 나무가 자랄 수 있었고 산은 울창한 숲으로 변화하기 시작했다. 그게 핵심 포인트다.

연탄아궁이가 취사와 난방을 대부분 감당할 때는 연탄 가격이 물가의 중요한 지표가 되기도 했다. 연탄은 타는 시간이 제한적이어서 시간에 맞춰 갈아줘야 하는 불편함이 있을 뿐 아니라 부엌과 일상 주거 공간을 분리시키고 무엇보다 연탄가스 중독의 위험도 도사리고 있어서 여러 가지로 불편한 점이 많았지만 대안이 없었다. 연탄은 산림녹화의 혁혁한 공을 세우고 서서히 퇴장했다. 1970년대 들어 아파트가 일반화되고 1980년대 들어서면서 연탄을 사용한 주방과 난방이 본격적으로 변화하기 시작한 것이다. 가스레인지의 시대가 열렸다.

영어권에서 대개 쿠커 또는 가스스토브(우리나라에서는 가스난로의 뜻으로 쓰는 경우가 많지만)라 부르는 가스레인지는 가스를 연료로 음식을 조리하는 기구다. 오븐이 딸린 것도 있고 생선이나 고기를 구울 수 있는 작은 공간이 확보된 것도 있으며 가스 토출구만 있는 단순한 형태도 있다(전자레인지는 고주파로 가열하는 조리 기구다). 가스레인지가 처음 개발된 건 1825년이지만 1836년에 처음으로 공장에서 생산되었다. 그러나 가스배관망이 설치되지 않아 오랫동안 보급이 늦어졌다가 가스 공급이 쉬워지면서 보편적으로 쓰이기 시작했다. 한국에서도 가스레인지의 보급은 가스 공급과 밀접하게 연관된다. 1967년 LPG 용기가 처음 국산화되면서 일본에서 부품을 수입해서 조립생산하기 시작했다. 린나이코리아는 일본 린나이와 합작해서 만든 조립생산회사였다. 우리나라에서 가스레인지가 자체적으로 본격 생산되기 시작한 것은 1985년부터였다.

아파트에서 연탄을 사용하는 건 여간 번거로운 일이 아니었다. 연탄을 올리는 것도 재를 버리는 것도 힘들었는데 집에 가스배관만 달면 가스레인지를 쉽게 쓸 수 있어서 빠른 속도로 확산되었다. 처음에는 주로 LPG 용기를 아파트 복도에 두고 쓰다가 도시가스 공급망이 갖춰지면서 훨씬 더 편리하게 사용할 수 있게 되었다. 최근에는 비흡연 여성이 폐암에 걸리는 원인 가운데 하나가 주방에서 가스레인지의 가스에 자주 그리고 오래 노출되었기 때문이라는 설이 퍼지면서 인덕션으로 바뀌고 있는 추세이기는 하지만 여전히 가스레인지의 위상은 강력하다. 시간 맞춰 연탄을 갈아야 할 것도 없고 계속해서 화력을 유지해야 할 필요도 없는 가스레인지는 주방을 혁명적으로 바꿔놓았다. 가스레인지 덕분에 겨울에 많은 생명을 앗아갔던 연탄가스중독 사고도 크게 줄었다. 이제는 연탄은 쓰는 집이 거의 없고 간간이 연탄구이 전문 식당에서나 쓰고 있는 정도로 명맥을 유지하고 있다.

숲과 가스레인지를 연관 짓는 진짜 주인공은 연탄이다. 그렇게 취사 난방을 바꾼 연탄이 진화(?)해서 가스레인지가 자리잡았고 그즈음에 숲은 완전히 살아나 등산로를 제외하곤 밀림처럼 빼곡해졌다. 예전에는 간벌 허가 받기도 힘들었지만 이젠 지원금까지 받는 세상으로 바뀌었다. 미국에서 세탁기의 도입이 삶의 방식을 크게 바꾼 것처럼 우리의 연탄과 가스레인지도 그랬다.

사람이 간사한 게 예전에는 그 불편함을 어떻게 견디며 살았나 싶다. 그러나 그때는 아무렇지도 않게 살았다. 물론 그때도 나무아궁이를 쓰는 사람들은 연탄아궁이를 선망했을

것이다. 땔감은 주거공간과 음식공간을 분리시킨다. 나무아
궁이건 연탄아궁이건 난방과 취사는 분리된 부엌에서 해야
했다. 조리된 음식을 일일이 방으로 나르는 것도 일이었다.
그래서 어떤 집은 부엌과 방 사이에 작은 간이문을 내서 부
엌에서 곧바로 방으로 편하게 나를 수 있었다. 어렸을 때 눈
을 뜨면 부엌으로 쪼르르 달려가 엄마 품에 안겼을 때 치마
에 담겼던 음식 냄새가 살가웠다. 그게 아침을 여는 신호 같
았다. 엄마가 선물처럼 달걀프라이 반쪽을 내 입에 넣어주던
재미 때문만은 아니었다고 우기고 싶다. 그때 그 부엌의 총
독이던 엄마가 그립다. 그 부엌의 불이 집안으로 들어왔고
더이상 주방이 엄마만의 전용공간이 아닌 세상에서 엄마는
'세상 참 좋아졌다'고 하셨지. 더 살아계셨으면 더 좋은 세상
보셨을 텐데. 출출한데 라면이나 끓여먹을까? 편리한 것도
좋지만 때론 든든하고 오래오래 덥히는 아궁이 같은 삶도 있
어야 좋겠다.

지우개

글을 잘못 쓰거나 마음에 들지 않을 때 지우개를 찾는다. 물론 연필로 글을 썼을 경우다. 지금은 연필로 글 쓰는 일이 그다지 많지 않아서 지우개 쓸 일도 별로 없지만, 예전에는 필수품 문방구였다. 그래도 초등학생들은 학교에서 연필을 사용하기 때문에 아직은 지우개도 명맥을 잇는 듯하다. 지우개는 닳아 없어진다. 그걸 바로 눈앞에서 본다. 연필이나 볼펜 등 다른 문방구들도 결국은 닳아 없어지는 거지만 눈앞에서 닳아 없어지는 걸 보는 건 지우개뿐이다. 제 몸 덜어내 더러움이나 그릇된 걸 지워내니 그 희생정신은 가상하다. 지우개만큼만 살아도 존경할 만한 삶이다.

지우개는 영단어 'erase'에서 연유한 '이레이서eraser'로 불리지만 미국에서는 처음 사용된 물질인 고무를 의미하는 '러버rubber'라고 부르기도 한다. 지우개는 연필심으로 쓰이는

33

흑연의 자국을 말아내는 방법으로 흑연을 종이에서 떼어내는 도구다. 고무나 플라스틱이 주성분인 지우개는 자연스럽게 고무공업이 일찍 발달한 영국에서 처음 발명되었다. 고무지우개가 나오기 전에는 지울 일이 없었을까? 그럴 리가! 호밀빵으로 지우개를 대신했다(오 헨리의 단편소설 「마녀의 빵」에서 길모퉁이 빵가게를 운영하는 마더 미첨이 일주일에 한두번 가게에 들러 단단하게 굳은 묵은 빵만 사가는 블럼버거에게 버터를 넣은 빵을 주었다가 낭패를 겪는데, 건축 제도사였던 그가 값싼 빵을 사간 것은 먹기 위해서가 아니라 지우개로 쓰기 위해서였다는 이야기를 기억해보라).

우리가 쓰고 있는 고무지우개는 누가 만들었을까? 영국의 화학자 조지프 프리스틀리Joseph Priestley가 그 주인공이다. 그는 산소를 발견한 것으로 역사에 기록된 유명한 인물이다. 1770년 프리스틀리는 고무지우개를 발명해 '인디언 러버Indian rubber'라고 명명했다. 지우개의 출현은 우연의 산물이었다. 글을 쓴 종이를 별생각 없이 고무 조각으로 문질렀더니 글씨가 지워진 걸 보고 만들었다. 하지만 그가 만든 지우개는 온도의 변화에 따라 변질되는 게 흠이었다. 더우면 끈적이고 추우면 굳는 고무의 특성 때문에 불편했다. 이 문제는 고무에 유황을 섞는 것으로 해결할 수 있었는데 미국의 발명가 겸 고무공업 개척자였던 찰스 굿이어Charles Goodyear가 N. 헤이워드Nathaniel Hayward와 함께 생고무에 황을 혼합하는 실험을 하다 1839년 우연한 일로 발견하게 되었다. 뜨거운 난로에 떨어뜨린 가황加黃 고무의 조각이 추위와 더위에 견디는 성질이 있다는 걸 발견한 것이다. 굿이어는 고무에 유황을 섞어 비교적 질 좋은 지우개를 만들어냄으로써 초기 고무지우개의 문제를 상당히 개선시켰다(요즘 사용하는 지우개는 고무가 아니라 염화비닐을 주재료로 사용한다). 일반적으로 우리가 쓰는 지우개는 주로 연필로 쓴 '자국'을 지우는 데에 사용하지만 잉크와 타이프라이터의 자국을 지우는 특수용도의 지우개도 있다. 이제는 그것들마저 컴퓨터로 글을 쓰는 까닭에 거의 쓸 일이 없지만.

어렸을 때 지우개를 참 많이도 잃어버렸다. 칠칠하지 못해 흘리거나 떨어뜨린 지우개, 구슬치기 따먹기 때 구슬 대신 치른 지우개 등 숱하게 손을 거쳤던 지우개들. 푼돈마저 아껴보겠다고 큰 지우개 사서 칼로 잘라 쓰기도 했던 지우개. 결국 그것들도 어찌어찌 잃어버리기 일쑤였다. 나만 그랬던 건 아닌 듯하다. 나처럼 걸핏하면 지우개를 어디에 두었는지 잊어서 낭패를 겪던 건망증 많은 가난한 화가 지망생이며 열다섯 살 소년가장은 아예 연필에 실로 지우개를 묶었다. 하지만 덜렁덜렁 여간 불편하지 않았다. 해법은 거울에서 얻었다. 외출하며 모자를 쓰던 모습을 거울에서 보면서 영감을 얻은 것이다. 모자를 씌우듯 지우개를 연필 머리에 고정시키면 잃어버리지도 않고 편리하게 사용할 수 있겠다는 생각이 들었다. 양철 조각으로 연필과 지우개를 하나로 묶었다. 나중에는 지우개를 아교로 연필에 고정시키는 지우개 달린 연필로 진화했다. 1858년의 일이었다. 주인공 하이멘 립맨 Hymen L. Lipman은 이 특허를 1862년 조셉 레켄도르퍼Joseph Reckendorfer에게 10만 달러에 팔아 큰돈을 벌었다. 건망증이라는 자신의 결점으로 얻어낸 멋진 아이디어와 결실이었다.

　이제는 지우개 쓸 일이 별로 없다. 손글씨는 대부분 만년필이나 볼펜을 쓴다. 그 외에는 컴퓨터나 스마트폰의 자판이 거의 대신한다. 하지만 지우개의 역할은 새롭게 필요하다. 바로 '잊힐 권리(the right to be forgotten)'가 그것이다. 디지털시대는 검색엔진을 통해 언제든 누구든 보유된 정보를 저장함으로써 예전에는 시간이 지나면 사람들의 기억에서 사려졌던 정보를 드러낸다. 이른바 자신의 '흑역사'가 저장된 사람에겐 마치 낙인처럼 따라다닌다. 그래서 '디지털 피부에 새겨진 문신'이라는 말도 생겼다. "인터넷은 결코 망각하지 않는다(the internet never forgets)"는 말은 결코 가볍지 않다. 스페인 변호사 마리오 곤살레스Mario Gonzalez가 구글에서 자기 이름을 검색하다 기억하고 싶지 않은 과거를 보고 스페인 개인정보보호원에 삭제를 요청했지만, 기사는 삭제하지 않되 구글 검색 결과 화면에서 관련 링크만 없애라는 결정이 내려졌고, 이에 곤살레스는 만족하지 않고 유럽사법재판소에 제소했다. 유럽사법재판소는 "구글 검색 결과에 링크된 해당 웹페이지의 정보가 합법적인 경우에도 링크를 삭제할 의무가 있다"라며 곤살레스의 손을 들어줬다. '잊힐 권리'를 인정한 판결이다. 인터넷에서도 지우개가 필요하다. 물론 그걸 악용하는 놈들도 있다. 이른바 양진호 사태의 본질은 개인 폭력이 아니라 웹하드 카르텔이다. 그는 당사자에게 치명적인 동영상을 퍼뜨리고 한쪽으로는 그걸 지우는 비용을 갈취하면서 양쪽으로 돈을 챙겼다. 그렇게 돈을 벌면서 직원들에게는 폭력과 엽기행각을 마음껏 저질렀다. 정작 자신의 악행은 지워내지 못하고 법적 처벌을 받아야 했지만. 타인의 불의한 의도 때문에 자신의 사생활이 인터넷에 떠돌아 지울 수 없는 낙인을 견디며 사는 당사자의 아픔을 악용하는 것은 범죄를 넘어 죄악이다. 지우고 싶은 것을 자신의 힘으로 지울 수 없을 때 느끼는 무력감과 낭패감은 때론 극단적 선택으로 내몰기도 한다.

인터넷에서만 그럴까? 나 자신의 기억에서도 지우고 싶은 것들이 있다. 가볍게 무시하면 모를까 때론 그게 옹이처럼 박혀서 틈날 때마다 솟아나 괴롭힌다. '내 마음의 지우개'가 있으면 정신건강에 좋을 것이다. 결국 인격의 수련은 그런 훈련이기도 하다. 그런가 하면 그 반대의 지우개도 있다. 영화 〈내 머리 속의 지우개〉는 기억해야 할 것을 의지와 상관없이 놓치는 아픔을 담아 관객을 펑펑 울렸다. 잊지 말아야 할 것은 잊고, 잊고 싶은 건 잊지 못하는 건 인간의 비극이기도 하다.

고무지우개는 눈에 띄게 사라지고 있지만 다른 지우개들이 출현하는 세상이다. 엇박자가 아니라 보조를 맞추는 지우개가 되면 얼마나 좋을까? 모처럼 연필을 깎고 편지를 써봐야겠다. 지우개를 옆에 앉혀두고. 내 허물 지울 지우개를 탐하기보다 남의 허물 지워줄 지우개가 되는 것이 아름답다. 그렇게만 해도 군자의 삶이다.

USB

이런 앙증맞은! 그저 손가락 한 마디쯤 되는 몸체가 담아낼 수 있는 용량이 엄청나다. 컴퓨터 안에 있는 수많은 반도체와 회로들은 내 눈에 보이지 않으니 잘 실감하지 못하지만 그 몸에 꽂아 쓰는 USB는 눈에 뜨이지 않을 수 없다. 한 시대를 풍미하던 플로피 디스크를 한순간에 사라지게 만든 이 작은 거인! 이 녀석이 없다면 지금 나는 얼마나 불편할까? 지금 쓰고 있는 이 원고도 USB에 저장할 것이다. 수십 권의 책을 쓸 수 있는 분량이 이 작은 물건에 담긴다니 놀라운 일이다.

70년대 내가 다녔던 대학에서는 2학년 때까지 다른 학부 수업을 하나씩 들어야 했다. 영문과 학생이었던 나는 문과대가 아닌 이공대와 경상대 수업도 들어야 했는데 수학과 컴퓨터, 그리고 경제원론과 경제사상사를 들었다. 컴퓨터를 수강한 건 배워두면 쓸모가 많을 것이라는 주변의 추천과 나의 판단이었다. 그러나 최악의 선택이었다. 무엇보다 컴퓨터를 본 적이 없다. 전산실에 엄중하게 모셔진 컴퓨터를 알현할 일 자체가 없었다. 수업 시간 내내 교실에서는 프로그래밍을 연습했고 그다음 그것을 컴퓨터 언어, 즉 포트란이나 코볼로 전환하는 일이 주였다. 외국어라면 어디 써먹을 데가 있으련만 그 언어는 완전 외계어여서 도대체 다른 곳에서는 써먹을 일도 없었다. 그나마 그걸 수행해도 그다음에는 천공(키펀칭)을 해야 비로소 컴퓨터께서 읽어내셨다. 우리가 천공된 카드를 들고 전산실에 가서 전자공학과 대학원생인 조교에게 제출하면 얼마 뒤 컴퓨터가 그걸 읽어내서(그게 채점이었다) 다시 조교가 우리에게 돌려주었고 거기에 학번과 이름을 적어 지도교수에게 제출했다. 그뒤 컴퓨터를 만날 일 자체가 없었다.

대학원 석사과정 끝 무렵에 내 책상 위에 컴퓨터가 나타났다. 하지만 내게 더 충격적인 건 컴퓨터가 아니라 MS-DOS의 디렉터리였다. 일반 언어로 쓰고 디렉터리로 파일(폴더인 셈)을 만들어 플로피 디스크에 저장하면 끝이었다. 혁명적 변화였다. 플로피 디스크만 있으면 원고 뭉치를 들고 다닐 필요도 없었다. 그런데 그게 오래가지 못했다. USB의 출현으로 빠르게 퇴장했다. 기념 삼아 남겨둔 플로피 디스크가 이제는 어디에 있는지조차 모른다. 최초의 USB는 1996년에 나타났지만 내가 그걸 갖게 된 건 아마도 2000년대 중반쯤이었던 것 같다.

Universal Serial Bus의 약자인 USB는 작은 이동식 기억장치로, 컴팩·IBM·NEC·인텔 등 7개 회사가 공동으로 개발하여 공동 사양을 만들었기 때문에 쉽게 업계 표준으로 인정받을 수 있었고, 특히 특허사용료가 무료였기 때문에 규모가 작은 업체도 값싸게 USB 관련 기기를 제조할 수 있는 장점까지 획득했다. 특허를 무료로 개방한 것은 여러 이유가 있었겠지만 컴퓨터 사용자와 생산자 모두가 윈윈하는 좋은 모델이 되었다. 그리 비싸지 않은 가격도 보편적 보급에 큰 힘이 되었다. 사실 이러한 인터페이스 표준을 만들기 위해서는 기술력도 문제지만 여러 컴퓨터 관련 업체들의 합의와 협력이 있어야 했기 때문에 표준 인터페이스 제정에 시간이 많이 걸렸다. 이전에는 기기마다 제품마다 다양한 포트 때문에 호환성이 없었지만 USB는 어떤 제품이건 기기건 동일하다. 컴퓨터 주변기기 규격을 천하통일 하는 데 중요한 좌표인 셈이다.

그뿐인가? USB에는 플래시 메모리가 이용되기 때문에 전원이 끊겨도 저장된 정보가 지워지지 않을뿐더러 정보를 자유롭게 저장, 삭제할 수 있다는 점에서 CD와도 다르다. 플래시 메모리 기술이 발달함에 따라 USB 메모리의 크기는 줄어들지만 저장 용량은 오히려 더 늘었다. 처음에는 4기가 8기가 용량에도 놀랐지만 이제는 기본이 32기가 64기가로 빠르게 커졌다. 앞으로 이것도 더 나은 것으로 대체될 날이 곧 오겠지만 당분간은 없으면 안 되는 필수품이다.

USB는 디지털 정보를 이용하는 곳이라면 어디서나 쓸 수 있다. 예전에 사용하다가 컴퓨터 전원이 나가거나 실수로 자료가 날아가버려 당혹했던 일에 비하면 전원에 상관없이 저장할 수 있다는 것만으로도 획기적이다. 갖고 다니기도 편하고 손상될 일도 별로 없으며(물론 플래시 메모리가 반도체로 이뤄진 것이라 전기 충격에는 약하고 컴퓨터 바이러스에도 쉽게 감염된다) 컴퓨터의 USB 단자에 연결만 하면 거의 만능인 저장장치로 이만한 게 또 있을까?

하지만 이 녀석에게는 치명적인 단점이 있다. 너무 작고 휴대가 용이하지만 그만큼 잃어버리기 쉽다는 점이다. 내가 잃어버린 녀석만 해도 한둘이 아니다. 어떤 경우는 강연장 노트북에 꽂아두고는 끝나고 그냥 와서 낭패를 본 경우도 있고 헐렁한 주머니에서 탈출한 녀석도 있다. 꼼꼼하고 부지런한 성격이 아닌 까닭에 제대로 백업조차 하지 못한 경우는 영원히 재회할 수 없는 일도 허다했다. 가장 끔찍했던 경우는 논문 몇 편을 새로 써야 했던 일과 거의 다 마무리된 책을 포기해야 했던 일이다. 한동안 패닉상태에 빠졌고 아무것도 알수 없었으며 자신에 대한 분노를 억제할 수 없었다. 만약 그걸 분실하지 않았다면, 그래서 논문과 책이 순산됐다면 다른 좋은 단계로 진화할 수도 있었을 것이다. 『영국사』 초고를 J. S. 밀이 빌려갔다가 하녀의 실수로 벽난로에 던져져 잿더미로 사라진 일이 아니었다면 훨씬 더 멋지고 진화된 책을 더많이 썼을 거라고 탄식한 토머스 칼라일(그러나 그는 밀이 미안해할까봐, 그리고 그 일로 다른 사람들이 밀을 비난할까봐 죽을 때까지 남에게 그 말을 하지 않았다)의 심정을 공감할 수 있었다. 하지만 탄식은 늘 잠깐뿐 여전히 나는 원고를 날리거나 USB를 분실한다. 끈으로 묶어서 목에 걸어도 아마 그럴것이다. 그건 오로지 내 부주의 때문이지 결코 USB의 깜찍함 때문은 아니니 그걸 비난하거나 탄식할 자격이 내게는 없다.

이 친구도 언젠가는 다른 녀석에게 자리를 내주고 퇴장하 겠지만, 그래도 내게는 가장 소중한 파트너였고 나의 가장 생산적 시기에 좋은 도반이었던 건 변하지 않을 것이다. 녀 석아, 이젠 제발 그만 내 손에서 사라져 나를 혼비백산하게 할 일을 좀 줄여다오. 그래도 고마워! 저장의 용량이 중요한 게 아니라 무엇을 담느냐를 먼저 생각해야 한다. 인생도 그 렇다.

순가락과 젓가락

spoon & chopsticks , 趙潝

나는 지금도 양식을 먹을 때마다 살짝 긴장한다. 일종의 트라우마다. 포크와 나이프를 어느 손에 잡는지는 별로 고민할 일 없지만 큰 포크와 약간 작은 포크가 헷갈린다. 까짓것, 내 편한 대로 먹으면 될 일이다. 서양사람이 젓가락질 못 해도 흉이 아닌 것처럼. 그런데 왜 나는 그 말도 되지 않는 트라우마를 이 나이까지 달고 사는 걸까? 그건 초등학교 실과(아니면 사회시간?) 과목 중에 서양 식탁 예절에 관한 부분이 있었는데 생판 듣도 보도 못한 양식에 대한 내용이, 그것도 포크와 나이프의 위치와 자세, 수프는 어떻게 떠먹는지 따위의 내용들이 있었고 그게 시험까지 나왔던 낭패감 때문이다. 머릿속에서 그냥 그림으로 기억해서 시험 치르는 곤혹스러움이란! 요즘도 양식 먹을 때마다 자꾸만 그 순서와 위치 따위에 신경이 쓰인다. 그냥 편하게 내 방식대로 먹으면 될 것을.

45

외국영화나 세계여행 프로그램에 나온 사람들이 현란하게 포크와 나이프로 생선 발라 먹는 걸 보면 감탄한다. 그걸 젓가락으로 발라먹으면 훨씬 더 쉽고 섬세할 텐데. 아마 우리가 젓가락으로 발라먹는 걸 보면 그들 눈이 휘둥그레지겠지만.

　수저, 즉 숟가락과 젓가락은 동양에서만 사용한다. 서양 사람들이 포크와 나이프를 사용하기 시작한 건 그리 오래되지 않는다. 손으로 뜯어먹었다. 지금도 중동이나 인도에서는 손으로 음식을 먹는 게 낯설지 않다. 그런데 우리는 아주 오래전부터 숟가락, 젓가락을 사용했다. 옛날 유물 가운데 심심치 않게 발견되는 걸 보면 알 수 있다. 청동기시대 유적인 나진초도 패총에서 나온 골제품骨製品 숟가락이 가장 오래된 것이다. 중국의『시경』에도 숟가락에 대한 기록이 나온다. 그 저작이 기원전 10~6세기의 노래를 모은 것이니 꽤 오래되었다. 일본에서도 기원전 3세기경 유적에서 출토되었다. 숟가락에 비해 젓가락의 출현은 훨씬 늦다. 우리나라에서는 공주의 무령왕릉에서 출토되었고 중국에서는 춘추전국시대(기원전 770~221)의 기록에 처음 출현한다. 그러니까 우리나라에서 숟가락과 젓가락을 함께 쓰게 된 건 삼국시대인 셈이다. 이후 우리의 상차림에는 숟가락과 젓가락이 반드시 함께 놓이게 되어 있다.

　한국, 중국, 일본 모두 젓가락을 사용한다. 특이한 건 쇠 수저를 쓰는 건 우리뿐이다. 게다가 숟가락과 젓가락을 함께 쓰는 경우도 우리 민족만의 독특한 관습이다. 중국과 일본에서도 숟가락과 젓가락을 함께 쓴 적이 있었는데 점차 숟가락 이용이 줄어들고 젓가락이 주를 이루게 되면서 오늘날의 방식으로 굳어졌다. 중국 음식에서도 숟가락을 쓰지만 우리처럼 밥을 떠먹는 게 아니라 국물을 먹는 데에 사용했다. 그래서 손잡이도 짧다. 중국에서도 밥을 주식으로 하는 지역에서는 오랫동안 숟가락을 사용했다. 일본에서도 헤이안(平安) 시대까지는 숟가락, 젓가락을 함께 썼다는 기록이 있다. 그러나 차츰 용도가 달라져 숟가락은 밥을 뜨는 도구라기보다 차를 끓일 때 엽차를 뜨는 목적으로 사용한다. 그래서 현재 일본 음식은 거의 전적으로 젓가락으로 해결한다. 밥그릇도 얇고 가벼워서 손으로 들고 먹는다. 그릇 가까이 입을 대고 젓가락으로 밀어 모은다. 이웃나라에서 젓가락을 공통되게 쓰면서도 그 재질이나 먹는 방식이 다른 건 흥미롭다. 우리가 숟가락을 많이 쓰는 건 국물 음식을 위주로 먹기 때문이고 더불어서 국물이 없는 음식은 젓가락을 쓰기 때문에 함께 병용하게 된 듯하다. 공통적으로 사용하는 젓가락의 모양도 조금씩 다르다. 재질이나 모양도 시대에 따라 조금씩 변화했다. 한국의 것이 가장 가늘고 짧으며 일본 것이 약간 더 크고, 중국 것이 가장 굵고 길다.

숟가락, 젓가락을 함께 묶어 수저라고 부른다. 수저의 사용에서 메인은 숟가락이다. 그게 우리와 중국, 일본의 차이다. 숟가락, 젓가락의 사용에도 나름의 법도가 있다. 밥과 국은 숟가락으로 먹는 것이 정석이다. 요즘은 거의 지키지 않지만 본디 숟가락을 손에 쥐면 식사가 끝날 때까지 밥상에 놓지 말아야 한다. 젓가락을 쓸 때는 숟가락을 밥그릇이나 국그릇에 걸쳐둔다. 젓가락을 쓰지 않을 때는 밥상에 눕혀두어도 좋다. 젓가락의 용도는 반찬을 집는 데에 있었다. 그러나 요즘은 그런 까다로운(?) 법도나 절차는 거의 지켜지지 않는다.

얼마 전까지만 해도 혼수 때 숟가락, 젓가락을 준비하거나 선물했다. 그리고 그건 평생 썼다. 아이 첫돌 때도 아기용 개인 수저를 마련해주었다. 살아가면서 제 밥그릇 챙겨 먹을 수 있을 만큼 살라는 기원이었을 것이다. 어렸을 때 젓가락질 배우는 건 쉽지 않았다. 손가락의 각 관절을 독립적으로 사용하는 것이 아이들 감각으로는 용이한 일이 아니다. 요즘은 젓가락에 스프링을 달아서 훨씬 쉽게 적응할 수 있게 한다. 젓가락 열풍이 일기도 했다. 우리의 손재주가 좋은 것에 대해 일찍부터 젓가락을 사용하면서 손가락을 섬세하게 쓸 수 있었기 때문이라거나 손가락을 따로따로 감각하고 구동하는 게 뇌에 좋은 자극을 주기 때문에 머리도 좋아진다는 등의 주장이 꽤나 설득력 있게 퍼졌다. 이스라엘에서 그걸 이용해서 유치원에서 젓가락으로 콩을 옮기는 훈련을 한다는 등의 소문도 파다했다. 실제로 우리나라 유치원에서 그런 걸 하기도 한다.

숟가락과 젓가락은 서양의 포크와 나이프와는 달리 양손으로 쓰지 않고 오직 한 손으로만 쓴다. 그래서 숟가락을 쓸 때는 젓가락을 내려놓고 젓가락을 쓸 때는 숟가락을 내려놓는다. 그러나 급하거나 제대로 밥상이 마련되지 않는, 예를 들어 마당이나 논둑 같은 곳에서 먹을 때는 한 손에 숟가락과 젓가락을 함께 쥐고 쓰기도 한다. 그래서 예전 어른들은 아이들이 그런 식으로 먹는 걸 보면 질색하며 금지시켰다. 하지만 외국인들이 볼 때 그 모습은 놀라운 신공으로 보일 것이다.

숟가락과 젓가락은 '먹는 일'에 직결된다. 그래서 흔하면서도 귀한 대접을 받았다. 예전 조폭들이나 불량배들이 협박할 때 "숟가락 놓고 싶어?" 혹은 "숟가락질 못 하게 해줄까?"라고 지껄인 건 숟가락이 곧 목숨이라는 넓은 뜻으로 사용한 셈이다. 일본이 태평양전쟁에 혈안이었을 때 식민지 조선에서 쇠붙이란 쇠붙이는 모두 공물로 뺏어갈 때 숟가락, 젓가락까지 박박 긁어갈 정도였다. 우리나라에서만 수저를 쇠로 만들어 썼기 때문이기도 했겠지만 인정이라곤 눈곱만큼도 없는 야만이 아닐 수 없었다.

세 나라가 숟가락, 젓가락의 사용이 다른 건 환경과 조건에 따른 것이겠지만 그것들이 오랫동안 쌓이면서 기질과 태도에서 묘한 차이를 만들어낸 점들도 분명히 있을 것이다. 서양에서는 나이프와 포크를 거의 같은 재질과 모양으로 만들고 하나의 에티켓을 갖고 있는 데 반해, 동아시아에서 세 나라가 미묘하게 다른 것도 흥미로운 일이다. 서양처럼 수시로 교류하고 싸우며 국경이 바뀌는 등의 변화를 겪지 않고 늘 따로 지냈던 역사의 영향도 있을 것이다.

사족: 숟가락의 받침이 'ㄷ'이고 젓가락은 'ㅅ'인 까닭은 숟가락은 '밥 한술' 할 때의 '술'과 '가락'이 합쳐져서 만들어진 낱말이고('술'이 '숟'으로 음운 변화하는 과정을 거쳐) 젓가락은 한자어 '저箸'와 '가락'이 합쳐진 말이기 때문이다. 그사이에 '사이시옷'을 넣어서 젓가락이 된 것이다. 적재적소는 숟가락과 젓가락처럼 각기 역할에 맞게 대처하는 것이다.

리모컨

한 집의 실세는 이 물건을 가장 오래 쥐고 있는 사람이다. 그러므로 그것은 이미 하나의 권력 상징인 셈이다. 그것이 출현하기 이전에는 명령하는 이와 그 명령을 수행하는 이의 상하관계가 서로의 몸짓으로 나타났다. 갈등과 원망이 교환되었다. 그러나 이제는 아무 말도 필요 없다. 그 사물만 손에 쥐고 있으면 끝이다. 바로 리모컨이다.

리모트 컨트롤러remote controller를 일본인들이 줄여서 만들어낸 조어造語다(영어권에서는 '리모트'라고 부른다고 한다). 원격조정기라고 번역된다. 멀리 떨어져 있는 기기나 기계의 원격 제어에 쓰이는 전자 장치로 가정에서는 TV, 라디오 등 비디오와 오디오에서 많이 쓰인다. 요즘은 거의 모든 기기에서 리모컨이 작동된다. 자동차, 카메라 등이 그렇고, 최근의 드론도 모두 리모컨에 의해 통제되고 작동된다. 이 물건이

TV에 장착되면서 더이상 가정의 권력자가 하급자(?)에게 채
널을 돌려보라고 명령하는 일이 사라졌다.

이 물건이 최초로 세상에 나온 건 두 가지 사건 덕분이었
다. 하나는 1893년 니콜라 테슬라Nikola Tesla가 리모컨의 첫
모델을 제공하였고 미국 특허 613809에 등록한 일이고, 다
른 하나는 1894년 영국에서 물리학자 올리버 로지가 먼 거
리에서 무선으로 조정하는 사례를 보여준 것이다. 그가 코히
러coherer(진공 유리관의 두 극 사이에 니켈 가루를 넣은 검파기
로 초기의 무선통신에 썼다)를 이용하여 전자파가 인공으로
발생될 때 거울 검류계가 광선을 움직이게 한 게 최초의 사
례라는 설이다. 그러나 우리가 만나게 된 본격적인 리모컨은
TV 리모컨이다.

오늘날 두루 사용하는 TV 리모컨을 개발한 사람은 제니
스 전자Zenith Electronics의 엔지니어였던 유진 폴리Eugene Polley
이다. 대부분 그렇듯 필요가 발명을 낳는 법. 회사의 설립자
며 대표인 유진 맥도널드는 마음을 불편하게 하는 광고를 없
애버릴 무언가를 발명하라고 엔지니어에게 지시했다. 이미
거실의 필수품이 된 TV는 가정마다 거의 유일한 오락거리
였는데 채널을 바꾸기 위해 소파에서 계속해서 일어나야 해
서 불편했다. 1948년에 개로드Garod에서 만든 '텔레줌'은 최
초의 리모컨이었지만 케이블로 연결된 채 화상을 확대하는
기능만 있었다. 1950년 제니스 라디오사社는 '게으름뱅이
(lazybones)'라는 이름의 리모컨을 출시했지만 여전히 유선
케이블로 연결된 상태였다. 유진 폴리는 군사 영역에서 사용
되는 레이저를 이용해서 빛의 광선으로 채널을 바꾸고 음량

을 소거하는 '플래시매틱'을 고안했다. 하지만 TV의 빛 센서가 너무 민감해서 햇빛만으로도 TV가 멋대로 켜지거나 꺼졌다. 거듭된 개선 끝에 1956년 제니스의 로버트 애들러 Robert Adler 박사는 초음파를 사용한 리모컨 개발을 제안했고 '제니스 스페이스 커맨드'가 만들어졌다. 이 모델은 새롭게 개발된 적외선 기술이 도래한 1980년대까지 리모컨 기술을 선도했다.

리모컨은 한국에서 1980년대 컬러TV의 보급과 함께 출현했다. 물론 1970년대에도 수입 TV에 달려 있어 신기한 눈으로 바라봤던 기억이 생생하다. 이제는 가정 내 거의 모든 가전제품들이 리모컨으로 작동된다. 그래서 하나로 묶어놓은 리모컨도 나왔다. 가끔 리모컨을 어디 뒀는지 몰라서 전전긍긍하는 경우도 있다. 그러면 온 식구가 수색작전을 방불케 하며 대대적으로 나서기도 한다. 대개는 소파 구석이나 방석 아래 같은 후미진 곳에 얌전히 숨어 있어서 막상 찾으면 반갑기보다 맥이 빠지기도 한다. 이제 리모컨은 가정의 필수품이 된 셈이다. TV 리모컨은 구조가 단순해서 고장나는 일도 별로 없다. 호환성도 뛰어나다. 그래서 같은 제품이라면 아주 오래전에 쓰던 리모컨으로도 작동되는 일이 생긴다.

만약 TV에 리모컨이 없다면 어떨까? 예전에는 채널이 불과 서너 개에 불과했으니 이리저리 스위치를 돌리는 것도 감수할 수 있었지만, 이제는 공중파, 케이블, 종편 등 이미 수백 개의 채널이 존재한다. 안락함은 둘째 치고 채널 선택 자체가 번거롭고 힘든 일이다. 어쩌면 리모컨이 없었다면 이렇게 많은 채널의 출현도 불가능했을지 모른다. 집에 돌아와 소파에 앉자마자 손에 쥐는 게 리모컨이다. 그리고 그것은 그 집의 권력서열을 결정하는 상징이 되었다.

리모컨 때문에 우리의 참을성도 줄었다. 흐름과 흥을 깨는 광고를 봐줘야 할 까닭이 없으니 그사이에 잽싸게 다른 채널로 옮겨갔다 다시 돌아온다. 이제 광고는 리모컨과의 싸움에서 살아남아야 한다. 짧고 자극적이거나 내용이 신선하고 재미있어서 일부러라도 그 광고를 보고 싶게 만들지 않고는 배겨낼 수 없다. 그러니 광고 제작업자와 광고주 입장에서는 리모컨이 없는 세상에서 살고 싶을지 모른다. 리모컨은 전자제품에서 홍길동과 같다. 동에 번쩍 서에 번쩍 여기저기 자유롭게 옮겨다니며 축지법을 쓰고 변신술로 현혹하는 마물魔物이고 매물魅物이다.

신기한 건 침대에 누워 TV를 시청하다 리모컨을 손에 쥔 채 잠든 가족에게서 그것을 빼려 하면 눈 번쩍 뜨고 짜증내는 일이 흔하다는 사실이다. 노인들은 리모컨을 손에 들고 있는 게 좋다는 말도 있다. 혈액 순환이 잘 되지 않아서 손이 차가운 노인들에게는 ABS 재질의 리모컨이 온기를 보존하기 때문이란다. 일종의 손난로가 되는 셈이니 용도가 다양하다.

물건만 리모컨으로 조종되는 게 아니다. 권력과 부에 대한 욕망이 스스로 그것을 쥔 자의 리모컨을 자청하게 하는 경우도 흔하다. 때로는 그것을 쥐고 흔드는 자는 보이지 않는다. 빅브라더가 따로 없다. 그들이 손가락 하나만 까딱해도 알아서 혹은 경쟁적으로 그가 원하는 바를 수행해준다. 정작 자신은 주도권을 평생 단 한 번도 쥐어보지 못한 채 누군가의 조종을 받아 사는 사람들일수록 집에서 TV 리모컨 주도권을 행사해보고 싶은 건지도 모른다.

리모컨 주도권에서 패배한 세력은 제2의 TV 혹은 아예 자기만의 TV를 꿈꾼다. 이제는 스마트폰으로도 시청할 수 있으니 능히 가능한 일이다. 물론 거기에는 아직 리모컨이 없지만. 온 가족이 한 공간에서 하나의 프로그램을 시청하는 일은 이제 아득한 옛날이야기가 되었다. 어차피 TV를 시청 하면서 이야기할 일은 없지만 아예 대면할 일조차 없어진 셈 이다. 그리고 서로 다른 프로그램을 보니 공통의 화제도 줄 어들 수밖에 없다. 편의를 얻었지만 그만큼 뭔가 잃은 것도 있을 것이다. 세상사 다 그렇지 않은가.

아마 오늘도 누군가는 급히 나오느라 휴대전화 대신 리모 컨을 들고나와 당혹스러운 일을 겪고 있을지 모른다. 누구나 한 번쯤은 겪는 일이니까. 원격조종 되면서도 마치 자신이 주인공인 것처럼 착각하지 않는 것만으로도 부끄러움과 어 리석음은 피할 수 있다. 남을 조종하지도 자신이 조종되지도 않는 것이 주체적 삶이다.

라디오

나만 그런 것 같지는 않다. 어렸을 때 라디오에 아주 작은 사람들이 들어 있을 거라고 생각한 게. 게다가 거기에 어떻게 많은 악기들까지 들어 있다고 생각했을까? 어쨌거나 참 신기한 물건이었다. 연속극이 가장 큰 인기였다. 아버지는 '삼국지'를 빼놓지 않고 들으셨다. 그래서 나는 책으로 읽기도 전에 삼국지 내용을 이미 대강 알고 있었다. 삼국지에 대해 전혀 모르는데 장소도 인물도 제멋대로 상상하던 기억이 선명하다. 중학교 때부터는 라디오의 음악방송이 주메뉴였다. 가사 내용도 모르면서 팝송의 멜로디를 흥얼거리는 맛과 멋이 그 당시 우리들의 유행이었다. 고등학생이 되었을 때는 독서실에서 심야방송을 성능도 좋지 않은 리시버(그때는 이어폰이나 헤드셋이 아니라 그냥 소리를 듣는 수준에 불과했다)로 들으면서 미적분을 풀었다. 라디오는 그렇게 오래된 친구였다. 동아방송의 김세원 아나운서가 진행하던 '밤의 플랫폼'이 가장 인기 있는 프로그램이었다. 나중에 이종환의 '별이 빛나는 밤에'가 그 자리를 차지했다.

TV가 출현하면서 라디오의 인기는 급속히 시들었다. 하지만 여전히 청소년들이나 실외에서 노동하는 사람들은 라디오를 들었다. 교통방송 라디오는 그런 소산이었을 것이다. 계속해서 퇴조하던 라디오의 존재는 다시 조금씩 부활했다. 무엇보다 TV는 시청하면서 다른 걸 할 수 없는 반면 라디오는 귀로 듣기만 하면 되는 것이기 때문에 다른 활동을 하는 데에 아무 지장이 없을 뿐 아니라 심지어 효율을 높이는 데에 그만이라는 매력을 재발견한 것이다. 나는 지금도 아침에 눈을 뜨면 무의식적으로 KBS 1FM을 틀어놓는다. 작업할 때도 음악을 들으면서 일한다. 라디오는 이렇게 지금도 소중한 친구다.

라디오는 20세기의 시작과 더불어 세상에 출현했다. 축음기나 전구처럼 천재 발명가가 갑자기 발명한 게 아니라 전신 전화 같은 원거리 통신 기술이 축적된 결과물이었다. 1837년 새뮤얼 모스Samuel Morse가 모스 부호를 활용해서 먼 거리에서 많은 정보를 빠르게 전달할 수 있게 했고 1876년에는 알렉산더 그레이엄 벨Alexander G. Bell이 전화기를 발명했다(워싱턴 특허청의 특허출원을 둘러싸고 엘리샤 그레이와 문제가 생기기도 했다). 전화는 원시적인 라디오의 형태로 활용되기도 했다. 1892년 미국의 대통령 선거에서 선거 속보가 전화로 중계된 것이 그 내표적 사례다. 유럽에서는 가입자를 모집하여 뉴스, 강연, 연극, 음악회 등의 프로그램을 전달하기도 했다.

　라디오의 큰 특성 가운데 하나는 무선으로 전달된다는 점이다. 그러니까 본격적인 라디오 탄생의 서막은 무선전신의 개발이 되는 셈이다. 그 주인공이 이탈리아 물리학자 굴리엘모 마르코니Guglielmo Marconi였다. 1894년의 일이다. 물론 1864년에 제임스 맥스웰이 전자기파 이론을 제시했고 1887년에는 하인리히 헤르츠가 전자기파를 만들어냄으로써 그 초석을 마련했지만 마르코니는 전자기파를 송수신하는 장치를 개발함으로써 유선이 아닌 무선 시스템을 본격화할 수 있었다(마르코니는 특허를 출원했지만 이탈리아 정부가 관심을 갖지 않자 영국인이었던 어머니의 조언으로 영국에 건너가서 특허를 획득했고 영국 정부는 마르코니의 작업을 후원했다. 이탈리아 정부가 무지해서만은 아니었다. 영국은 중상주의와 해외 식민정책으로 많은 선박과 식민지를 보유하고 있었기 때문에 효율적인 통신체계 수단으로서의 무선전신에 관심이 컸기 때문이다). 마르코니는 1901년 대서양 횡단 무선통신에 성공했다. 마르코니의 무선전신이야말로 라디오의 원천기술인 셈이다.

　라디오는 방송국에서 발신하는 전파를 잡아 이것을 음성으로 복원하는 기계지만 본디 뜻은 넓은 의미에서의 무선 전체를 가리키는 말이었다. 그러던 것이 전파에 의한 음성방송과 이를 수신하는 기계, 즉 수신기를 가리키게 되었다. 라디오의 정식 등장은 음성과 음악을 무선으로 내보내는 데서 비롯되었다. 세계 최초로 방송 실험을 했던 인물이 바로 레지널드 페센든Reginald A. Fessenden이다. 1906년 크리스마스이브에 페센든은 자신의 매사추세츠 연구실에서 바이올린을 연주하며 노래를 불렀다. 자신이 개발한 발전기와 마이크를 이용했다. 그의 연주와 노래는 대서양을 향해 무선으로 내보내졌고 모스부호를 수신하던 이어폰에서 그 소리를 들은 배의 전신원들은 깜짝 놀랐다. 이 사건은 '방송'의 시초라 할 수 있다. 한 지점에서 광범위한 지역으로 송출한다는 의미에서, 즉 broadcasting이란 의미에서 방송된 것이기 때문이다. 이와 함께 사람들은 무선이라는 용어 대신 '라디오'라는 개념으로 바꿔 쓰기 시작했고 오늘날처럼 굳어졌다. 1919년 윌슨은 최초로 라디오 방송을 한 대통령이 되었다. 이후 라디오 전성시대가 열렸고 라디오 방송은 진공관과 트랜지스터 등 소재와 부품의 발전에 따라 획기적으로 변화하고 발전했다.

우리나라에서 정식으로 방송국이 설립된 건 1926년 11월 13일이고 1927년 2월 16일 출력 1KW, 주파수 870KHZ로 경성 방송국이 첫 라디오방송을 개시했다. 일제강점기였으므로 한국어와 일본어가 1:3의 시간비율로 송출되었다. 당시 라디오 등록 수는 총 1440대로 일본인이 1165대를 갖고 있었고 라디오를 보유한 조선인은 275명이었다. 그러니 라디오를 갖고 있다는 것만으로도 신분과 능력을 과시할 수 있는 수단이었던 셈이다.

킹스컵, 메르데카컵 등 동남아시아에서 열린 축구 경기를 임택근, 이광재 아나운서의 중계로 들으면서 손에 땀을 쥐던 일이나 동대문운동장에서 열린 청룡기, 봉황기 등 고등학교 야구 중계도 라디오로 듣던 시절이 있었다. 마치 눈앞에 있는 듯 나름대로 박진감이 넘친 라디오 전성시대의 단면이었다. 이제는 스포츠 중계를 라디오로 들을 일은 거의 없지만 화면이 아니라 머릿속에 경기 내용을 상상하면서 듣던 라디오 중계는 어찌 보면 상상력의 만화경 같은 것 아니었을까?

라디오는 음성 정보만 전달한다는 점에서 텔레비전에 비해 어쩔 수 없이 제한적이다. 그러니 영상매체에 밀리는 건 어쩔 수 없는 일이다. 하지만 그 음성 정보를 내가 머릿속에 그림으로 그려내는 일은 텔레비전이 제공하지 못하는 매력이다. 세상에 하나뿐인 '나의 그림'이고 그 그림의 경우의 수는 거의 무한하다. 그래서 라디오는 텔레비전보다 훨씬 더 많은 상상력을 제공한다는 점에서 매력적이다. 아무리 영상의 시대라 해도 라디오가 퇴장하지 않는 건 어쩌면 그런 매력 때문인지도 모른다. 게다가 다른 일을 하면서 라디오를 들을 수 있으니 이보다 더 좋은 친구가 있겠는가.

자동차 시동을 걸자마자 가장 먼저 하는 일이 라디오 켜는 일이다. 지루한 운전을 달래주는 라디오의 존재는 늘 고맙고 행복하다. 언젠가 덕수궁 돌담길을 끼고 정동길을 걷다가 스마트폰 블루투스로 이문세의 〈정동길〉을 듣는 느낌이 묘했다. 나보다 나이가 윗길인 분들은 진송남의 〈덕수궁 돌담길〉이 더 가슴에 와닿겠지만.

나는 지금도 화면으로 보는 것보다 귀로 듣는 라디오가 더 좋다. TV에 밀렸던 라디오가 제 나름의 영역을 마련해서 늘 우리 곁에 있는 것도 고마운 일이다. 노병은 죽지도 사라지지도 않는 걸 라디오가 보여주기 때문일까? 보지 않고 듣기만 해도 더 많은 걸 상상할 수 있다. 꼭 봐야만 알고 느끼는

게 아니다. 보지 않아도 더 많은 걸 그려낼 수 있다. 그게 인
간이 지닌 상상력의 힘이다.

압화

pressed flower , 押花

얼마 전 한 지인으로부터 책갈피를 선물 받았다. 예쁜 꽃을 잘 말려 코팅한 뒤 위에 작은 구멍을 내 예쁜 리본으로 묶어서 볼 때마다 그 아름다움에 감탄한다. 또다른 이에게는 같은 방식으로 만든 네잎클로버를 받았다. 그걸 볼 때마다 언젠가 행운이 찾아오지 않을까 하는 기대와 설렘을 갖는다.

압화押花는 조형예술로 평가되는 장르로 꽃과 잎을 눌러서 말린 그림이다. 영어로는 pressed flower라고 하는데, 순우리말 이름으로 꽃누르미 또는 누름꽃이라는 게 더 예쁘고 살갑다. 인간은 본능적으로 아름다움을 오래 간직하고 싶어한다. 그 열망이 꽃이나 잎에도 그대로 적용된다. 화무십일홍花無十日紅이라고, 열흘 넘기는 꽃 드물다. 그 꽃을 오래 간직하는 방식의 하나가 바로 압화다. 꽃이나 잎, 줄기 등을 채집하여 물리적 방법으로 압력을 가해 인공적으로 건조시킨

63

다. 물론 납작하게, 즉 평면으로 눌러 말리는 까닭에 입체적 조형성은 떨어지지만 독특한 매력을 갖고 있어서 오랫동안 많은 이들에게 사랑받았다.

나는 압화를 볼 때마다 예전 초등학교 시절 여름방학 숙제가 떠오른다. 바로 식물채집이라는 과제였다. 여러 식물을 채집하여 과월호 잡지나 백과사전처럼 두꺼운 책에 끼운 뒤 무거운 물체를 얹어놓고 여러 날 지난 뒤 스케치북에 붙여 제출하던 과제는 방학 때마다 부담스러웠다. 다행히(?) 개학 때 학교 앞 문방구에서 누군가 대량으로 만들어놓은 식물채집북을 사서 겉장에 이름만 써서 제출하는 경우도 있었다. 이제는 그런 여름방학 숙제도 사라져서 먼 기억 속의 유물로 남았을 뿐이다. 방학 숙제에서만 사라진 건 아니다. 한옥은 말할 것도 없고 한옥은 아니더라도 창호문을 가진 집에서는 창호지 문을 바를 때 말린 꽃잎이나 잎을 넣어 문을 장식한 경우들이 많았다. 그러나 이제는 대부분 유리 창호를 쓰는 까닭에 그런 걸 보는 것 자체가 어렵다. 정성을 다하는 마음으로 시댁에 예단을 보낼 때 압화 편지지를 사용하기도 했다고 한다.

유럽에서의 압화는 16세기경 이탈리아 생물학자들에 의해 시작되었다고 한다. 식물채집의 표본연구를 위해 만들어졌던 압화는 19세기 후반 영국의 빅토리아시대에 화려한 꽃 문화로 성행해서 압화의 전성시대를 열었다. 일본에서는 2차대전 후 압화에 대한 관심이 되살아났는데 건조제를 개발해서 시장에서 호황을 누렸고 당시 미군들에게 인기를 끌면서 관심이 크게 확장되기도 했다.

압화를 만들기 위해서는 우선 꽃이나 잎 등을 건조시켜야 한다. 예전 방학 숙제처럼 무성의하게 그냥 책 사이에 끼워 말리면 제대로 색이 나지 않았던 기억이 나는데, 제대로 색깔을 유지할 수 있으려면 건조시키기 전에 먼저 색소 올리기를 해야 한다. 예를 들어 녹색 식물에는 녹색 색소를 써서 물올리기를 한 뒤에 건조시켜야 그 색깔 자체를 유지할 수 있다. 그냥 건조시키면 탈색이 심하게 되어 보기 좋지 않은 결과가 나기도 하기 때문이다. 건조시킬 때는 흡습지에 넣어 다듬잇돌처럼 무거운 물체를 그 위에 올려서 건조시키면 된다. 완전히 건조된 표본은 밀봉해서 보관한다.

최근에는 압화전문가 과정도 개설되는 등 많은 동호회들이 있으며 단순히 꽃과 잎을 말려서 편지지나 책갈피 혹은 액자 등 장식물로 사용하는 데 그치지 않고 자연풍경과 인물을 표현하는 회화적 범위까지 전문화되고 있다. 전라남도 구례의 구례군 농업기술센터에는 한국압화박물관이 있는데 야생화 표본과 야생화 압화 1500여 점을 전시하고 있다. 야생화 압화 공모전 수상작들과 캐릭터 개발 작품들도 있고 야생화의 개화기에 뿌리까지 채집하여 건조한 뒤 액자에 넣고 뒷면을 밀봉, 처리하여 영구 보존이 가능하게 만든 야생화 표본들도 전시하고 있다.

어떤 이는 압화가 '꽃의 미라'라며 탐탁하지 않게 여기기도 한다. 그러나 아름다움을 오래 간직하고 싶은 건 소박한 욕망이라는 점에서, 그리고 예술의 경지에 오른 분야라는 점에서 충분히 수용할 수 있는 건 아닐까 싶다. 예전 초등학교 여름방학 숙제의 식물채집은 식물에 대한 지식과 이해를 키

운다는 명분하에 실제로는 약탈 행위에 가까운 짓을 조장했다는 비판을 받기도 했다는 점과 비교해볼 수 있다. 어쩌다 예쁜 꽃이나 잎을 두꺼운 책에 끼워두고 막상 기억하지 못하고는 오랜 시간 후에 우연히 그 책을 펼치다가 발견하는 압화는 뜻밖의 즐거움이었다.

감나무 잎은 다른 것들에 비해 두툼한 편이라 건조하는 데 어려워서 압화로 만들기에 쉽지 않다. 그러나 '5덕(감나무는 잎이 넓어 글을 쓸 수 있으니 문文의 덕을, 가지는 화살대로 사용하니 무武의 덕을, 감의 겉과 속의 색이 같으니 표리일체의 충忠의 덕을, 서리가 내려도 감이 달렸으니 절節의 덕을, 치아 없는 노인도 먹을 수 있으니 효孝의 덕을 가졌다는 뜻)'의 잎답게 잘 말린 잎에 좋은 글귀를 써서 선물하면 작은 감동을 줄 수 있다. 심미적 압화뿐 아니라 실용적 압화의 가능성을 보여주는 사례다.

나는 쏟아져 들어오는 햇살 속에서 창호지에 발랐던 압화가 드러내던 꽃의 황홀한 속살을 잊을 수가 없다. 가난했던 시절이지만 아름다움에 대한 본능은 어쩌면 더 간절했을 모습을 상징하는 듯해서 비싼 이중유리 창문의 무미함과 더 비교된다. 압화의 또다른 미덕은 기다림이다. 꽃이나 잎을 따 며칠 말려서 얻을 수 있는 게 아니다. 여러 날 말리되 꺼낼 때도 부스러지지 않게 조심스럽게 다뤄야 한다. 그 과정에서 차분함과 겸손함을 배울 수 있다. 예전 식물채집 때도 그냥 무지막지하게 과제를 내줄 게 아니라 채집할 식물에 대한 애정과 존중, 채집할 때 주의할 점, 건조하면서 어떻게 다뤄야 하는지 등을 세심하게 미리 가르쳤더라면 이미 그 자체로 훌

릉한 교육이 되었을 텐데, 지금 생각해도 아쉽다.

최근 서울 북촌의 한옥을 개조한 '마당 깊은' 카페에서 차를 마시다 창호 문에 압화가 붙여진 것을 보면서 너무 반가웠다. 아름다움보다 애틋함이 먼저 반응한 건 어쩌면 가난했지만 소박한 아름다움을 누리고자 했던 그 시절 어른들의 따뜻함이 먼저 떠올랐기 때문이었을지도 모른다. 지인에게 선물 받은 압화 책갈피를 볼 때마다 그런 애틋함이 오래 간직될 듯하다. 아낌없이 버리고 숨막히게 눌려도 오히려 그래서 더 오래 아름다움을 간직하는 것이 있다. 인간의 가치를 위해 싸우다 숨진 모든 것들의 삶은 그렇게 우리의 페이지에 앉아 있다.

만년필

이제는 만년필 보기 흔하지 않다. 고급 만년필을 탐하는 사람도 예전에 비해 크게 줄었다. 결제 사인할 때 자신의 권위를 과시할 CEO들이야 돈 걱정 없이 그런 만년필 하나쯤은 소유하지만, 가난한 작가들은 꿈을 꿔도 좀처럼 소유하기란 어려워서 적당한 가격의 만년필을 찾는다. 잉크를 사용한 펜을 쓰는 경험 자체가 없는 젊은 세대에게 만년필은 낯설고 특이한 물건에 불과하다. 그런데도 만년필은 사라지지 않는다.

만년필을 쓸 수 있다는 게 어른으로 대접받는다는 일종의 통과의례처럼 여겨진 적도 있었다. 당시로서는 값이 싼 물건도 아니고 간수도 잘해야 하기 때문에 아이들의 몫은 아니었기 때문이다. 은근히 만년필 자랑하고 싶어서 교복 앞주머니에 꽂고 다니다가 잉크가 새 교복을 망가뜨린 경험들도 흔했다. 잉크를 갖고 다니지 않아도 언제나 주머니에서 꺼내 쓸 수 있는 만년필은 선망의 물건이었다.

만년필은 펜 축 속에 튜브를 내장해서 잉크를 저장하고, 사용할 때는 모세관현상을 이용해서 잉크가 알맞게 흘러나오게 만든 필기 용구다. 그래서 이름도 '샘물처럼 솟아난다'는 뜻으로 'fountain pen'으로 붙였다. 만년필이 처음 만들어진 건 19세기 초반 영국에서였고 '잉크병이 달린 펜'으로 출원되었다. 잉크 저장 탱크를 갖춘 밸브식 필기구였다. 하지만 잉크를 담기만 했지 흐르는 잉크의 양을 조절하지 못해서 불편했다. 본격화된 건 19세기 후반, 그러니까 1884년 미국의 보험외판원 L. E. 워터맨L. E. Waterman이 기존의 밸브식이 아니라 모세관작용을 이용해서 만든 만년필이 실용화되면서였다. 워터맨은 중요한 계약중에 펜의 잉크가 흘러 계약을 망친 경험을 겪은 후 잉크가 흐르지 않는 펜을 만들고 싶었고 결국 이 펜을 발명했다. 이후 다양한 방식으로 개량되고 특허가 출원되면서 진화했다.

아예 회사를 차린 워터맨을 더 유명하게 만든 건 1919년 베르사유조약이었다. 당시 로이 조지 경이 이 만년필로 서명하면서 사람들에게 중요한 서명에는 만년필을 사용한다는 인식을 심어주었다. 찰스 린드버그도 세계 최초의 대서양 횡단비행에 워터맨으로 항해일지를 기록하면서 또다시 유명해졌다.

오늘날 고급 만년필의 대명사가 된 몽블랑을 만들어낸 계기도 워터맨이었다. 은행가였던 알프레드 네헤미아스Alfred Nehemias와 엔지니어인 아우구스트 에버스타인August Eberstein은 친구 사이로 1906년 휴가 때 미국을 여행했는데 거기에서 워터맨의 만년필을 보고 영감을 얻어 만년필을 만들었다. 오늘날처럼 고급 만년필로 올라선 데에는 마케팅의 효과도 컸다. 만년필 사업이 사양길로 접어든 상황에서 몽블랑은 정반대의 전략을 택했다. 1987년 몽블랑의 CEO가 된 노버트 플라트Nobert Platt는 20달러 미만의 저가 만년필 생산을 중단시키고 고급 만년필에 집중했다. 순금과 순은으로 장식한 마이스터스튁 시리즈의 탄생이었다. 1994년에 출시된 마이스터스튁 솔리테어 로열Meisterstück Solitaire Royal은 1억 원을 호가하기도 했다. 이후 몽블랑은 고가 제품을 통해 사회적 신분을 나타내는 아이콘으로 인식되기 시작해서 상류층에 큰 인기를 끌었다.

나는 여성들의 몽블랑 만년필 소비가 늘고 있다는 점에 주목하고 싶다. 여성용 만년필까지 나온다. 루비나 다이아몬드 등으로 장식된 여성 만년필 라인 '보헴Boheme'은 예술품 그 자체다. 보석 컬렉션처럼 만년필을 사지는 않을 테니, 그건 여성들의 사회진출이 활발해졌다는 뜻이고 CEO의 자리까지 진입한 여성들이 많아졌다는 뜻일 수 있기 때문이다. 이 얼마나 멋진 일인가! 유리천장을 깨뜨리고 마음껏 능력을 발휘하는 여성들이 많아졌다는 것은. 그래서 나는 이런 만년필을 쓰는 여성들이 증가하는 게 반갑고 행복하다.

이제는 만년필 쓸 일이 별로 많지 않다. 그래도 손편지를 쓸 때면 나는 꼭 만년필을 사용한다. 어떻게 보면 엽서나 편지 쓸 일이 있어서 만년필을 사용한다기보다 만년필을 쓰기 위해 편지하는 건지도 모르겠다. 만년필을 쓰는 일은 간단한 의식과 같다. 먼저 뚜껑을 열고 잉크의 상태가 어떤지 살펴본다. 볼펜처럼 간단하게 똑딱이를 누르는 것과는 시작부터 다르다. 편리함보다는 절차가 복잡하고 경건(?)하다. 펜촉이 움직임에 따라 적당히 잉크를 스며내는 만년필의 촉감은 특별하다. 아무래도 글을 쓸 때도 더 신중하게 된다. 대학원 동기 선배(학부는 나보다 7년 위인)가 선물해준 몽블랑 만년필은 저자 사인할 때 쓰라고 준 거지만 나는 책에 사인할 때는 붓펜을 쓴다. 내가 쓰는 만년필의 중요한 용도 가운데 하나는 출판계약서에 서명하는 일이다. 책의 출판을 정식으로 서로 계약하는 일은 사무적이고 의례적인 일이지만 저자에게는 사소한 일이 아니다. 만년필은 그렇게 중요한 의식의 일부분이 된다. 그런 경우 외에는 독일의 보급형 만년필 라미 LAMY를 쓴다. 기자들이 이 만년필을 선호하는 까닭은 빨리 쓰기에 좋을 뿐 아니라 아무데나 꽂을 수 있고 저렴하기 때문이라나? 써보면 그런 뜻에 동의하게 된다.

만년필이라는 이름을 붙인 건 일본인이다. 대개의 서양 문물이 그렇듯 그들의 손을 통해 전해졌기 때문이라 작명권을 그들이 가졌다. 일본어 '만넨히쓰(萬年筆)'에서 온 말이다. '만년 동안 쓴다'는 뜻은 과장이겠지만 1884년 워터맨 만년필을 처음 수입한 마루젠(丸善)의 작명이라고도 한다. 1897년이라는 설도 있지만 그게 뭐 대수랴. 우리말 이름을 붙인다면 '졸졸붓'은 어떨까?

아마도 만년필을 여전히 선호하는 대표적인 직업군은 작가들일 것이다. 전매특허처럼(어떤 사람에게는 고루하고 편벽한 모습으로 보일지 모르지만) '만년필로 원고 쓰는 작가'의 타이틀을 보유한 이들이 제법 많다. 젊은 작가들 가운데도 여러 명 있다. 조정래 작가는 원고지에 만년필로 완벽하게 정돈된 글을 쓰는 것으로 유명했다. 편집자들 사이에서 그의 작품은 교열, 교정할 게 별로 없다고 할 정도였다. 만년필로 또박또박 정자로 썼으니 실수가 거의 없었을 것이다. 그런 작업은 경건한 제의와도 같다. 개인적으로 좋아하는 고 이병주 작가도 꽤나 만년필을 좋아했던 것으로 기억한다. 끝없이 졸졸 흘러내리는 시냇물처럼 작가의 만년필은 무궁무진한 이야기보따리를 풀어내는 열쇠와 같다.

나는 오늘도 만년필에 잉크를 채우면서 작지만 경건한 의식을 치른다. 그 만년필을 더 많이 쓸 수 있는 일이 많아지기를 꿈꾸면서. 잉크를 제 몸속에 품고 있는 만년필은 미정의 무한한 스토리 창고다. 그걸 토해내게 할 수 있는 삶과 사유가 따를 때만.

달력

연말이면 여러 곳에서 달력을 선물 받는다. 그런데 정작 쓸 만한⑺ 달력 찾기는 어렵다. 우선 벽걸이 달력은 받아도 고맙거나 반갑지 않다. 쓸 일이 없기 때문이다. 예전에는 거의 벽걸이 달력이었다. 일력처럼 하루하루 떼는 달력도 있었고 아예 한 장에 1년 달력이 모두 담겨 벽지처럼 바르는 것도 있었다. 그러나 이제는 벽에 거는 것보다 탁상용 달력이면 족하다. 그래서 개인적으로는 멋진 흑백사진으로 편집한 탁상용 달력을 찾는다.

　달력을 받으면 사람들은 제일 먼저 무엇을 할까? 아마도 공휴일 숫자를 챙기는 일 아닐까? 연휴가 며칠인지, 공휴일이 주말과 겹쳐 손해보는 일은 없는지 등이 가장 궁금할 것이기 때문이다. 그리고 중요한 기념일과 가족들의 생일 등을 표시해둘 것이다. 어쨌거나 새로운 달력을 받으면 비로소 곧

75

맞을 새해에 대한 희망과 기대가 가득하다는 점에서 설레고 살짝 흥분되기도 한다. 이제는 달력을 받기 전에도 이미 디지털 정보를 이용해서 몇 년 후의 날짜 정보까지 다 찾을 수 있으니 예전만큼 설렐 일이 줄었을지 모르지만 그래도 종이 달력을 받게 되면 그 느낌은 확실히 다르다.

달력은 시간을 규정한다는 점에서 권력과 매우 밀접한 관계를 갖는다. 이정모는 『달력과 권력』에서 기원전 6천 년경부터 현대의 그레고리우스 달력에 이르기까지 달력의 변천사와 그에 얽힌 이야기, 달력과 관련된 여러 궁금증 등을 흥미롭게 풀어낸다. 달력은 역법에 의해 작성된다. 역법은 천체 운행의 주기적이고 규칙적인 현상으로부터 시간의 흐름을 측정하는 방법이다. 즉 시간을 구분하고 날짜의 순서를 매겨나가는 방법이다. 그러므로 아무나 아무렇게나 할 수 없다. 고대부터 인간은 시간이 신의 영역이라 여겼다. 시간을 읽어내지 못하면 농사를 지을 수 없다. 그래서 고대 천문학자들은 태양과 지구, 달의 운동을 보고 하루나 한 달 그리고 1년의 길이를 정했다. 각각 독립적인 년·월·일의 주기를 결합시키는 건 지금 우리의 눈으로 보면 아주 단순해 보이지만 결코 쉬운 일이 아니었다.

예전 중국에 동지사를 보낸 건 황제에게 새해 인사를 올린다는 의미도 있었지만 달력을 받는 것도 그들의 중요한 역할이었다. 시간을 정할 수 있는 건 황제고 그것을 받은 사람이 왕이라는 권력의 위계를 상징했다. 연호를 쓸 수 있는 건 원칙적으로 황제만의 고유한 권한이다. 1592년은 임진왜란이 일어난 해지만 조선왕조실록에는 '만력 20년'으로 기록한다.

물론 '선조 25년'을 쓰기도 했다. 그러다 조선말 1897년 고종이 황제를 칭하고 대한제국을 선포하면서 광무光武라는 연호를 썼다(이미 그 전해에 건양建陽이라는 연호를 써서 청과의 종속관계를 청산하는 상징으로 삼았지만 사실은 일본의 제국주의 침략정책으로 조선에서 청나라 세력을 제거하기 위한 방책일 뿐이었다). 고종을 이은 순종은 융희隆熙를 썼다. 일본은 쇼와(召和), 헤이세이(平成)를 거쳐 지금은 레이와(令和)로 바꿔 쓰고 있다. 이처럼 시간의 기준을 만드는 건 엄격한 권력의 상징이었다.

서양에서도 마찬가지였다. 지금의 달력은 1582년쯤에 그 기초가 만들어졌는데 당시 로마 교황 그레고리의 이름을 따 '그레고리력'이라고 부른다. 로마시대에 카이사르는 이집트 원정에서 그곳의 간편한 역법을 보고 기원전 46년에 1년을 365일로 정한 로마력을 만들면서 자신이 태어난 7월을 영어로 'July'라고 부르게 했고 그 역법을 율리우스력이라고 불렀다. 그뒤에 아우구스투스황제도 자신이 태어난 8월을 'August'로 부르게 했다. 그래서 그 이후의 달은 차례로 밀렸다. 8을 뜻하는 'octo'가 들어 있는 October가 10월, 10을 뜻하는 'deca'가 들어 있는 December가 12월이 된 건 그 때문이다.

달력을 뜻하는 캘린더는 라틴어로 회계장부라는 뜻의 'calendarium'에서 유래된 말이다. 혹은 고대 로마에서 매월 초하루의 날짜를 'calend'라고 한 데서 유래했다고도 한다. 달력의 기본 주기를 태양의 천구상 운행에 둔 것을 태양력, 달의 삭망에 둔 것을 태음력이라고 한다. 유럽과 기독교

문명에서는 태양력을 기본으로 하면서도 부활절은 태음력을 고려한다. 그래서 성탄절은 매년 같은 날이지만 부활절은 해마다 바뀐다. 두 천체의 운행을 함께 고려한 태음태양력인 셈이다. 태양력으로는 1년이 365일이고 계절의 변화가 해마다 제때 오는 반면 태음력으로는 1년이 354일이라서 11일이 적기 때문에 그 차이로 인해 계절이 바뀌는 것을 정확하게 따라가지 못한다. 그래서 그것을 보충하는 방식을 쓴다. 즉 8년에 3일, 11년에 4일, 19년에 7일, 30년에 11일의 윤일閏日을 넣어서 맞춘다. 그런 의미에서 우리가 쓰는 음력은 엄밀히 말하면 태음태양력인 셈이다.

흔히 24절기를 음력으로 아는 이들이 많지만 사실은 양력이다. 지금도 어촌에서는 음력을 쓴다. 어업은 달의 운행에 따른 조류 변화에 민감하기 때문이다. 그러나 농경사회에서는 태양에 의존해야 한다. 그래서 명나라 초기에 서양의 태양력을 응용하여 황도를 24등분한 것이 바로 24절기다. 그러나 이슬람 문명에서는 완전한 태음력을 쓴다. 즉 윤일을 전혀 쓰지 않는다. 1년은 12개월로 고정되지만 윤일을 쓰지 않기 때문에 꼼짝없이 11일이 부족한 한 해를 쓴다. 그래서 이슬람의 역사를 연구할 때는 정확한 날짜의 환산이 필수적이다. 이슬람력은 히즈라(무함마드가 메카에서 탈출하여 메디나로 이주)를 기준으로 하기 때문에 히즈라력(Hijri calendar)이라고 부르기도 하는데 히즈라의 날짜가 한 해의 시작이다. 양력 7월 16일이 새해의 시작인 셈이다. 흔히 서력에서 예수의 존재 이전과 이후(B.C.는 before Christ, A.D.는 anno Domini)로 나뉘는 것처럼 이슬람력은 A.H.라는 약어를 쓰는데 anno Hegirae를 뜻한다. 요즘 영어권에서는 B.C.와 A.D.가 기독교적 색채가 강하다는 이유로 공원公元(common era)의 약자인 C.E.로 표기하기도 한다. 이처럼 달력을 조금만 들여다봐도 거기에 담긴 권력과 문명을 읽을 수 있다.

이제는 종이로 만든 달력이 크게 줄어서 을지로 인쇄골목도 예전 같은 특수는 별로 없다고는 하지만 그래도 여전히 새 달력을 받아야 새해를 느끼는 건 변함이 없는 듯하다. 매일 아침 일어나 가장 먼저 일력을 떼어내던 일도 이제는 빛바랜 희미한 옛 기억에 불과하다. 그래도 아버지가 달력으로 책을 싸주던 일은 생생하게 기억한다. 마치 엊그제 일인 것처럼. 달력으로 딱지 접어 동네 개구쟁이 친구들과 어울리던 일도. 스마트폰을 열기만 해도 날짜와 시간이 정확하게 뜨고 일정관리 앱에 수십 년 달력뿐 아니라 기록까지 할 수 있으니 달력 볼 일도 별로 없지만 그래도 눈과 마음은 자꾸만 달력에 끌린다. 오늘은 365일 중 그저 그런 하루가 아니다. 어제와 다른 오늘이 날마다 차곡차곡 쌓여 365일을 이룬다.

잡지

일 때문에 여러 지방에 다녀올 때 KTX를 타는 경우가 많다. 등받이에 꽂힌 잡지를 읽는다. 월간지 형태의 홍보지지만 제법 읽을 만한 내용이 많다. 잡지의 '잡'이라는 글자가 '잡스럽다'라는 그리 달갑지 않은 어감을 주는 탓에 깊이가 없고 전문성이 떨어지는, 그저 그런 정보의 꾸러미쯤으로 여기기 쉽지만 '잡'이라는 한자어는 '섞다' '모으다' '모두' '함께' 등의 의미도 갖고 있다. 잡지는 책과 달리 하나의 주제에 천착하는 것이 아니라 다양한 주제와 시의성을 충실하게 따른다는 점에서 결코 잡스러운 게 아니다. 지금은 하나의 주간지와 월간지를 정기 구독하지만 예전에는 그보다 훨씬 더 많은 잡지를 읽었다. 지금이야 인터넷 등을 통해 원하는 정보와 지식을 검색할 수 있지만 잡지는 신문과 달리 시사성과 내용의 깊이라는 두 가지 요구를 충족시켜주는 매우 요긴한 원천이었다. 그런데 갈수록 잡지가 쇠퇴하고 있다. 그건 세계적 추세이기도 하며 정보 매체의 다양화로 인해 필연적인 현상이다.

잡지의 사전적 정의는 '특정 제호題號 아래 각종 원고를 수집하고 일정한 간격을 두고 정기적으로 편집, 간행하는 정기간행물'이다. 매일 나오는 신문과 달리 주간, 월간, 계간 등 일정한 간격을 두고 간행된다. 내용에 따라 특정한 주제를 중심으로 내는 전문잡지도 있다. 최초의 잡지는 1665년 프랑스의 〈주르날 데 사방Journal des Savants〉으로 주간으로 발행되는 과학 잡지였다. 그러나 엄밀한 의미에서 보자면 서적상들이 책을 팔기 위한 수단으로 오늘날 도서 목록 혹은 카탈로그 수준에 불과했다. 영국에서도 같은 해에 〈필로소피컬 트랜잭션스Philosophical Transactions〉가 간행되었는데 월간이었다. 이후 유럽의 여러 대도시들은 경쟁적으로 잡지를 출간하기 시작했다. 주제별 잡지들이 많았던 게 특징인데 주로 과학 분야의 잡지들이 많았다. 아마도 당시 정치를 논의하는 출판물이 검열을 받았거나 금지되었기 때문이었을 것이다.

오늘날 우리가 잡지를 칭하는 영단어인 '매거진'의 유래는 1731년 영국 런던에서 발행된 〈젠틀맨스 매거진The Gentleman's Magazine〉에서 왔다고 한다. magazine이란 말의 본디 뜻은 아랍어로 '창고'에서 유래했다. 잡지에는 온갖 정보가 창고처럼 쌓여 있다는 뜻으로 썼을 것이다. 프랑스에서는 주르날journal로 주로 쓰는데 흥미로운 건 정기적으로 출판되는 서삯붙이면서 새로 나온 책을 알려주고 내용을 전해주며 특별히 '과학 분야에서 이루어진 발견을 보존'하는 역할을 내세웠다. 즉, 학문계에서 날마다(그래서 jour라는 말을 따왔을 것이다) 일어나는 모든 일들을 기록하는 저작물의 개념이었다. 그러니까 주로 학술잡지로서의 역할, 그중에서도 과학학술잡지로서의 기능에 충실했던 셈이다. 당연히 이런 잡지들을 통해 과학에 관한 논의가 활성화되었다. 여러 잡지들이 출현하고 보다 전문화된 내용으로 특정 독자층을 확보하는 경쟁이 치열해지면서 자연스럽게 전문화되는 방향으로 흘렀다. 그래서 점점 일간신문과 구별되었는데, 오늘날 흔히 흥미성으로 대중에게 접근하는 게 잡지고 객관적인 보도에 치중한 게 신문이라면, 당시는 반대로 신문이 선정성으로 대중의 관심을 끌었고 오히려 잡지는 학문적인 발전을 이끌었다.

영국에서 잡지는 자신의 주장과 학식을 수필과 풍자 형식으로 전달하는 일종의 가두연설의 창구 역할을 하기도 했다. 그 대표적인 인물이 바로 『로빈슨 크루소』의 작가 대니얼 디포였다. 그는 1704년 영국교회를 비판한 혐의로 투옥되었는데 직전에 〈더 리뷰〉를 발행해서 사람들이 자신의 주장에 동조하도록 꾀했다. 이 잡지는 이후 영국 잡지 양식의 토대가 되었다. 유럽의 잡지들은 글을 읽을 줄 아는 상류층 대상이었기 때문에 잡지의 제본이 책처럼 고상했고 내용도 그들의 입맛에 맞췄기에 비쌌다. 서민들은 저렴하고 대중적인 신문을 주로 읽었다. 미국에서 잡지가 대중화되면서 가격이 인하되었고 잡지를 읽는 독자들이 늘었다. 인쇄 기술의 발달은 잡지의 대량 발행을 가능하게 했고 따라서 가격이 계속해서 떨어졌으며 더이상 상류층과 지식인의 전유물이 아니라 대중의 매스미디어로 변화하였다.

우리나라의 본격적 잡지는 개화기에 태동되었다. 최남선은 약관 20세에 잡지를 펴냈다. 〈소년〉이라는 제목도 그 나이 때문에 지어졌다고 한다. 최남선은 다시 24세에 〈청춘〉이라는 잡지를 발행했으니 대단한 인물이다. '잡지의 날'이 11월 1일인 건 바로 〈소년〉의 창간일을 기리기 위해서라고 한다. 초기 잡지는 주로 계몽적 역할을 담당했다면, 함석헌의 〈씨알의 소리〉, 장준하의 〈사상계〉는 민주화운동을 이끈 대표적 진보 잡지였다.

대학에 입학했을 때 외판원들이 캠퍼스를 돌아다니며 〈뉴스위크〉와 〈타임〉 정기구독을 꼬셨다. '꼬셨다'는 표현이 적절했다. 대학 신입생들이 그 잡지를 읽을 수 있는 수준이 아닌데도 불구하고 영어 공부하기에는 최적이라는 따위의 감언이설로 할부로 판매했는데 대개는 그저 옆구리에 끼고 다니면서 잘난 척하는 도구로 전락했다. 내가 가장 인상적으로 읽었던 외국잡지는 〈라이프〉였다. 초등학교 때부터 읽었던 것 같다. 무엇보다 사진전문잡지라서 글보다 이미지로 읽을 수 있는 매력이 있었는데, 특히 다른 나라의 삶과 사람 그리고 문화를 엿볼 수 있다는 점에서 매우 좋은 자양이었다. 성인이 된 이후에는 〈내셔널 지오그래피〉가 그 역할을 대신했다.

잡지에서 〈뿌리깊은나무〉를 빼놓을 수 없다. 고 한창기가 1976년 3월에 창간호를 발행하였는데, 그가 창간호를 발간하기 위해 5년 동안 연구하여 착수한 노력의 값을 톡톡히 했다. B5판 크기로 순한글 가로쓰기를 하였으며, 면수는 180면 안팎이었던 이 잡지는 표지부터 파격적이었다. 연예인 대신 평범한 시민들을 표지 모델로 썼고 내용은 쉽고도 수준이 높았다. 특히 우리 고유문화의 전통의 맥을 지키는 데에 각별한 노력을 쏟았으며 시대의 현실을 담백하게 기록했다. 한창기는 아무리 외국의 것이 좋아도 우리와 관계가 없으면 신지 않는다는 원칙을 세웠고 가능한 한 모든 말들을 우리말로 표기했다. 그가 살려낸 토박이말은 그 잡지의 햇살 같았다. 인터뷰도 유명인들로만 채우기보다 오히려 평범한 시민이나 전통적인 일에 평생을 바쳤으면서도 아무도 알아주지 않는 사람들을 찾아내 웅숭깊은 이야기를 풀어낼 수 있게 했다. 한마디로 우리의 잡지 수준과 격을 크게 끌어올린 잡지였다. 그런데 그 잡지가 반골과 저항의 정신을 배양한다고 판단한 전두환의 신군부에 의해 1980년 8월 끝내 폐간된 것은 안타까운 일이다. 이후 1984년 여성지 〈샘이깊은물〉을 창간하였지만 〈뿌리깊은나무〉를 넘지 못했고 2001년 11월 호로 휴간했다.

지금은 좋은 잡지를 만나기가 그리 쉽지 않다. 미술, 음악, 문학 등의 주제를 다루는 잡지를 읽고는 있지만 늘 아쉽다. 물론 독자층이 얇고 그마저도 갈수록 퇴조하는 악순환이 안타깝다. 미국에서 중산층을 평가할 때 항목 가운데 하나가 '정기적으로 수준 높은 잡지를 구독하는 일'이라는 건 꽤 많은 걸 함축한다. 이제는 미국에서도 잡지는 갈수록 사라지고 있다. 좋은 잡지가 좋은 문화와 수준을 만든다. 〈사상계〉와 〈뿌리깊은나무〉는 그 증거'였'다. 일단 〈뿌리깊은나무〉의 수준부터 회복하고 볼 일이다. 영원한 전설로 남기는 건 부끄러운 일이다. 한창기가 지금 우리를 보면 뭐라 하겠는가.

북엔드

bookend

,

책장에 가지런하게 책들이 꽂힌 모습을 바라보면 마음도 차분하게 정돈된다. 내 책장은 처음에는 그렇게 잘 정돈되었다가 금세 밀려드는 다른 책들 때문에 빈 곳 여기저기 쑤셔넣거나 급기야는 겹쳐서 포개 쌓는 통에 난세의 모습으로 바뀐다. 해결방법은 두 가지다. 읽은 책들은 과감하게 빼서 처리하거나 책을 덜 구입하는 것이다. 그런데 미욱해서 읽은 책들도 언젠가 다시 읽을 것만 같아서 내보내지 못하고 움켜쥐는 통에 책장은 늘 정원 초과다. 그러다보면 책상 위에 책들이 쌓인다. 읽은 책들도 책장으로 이송하지 못하고 읽어야 할 책들은 새로 입주하면서 책장의 영토가 잠식된다. 그래서 자주 보는 책들은 책상 위에 세로로 세워놓는다. 그냥 두면 옆으로 쓰러지기 때문에 양옆에 묵직한 물체로 버팀목을 삼는다. 벽돌을 종이로 싸서 쓰기도 했다. 그러다 철제로 된 북

87

엔드를 구했다. L자형 철제 북엔드로 주로 도서관에서 쓰는 유형이다.

북엔드bookend라는 말이 생소할지 모르지만 책을 꽂고 남는 공간에 책이 쓰러지지 않도록 지지해주는 도구를 지칭하는 말이다. 도서관 등에서 봤지만(도서관에서는 책이 넘어지지 않도록 지지하기 위해 단순한 금속 브래킷 북엔드가 일반적으로 사용된다) 특별하게 주목하지 않고 관심이 없어서 그 이름조차 궁금하지 않아서 잘 모르는 경우도 많다. 단순한 판금형 북엔드는 1877년에 윌리엄 스테빈스 바너드William Stebbins Barnard가 최초로 특허 등록했다고 한다. 대개는 금속제 얇은 판을 이용해서 만든 L자형이나 역T자형의 형태가 많지만 최근에는 장식용 북엔드도 많이 나온다. 청동, 대리석, 목재를 비롯해서 무게를 감당하는 물체를 안에 넣고 합성수지로 만들어서 다양한 캐릭터를 표현하는 북엔드도 많다.

몇 해 전 중국 상해의 조계지를 지나다가 앤틱샵에 들렀다. 특별히 뭘 사려고 들어간 게 아니라 그냥 구경하러 들어갔는데 멋진 북엔드를 발견했다. 여러 동물들, 특히 개를 형상화한 북엔드들이었는데 그 가운데 내 눈길을 잡아끈 건 닥스훈트 모양의 북엔드였다. 워낙 땅바닥에 끌릴 정도로 다리가 짧고 긴 개여서 북엔드로 삼기에 딱 좋겠다 싶어서 주저하지 않고 두 개를 샀다. 시추 형태의 북엔드는 책이 여러 권 늘어지면 앞과 뒤의 연결이 어색한데 닥스훈트는 몸매가 워낙 긴 형태여서 여러 권의 책을 세우고 앞뒤에 둬도 묘하게 어울렸다. 그렇게 사온 북엔드 하나는 작업실 책상에, 다른 하나는 서재 책상에 올려놓았더니 책 정돈하기에도 좋고 모양도 예뻤다. 보는 사람들마다 탐냈다.

사실 닥스훈트 북엔드 이전에 선물 받았던 북엔드도 꽤나 나를 기쁘게 했다. 나무로 만든 북엔드였는데 나무판에 기대어 책을 읽는 사람의 모양이 서툴게 조각되어 조금 촌스럽지만 채색까지 된 독특한 북엔드였다. 하지만 워낙 약해서 한참 뒤에 망가져서 못내 아쉬웠던 차에 새로 들여놓은 북엔드가 책상을 멋지게 차지하고 있는 걸 다시 보니 흐뭇했다. 나는 아직도 북엔드를 파는 곳에 가면 쉽게 발걸음을 떼지 못한다.

품어도 되는 욕망들 가운데 하나가 책에 대한 욕망이라고 하는 이도 있지만 그건 책벌레들에게나 해당될 뿐 아예 그런 욕망 자체가 없는 이들이 더 많은 세상이다. 그래도 읽고 싶은 책, 도움이 될 책을 들여놓는 건 짜릿한 쾌락이다. 어떤 때는 미처 다 읽지도 않은 책이 있는데도 서점에 가면 살짝 눈이 돌고 마음이 풀려 이것저것 주워 담다보면 한 보따리다. 일단 살 때는 기분이 좋은데 막상 들고 오면서 살짝 후회한다. 집에 있는, 아직 읽지도 못한 책들에게 미안하기도 하고. 그러나 읽으려고 책을 사는 게 아니라 사서 집에 두었으니 언젠가 읽게 되는 책들도 많다. 어쩌면 그래서 책을 사들이는 건지도 모른다. 어떤 책들은 읽는 순간 곧 다시 혹은 여러 차례 읽게 될 책이라는 걸 직감한다. 그런 경우 책장의 빈 곳에 아무렇게 꽂지 않고(나는 가나다 혹은 알파벳 순서 등으로 책을 정리하는 습관이 없는 게으른 독자다) 따로 정리해둔다. 그래서 그 책에 대한 걸 확인할 때 얼른 찾을 수 있다. 책상 위에도 그런 책이 있다. 북엔드는 그 책들의 든든한 협력

자며 멋진 호위병이다.

책에만 북엔드가 있는 게 아니다. 집이야 쓰러질 일 없지만 현관에 나란히 버티고 서서 집을 감싸고(?) 호위하는 것들을 보면 마치 '하우스엔드' 같은 느낌이 든다. 중국의 고택이나 가게 입구에 크고 멋진 도자기 화병을 좌우에 세워둔 걸 흔히 본다. 요즘은 호텔 로비에서도 자주 볼 수 있다. 서양에서 달마시안과 같은 개를 도자기로 만들어 현관 등에 놓는 것은, 특히 달마시안이 의장견이기 때문이기도 하고 동시에 개가 집을 지켜주는 뜻이어서 그렇다 치더라도 중국인들은 왜 하필 커다란 꽃병 도자기를 세워둘까? 중국인들이 특별히 도자기 화병 장식물을 비치한 까닭은 '병瓶'의 중국식 발음이 '평平'과 같은 '핑'이기 때문이다. '평화와 평안' 등을 의미하는 평平과 같이 집안이 두루 평안하고 평화롭기를 바라는 마음이 담긴 상징인 셈이다(이런 식의 연상방식을 해음현상이라고 한다). 어쩌면 '읽다' 또는 '책'이나 '성찰' 등의 뜻을 갖는 비슷한 발음의 물건으로 표현되는 북엔드도 있을지 모르겠다는 생각이 들어 부지런히 찾아봤지만 아직은 만나지 못했다. 그런 북엔드를 만나게 되면 조금도 망설이지 않고 지갑을 열 것 같다.

인터넷 쇼핑몰을 뒤져보니 꽤 멋진 디자인의 북엔드들이 많다. 헤라클레스가 벽을 밀고 있는 형태, 영화 〈어벤져스〉의 토르 캐릭터의 독특한 형태, 음악가들이 좋아할 듯한 다양한 음표들이 조각된 형태, 건축가들이 좋아할 집 모양의 형태, 다양한 문자로 형상화한 형태 등 다양한 취향이나 직업에 걸맞은 멋진 북엔드들이 유혹한다. 책의 주제에 맞는 북엔드를 찾아서 책을 분류하듯 맞춰 꽂는 것도 꽤 재미있을 듯하다. 그냥 책 읽자고 주장할 게 아니라 매력적인 북엔드를 만들어 적극적으로 판매하거나 스타벅스에서 일정량의 커피를 소비하면 주는 선물(2020년 여름을 떠들썩하게 만들기도 했던, 특정 음료 석 잔을 포함해 총 17잔을 마셔야 얻을 수 있는 서머 레디백을 구하려고 수많은 사람들이 줄 서서 기다리는 모습을 기억해보라)처럼 매력적인 '굿즈'로 선물한다면 서점에서 줄 서서 기다리는 진풍경을 만들 수도 있지 않을까?

북엔드는 단순히 책이 쓰러지는 걸 막는 도구나 장식이 아니라 책을 지키는 수호신과도 같다. 누가 책을 훔쳐갈 일도 없지만 가장 대표적인 소중한 인류의 문화자산을 지키는 호위무사다. 호위무사나 경호원이 붙었다는 건 요인要人이라는 뜻이니 책이 딱 그 자리다. 그런 의미에서 북엔드는 결코 장식품이 아니다. 책의 중요성과 가치를 더 도탑게 해주고 내게 그것을 깨우쳐주는 전령이다. 나와 책을 이어주는 매파媒婆다.

사람을 책이라고 상상하면 누구나 자신의 이야기를 담은 책이고 싶어한다. 여러 책들이 나란히 서서 등뼈에 이름표를 달고 자신의 이야기를 바라본다. 그러나 세로로 서 있는 책은 위태롭다. 혼자건 여럿이건 쓰러지기 쉽다. 그럴 때 누군가의 책에 북엔드가 될 수 있다면 그것으로도 이미 충분한 한 권의 책일 것이다. 그런 삶이기만 해도 족하겠다. 밀리고 쏠려 쓰러질 책을 보듬어 버티게 해주는 북엔드처럼 나를 버티게 해줄 수 있는 '마인드엔드'가 무엇일까?

부채

fan/folding fan, 扇

바람은 더위에 최고의 해결사다. 천연바람이 최상이지만 그게 어디 내 뜻대로, 내 처지에 맞게 아무때나 불어주는 것도 아니고 특히 실내라면 더더욱 그렇다. 날은 덥고 바람은 없다. 짜증난다. 그럴 때 인위적으로 바람을 만들어낸다. 신문 따위의 종이를 접어서 부치기도 하고 책받침(이 낱말 자체가 낯설다, 이젠!) 등을 부친다. 그래도 제대로 바람을 일으키려면 부채만 한 게 없다. 여름이면 부채는 필수품이었다. 이제는 에어컨이 있는 실내가 더 많으니 부채를 들고 다닐 일도 없지만.

부채, 손에 쥐고 흔들어서 바람을 일으켜 더위를 덜거나 불을 일으키는 데 쓰는 물건. 부채란 '부치는 채'라는 말이 줄어서 '부채'가 된 것이다. 원시시대라고 덥지 않았을까? 나뭇잎 큰 거를 주워 부쳤을 것이다. 그게 부채의 효시였을 듯하

93

다. 오늘날의 부채는 종이로 만들어졌지만 종이가 없던 시절에는 깃털 등으로 부채를 만들었을 것이다. 부채 선扇에 '깃 우羽'가 쓰인 걸 보면 그렇다. 아주 오래전부터 부채를 썼을 것이다. 부채 하면 떠오르는 대표적 인물 가운데 한 사람이 제갈량이다. 아내가 만들어 준 학우선鶴羽扇은 그의 트레이드마크다. 아내가 그에게 부채를 준 건 감정을 드러내지 말고 침착해야 하므로 부채로 얼굴을 가리라는 의도였다. 부창부수다. 제갈량은 그 부채를 부칠 때마다 그 교훈을 깨달았을 것이다. 그걸 읽어내지 못하고 제갈량의 부채가 그저 멋져 보이기만 한다면 아쉬운 일이다.

신기하게도 동아시아 3국은 남쪽의 더운 나라들보다 부채가 일찍부터 일상생활에서 중요한 역할을 했다. 특히 접는 부채는 이 지역에서 만들어진 명품인데, 우리나라 부채는 중국이나 일본에 국교품으로 사용될 만큼 인기와 명성이 높았다. 명나라 태조 주원장은 접부채를 좋아하여 상방에 명하여 만들어 살선 또는 고려선高麗扇이라 한 걸 보면 일찍이 고려시대부터 좋은 부채를 생산했던 듯하다. 『삼국사기』에 고려 태조가 즉위할 때 견훤이 하례하면서 공작선을 보냈다는 기록이 부채에 관한 가장 오래된 기록이다. 이 기록은 『고려사』에도 나온다. 고려에서는 이미 접부채가 사용되었다. 고려의 부채는 송나라 때부터 국교품으로 사용되었다. 귀족층이 탐내는 귀물貴物이라서 누구나 손에 넣고 싶어했으며 송나라의 대문호 소동파는 백송白松으로 만든 고려의 접부채를 보고 감탄하며 장인들에게 그것을 모방해보라고 권유했다는 기록이 있을 정도다. 이후에도 명나라, 청나라의 여러 기록에 나오는 걸 보면 중국에서의 인기가 꽤 높았던 모양이다.『조선왕조실록』에도 명나라 사신이 부채를 원해서 부채를 하사했다거나 국교품으로 보냈다는 기록이 여러 차례 나온다.

　서양의 부채는 동양에서 건너간 것들로 진주와 비단 등과 함께 매우 귀중한 물건으로 여겼다. 특히 15~16세기경부터 동양에 대한 관심이 높아지면서 유럽인들이 중국의 부채를 수입했고 고가에 팔렸다. 아무나 쓸 수 있는 물건이 아니었다. 17세기에는 파리에서 부채가 만들어질 만큼 수요가 늘었다. 유럽에서 부채의 전성기는 18세기부터였다. 여자들에게 부채는 필수품이었고 동시에 장식품이어서 고급 부채가 경쟁적으로 만들어졌다. 우리나라에서도 부채는 단순히 더위를 식히는 도구로만 쓰이지 않았다. 풍류와 권위의 도구로도 쓰였다. 수령이나 무관 등은 부채를 반드시 휴대했다. 더위를 가시게 하는 수단이 아니라 손가락 대신 지시하고 지휘하는 도구였기 때문이다. 부채를 내리치면 응징이나 견책의 뜻이었고 접었다 폈다 하면 자신의 심기가 불편하다는 표현이었다. 판소리에서 소리꾼이 부채를 펼치면 이야기가 달아오르고 접으면 빠르게 진전되고 때론 칼이나 몽둥이가 되기도 했다. 판소리에서는 부채 없는 소리꾼을 상상할 수 없을 정도다. 부채는 정인에게 주는 정표이기도 했다.

　부채 보낸 뜻을 나도 잠깐 생각하니
　가슴에 붙는 불을 끄라고 보내도다.
　눈물도 못 끄는 불을 부채라서 어이 끄리.

『고금가곡』에 나오는 이 시조의 부채는 그리운 임이 보내준 정표였다. 이처럼 부채의 용도는 다양했다.

부채는 크게 둥근 부채(방구부채)와 접는 부채(접부채)로 나뉜다. 둥근 부채는 집안에서만 쓰지 밖으로 들고 나가지 않는 게 예법이었다. 밖에서는 접는 부채만 썼다. 조선 후기의 문신 이유원은 『임하필기林下筆記』에서 부채의 여덟 가지 덕(八德扇)을 칭송하며 바람이 맑고, 습기를 제거하며, 깔고 잘 수 있고, 값이 싸며, 짜기 쉽고, 비를 피하고, 햇볕을 가릴 뿐 아니라, 독을 덮을 수 있다고 언급했다.

동양의 풍류는 부채의 예술 취향이었다. 멋진 글과 그림을 부채에 쓰고 그렸다. 그림 있는 부채를 화입선畵入扇이라 부르는데 이름난 화가의 그림이나 명필가의 글씨를 받는 건 큰 명예였다. 그런 부채는 친구나 선후배 간의 정표나 기념물이 되기도 했다. 그 그림과 글씨의 우수함을 알고 오래 간직하기 위해 부채에서 종이만 따로 떼어 액자나 족자로 표구하기도 했다. 부채라기보다 하나의 미술품으로 대접받았던 것이다. 이에 대한 추사 김정희의 재미있는 일화가 있다. 그가 외출해서 돌아오니 부채 짐이 있기에 청지기에 물었더니 부채 장수가 해가 저물어 묵고 가기를 청해 객방에 묵고 있다고 답했다. 사랑채에 앉았던 추사는 갑자기 부채에 글씨를 쓰고 싶다는 충동이 일었다. 청지기를 시켜 부채 짐을 가져오게 한 뒤 쓰고 싶은 글귀를 쓰다보니 남은 부채가 없었다. 이튿날 부채 장수가 '낙서' 가득한 부채를 발견하고 깜짝 놀리 탄식하니 추사가 일렀다. "추사 선생이 쓴 글씨 부채라 하고, 값을 몇 곱절 내라고 하면 너도나도 다 사갈 것이니, 자네

나가서 팔아보게나." 부채 장수는 반신반의하며 거리로 나가 일러주는 대로 하였다. 부채가 순식간에 다 팔리는 걸 본 부채 장수는 김정희를 찾아가서 앞으로도 글씨 써주기를 간청하였다. 추사는 웃으며 "그러한 것은 한 번으로 족하지, 두 번 해서는 안 되네" 하며 거절했다.

"단오 선물은 부채요, 동지 선물은 책력冊曆이라"는 속담이나 "가을에 곡식 팔아 첩을 사고 오뉴월이 되니 첩을 팔아 부채 산다"는 민요의 가사처럼 단오에 부채를 선물하는 건 연례행사였다. 조정에서도 공조에서 단오 부채를 만들어 진상하여 임금이 그것을 신하들에게 하사했다. 예부터 전주는 한지와 부채의 고장이어서 전라감영에는 부채를 만들고 관리하던 선자청이 있었다. 진상된 부채를 단오선端午扇이라 불렀다. 단오 뒤에 본격적으로 여름이 되기에 선물로 주고받았다. 부채는 바람을 일으킬 뿐 아니라 액운과 병을 쫓는 벽사의 의미도 담겼다. 벽온선僻瘟扇은 염병을 쫓는 부채라는 뜻이다.

올 단오에는 부채에 '紙竹相合 生氣淸風'(종이와 대나무가 만나 맑은 바람을 일으킨다)이나 '開時成半月 揮處發淸風'(부채를 펼치면 반달이 되고, 휘두르면 맑은 바람이 일어난다)이라는 글귀를 써 가까운 이들에게 선물해야겠다. 하로동선夏爐冬扇(여름의 화로와 겨울의 부채라는 뜻으로, 아무 소용없는 말이나 재주를 비유하여 이르는 말)을 뒤집어 해석하여 미리 준비해두는 것도 나름 의미가 있지 않을까 싶다. 선풍기나 에어컨보다 부채를 더 많이 쓰면 환경에도 좋을 터. 부채는 내게 부치는 바람보다 너에게 부치는 바람일 때 가장 사랑스럽다.

...on: related to
...ctatorial /ˌdɪktə...
like a dictator. 2 over...
orially *adv.* [Latin...
TATOR]

diction /ˈdɪkʃ(ə)n/ *n.* m...
ciation in speaking or...
dictio from *dico dict-* say...
dictionary /ˈdɪkʃənərɪ...
book listing (usu. alph...
explaining the words...
giving corresponding...
nguage. 2 referen...
terms of...

사전

모르는 낱말이나 명확한 정의를 확인해야 하는 용어를 만나
면 습관처럼 사전을 찾는다. 예전에는 학교생활에서 사전은
필수품이었다. 초등학교 졸업식에서 상품으로 주는 가장 일
반적인 것도 사전이었다. 중학교 때는 영어사전이 없으면 예
습도 불가능했다. 고등학교에서는 독일어 같은 제2외국어
사전도 필요했다. 대학에서는 전공에 따른 매우 심층적인 사
전을 구했다. 공부하면서 사전은 가장 기본적인 자료였다.
이제는 사전을 사는 사람도 뒤적이는 사람도 별로 없다. 그
러니 사전을 만드는 일 자체가 사라졌고 사전을 찍는 출판사
도 눈에 띄게 줄었다. 돈 되지 않는 일에 투자할 사람이나 기
업이 없다. 이러다가 사전은 완전히 사라질지도 모른다. 지
금은 쉽게 인터넷을 통해 사전의 지식을 주워가지만 사전에
투자하지 않는 현실은 더 나은 사전을 만들 수 없게 되는 악

순환에 빠질지 모른다. 스스로 문화적 재앙을 자초하는 건 아닌지.

초등학교 때도 간혹 사전을 이용했지만 본격적인 사전 활용은 중학교 때부터다. 영어사전과 옥편이 바로 그것이다. 영어 사전은 모르는 게 있으면 알파벳 순서에 따라 찾으면 나온다. 그리 어렵지 않다. 그런데 옥편, 즉 한자 사전은 다르다. 부수에 따라, 음에 따라, 획수에 따라 찾는 방식이 다양하다. 나중에 익숙해지면서 이렇게 다양하게 찾을 수 있는 옥편의 사용이 저절로 한자의 구성방식에 대한 이해를 견고하게 만들어준다는 걸 깨달았지만 그건 한참 뒤의 일이고 중학생으로서는 도대체 숨은그림찾기와 진배없었다.

모든 지식의 토대는 '정의(definition)'다. 정의가 규정되지 않은 지식은 체계화될 수도, 진화될 수도 없다. 그런 정의를 담은 게 사전이니 사전은 모든 지식과 학문의 가장 본질적 토대다. 어떤 나라의 문화나 학문의 성숙도를 알아보기 위해서 그 나라의 사전을 훑어보면 된다는 말은 헛된 말이 아니다. 독일의 경우 온갖 사전이 출간된다. 단어의 뒤부터 찾는 사전, 운(라임)을 활용하는 사전, 앞뒤로 철자가 같은 낱말들의 사전 등 상상할 수 없는 다양한 사전들이 있다. 그건 단순한 호사가들의 입맛에 따라 만들어진 게 아니다. 그런 사전이 있으면 매우 효율적이고 체계적인 연구가 손쉽게 이뤄진다. 사전에 대한 투자는 지속적이어야 한다. 말은 사람처럼 생로병사의 과정을 그대로 겪기 때문이다. 옥스퍼드나 웹스터 등에서 계속해시 새로운 낱밀을 추가할 뿐 아니라 기존의 낱말에 새롭게 정의를 추가하는 등의 작업이 바로 그런 대표적인 예다.

사전은 인류가 지식을 축적하고 그것을 토대로 더 나은 지식을 구축하기 위해 만들었다. 일반적으로 1세기에 그리스인들이 과거의 풍요로웠던 문학에서 폐어가 된 어휘들을 모아서 설명한 것이 최초의 사전이라 한다. 라틴어도 사전으로 보존되었다. 명확한 기록상으로는 1502년에 암브로지오 칼레피노Ambrofio Calepino가 편집한 사전『칼레핀』이 유명한데 그 이름이 종종 사전이라는 용어를 대신할 정도로 막대한 영향력을 끼쳤다. 마치 '편리하게(concise)'라는 수식어가 영어사전에 붙어서 흔히 '콘사이스'라고 불렸던 것처럼. 유럽에서는 지형적 특성상 매우 많은 언어들이 가깝게 병렬해 있기 때문에 사전을 만들 때 다양한 언어를 분류하고 합치는 작업이 병행되었다.

사전은 단순히 낱말과 그 내용을 설명하는 목적으로만 만들어지는 건 아니다. 서로 다른 언어를 하나로 통일하기 위한 정치사회적 목적에 의해 만들어지는 경우도 많았다. 영어사전을 만들게 된 목적 가운데 하나는 일반인들이 성경을 두루 읽고 쓰게 하려는 것이었으며 동시에 철자법에 규칙성이 없기 때문에 혼동하는 경우가 많아서 일정한 법칙을 만들어야 한다는 시대적 요청에 따른 것이기도 했다. 영어로 쓰인 최초의 사전은 1604년에 로버트 코드리Robert Cowdrey가 3000개의 낱말을 수록한『알파벳순으로 된 목록』을 편찬한 것이다. 영어사전에서 가장 유명한 것은 사무엘 존슨Samuel Johnson의『A Dictionary of the English Language』라고 할 수 있다. 당시 사전은 편찬자의 주관적 판단이나 호오에 따른 자의적인 것들이 많았다. 그러다가 19세기 후반에 이르러 사전 편찬자는 주관적인 호오의 판단을 버리고 모든 단어를 과학적, 역사적으로 수집해야 한다는 주장을 하기에 이르렀다. 제임스 머레이James Murray의『A New English Dictionary』(1878)는 이러한 주장이 결실을 맺은 위대한 사전이다. 이 사전은 총 10권, 1만 5488쪽의 엄청난 규모로, 수록된 어휘는 41만 4825개이고, 인용한 용례는 182만 7306개로 되어 있다. 이 사전은 통칭 NED라는 약칭으로 불리며 옥스퍼드대학 출판부에서 간행된 까닭에『옥스퍼드영한사전The Oxford English Dictionary』, 즉 OED로 불리기도 한다. 독일, 프랑스 등에서도 비슷한 과정을 거치면서 사전 편찬 사업이 왕성하게 진행되었다.

중국에서는 아주 오래전부터 훨씬 더 많은 글자를 담은 사전이 편찬되었다. 후한 때 허신이 편찬한『설문해자說文解字』는 9353개의 글자가 부수배열법에 따라 수록되었고 해설한 글자는 무려 13만 3441자나 되었다.

사전은 단순히 낱말의 정의를 설명하는 것에 그치지 않는다. 바로 백과사전이 그것이다. 백과사전은 학문, 예술, 문화, 사회, 경제 따위의 과학과 자연 및 인간의 활동에 관련된, '말 그대로' 모든 지식을 압축하여 부문별 또는 자모순으로 배열하고 풀이한 책이다. 서양에서 최초의 백과사전은 플라톤의 조카인 스페우시포스Speusippos가 삼촌의 사상을 박물지·수학·철학 등으로 분류, 편찬한 여러 권의 책이라고 한다. 그러나 로마시대에 플리니가 편찬한『박물지』를 서양 백과사선의 기원으로 보는 게 일반적이다. 현대 백과사전의 아버지로 일컬어지는 이프레임 체임버스Ephraim Chambers가 1728년에 편찬한 『사이클로피디아』라고 할 수 있는데 인명은 생략하고 과학과 기술을 중요하게 다루었으며 고대와 현대의 철학 체계를 명확하게 밝히는 데에 많은 비중을 두었다. 프랑스에서는 디드로Diderot와 달랑베르D'Alembert 그리고 몽테스키외 Montesquieu와 루소Rousseau 등 이른바 백과사전파들에 의해 『백과전서』가 출간되어 계몽주의 사상의 거대한 저장소가 되었고 프랑스혁명을 이끄는 원동력이 되었다. 현대백과사전의 총아라 일컫는 영국의 『브리태니커 백과사전』은 1768년 이후 증보되었고 1936년부터는 매년 개정 발행될 뿐 아니라 별도의 연감까지 간행되고 있다.

중국에서의 백과사전은 일찍부터 경서 숭상의 전통에 따라 고전에서 발췌하고 주석을 모아 유별로 분류한 유서類書가 중요하게 여겨졌는데, 이것이 바로 일종의 백과사전인 셈이었다. 유서는 동양의 경經·사史·자子·집集의 전 영역 또는 일정 영역에 걸친 많은 서적으로부터 여러 중요한 사항을 유별類別 또는 자별字別로 분류, 편찬하여 검색하기 편리하게 만든 책이다. 중국에서는 왕조마다 유서의 간행에 집중했다. 그래서 대표적 유서가 간행되었다. 명대의 『영락대전』은 2만 2877권의 방대한 분량이고 청대에는 수량에서 명대를 훨씬 능가할 만큼 풍부해졌다. 우리나라는 조선시대가 본격적인 유서의 시대로 1614년에 이수광이 편찬한 『지봉유설』 20권이 대표적이고 영조 때 이익이 편찬한 『성호사설』 30권은 내용과 분량에서 압도적이다. 해방 이후 1958년 학원사에서 출간한 『대백과사전』 6권은 당시 우리나라 문화에 큰 토양을 마련했다는 평가를 받았다.

이제는 사전이건 백과사전이건 인터넷의 출현으로 크게 위축되었다. 갈수록 더 심각해질 것이다. 물론 그게 시대의 흐름이기 때문에 어쩔 수 없지만, 사전의 위축은 결국 학문과 문화의 토양을 척박하게 만든다는 점에서 안타깝다. 귀찮더라도 가능한 한 책으로 된 사전을 조금이라도 자주 사용해야겠다. 현재 사전 서비스를 제공하고 있는 네이버나 다음 같은 포털은 과감하게 사전 편찬 사업에 투자하면 두고두고 칭송받을 뿐 아니라 훨씬 더 거대한 지식과 정보를 보유하고 활용할 수 있을 것이다. 한 나라의 문화적 축적과 잠재력을 보려면 사전의 수준과 다양성을 보면 된다.

몇 해 전 강연하러 중국에 갔을 때 좋은 도장을 발견했다. 꽤 비싼 옥도장이어서 망설이다 장서인藏書印으로 좋겠다 싶어 질렀다.『논어』'위정편'의 "學而不思則罔 思而不學則殆(배우기만 하고 생각하지 않으면 텅 비고, 생각하기만 하고 배우지 않으면 위태롭다)"라는 구절을 새겼다. 주인은 비싼 값에 도장을 팔아서 기쁜지(어쩌면 날 호구로 생각했는지 모르지만) 덤으로 작은 옥도장을 하나 더 새겨주겠단다. "博而精 精而博박이정 정이박"을 새겼다. 그뒤 학회에서 공자의 고향 취푸曲阜에 갔을 때 "如意여의"와 『논어』의 "見賢思齊(현인을 보고는 그와 같이 되려고 생각함)" 장서인을 구했다. 장서인은 서화 등의 소유, 소장자가 해당 서화 등에 본인 소유 및 소장을 밝히고자 찍은 도장이다. 책을 구입해서 어떤 마음으로 읽을까 고민하면서 장서인을 고른다. 그 재미도 쏠쏠하다.

장서인 말고는 별로 도장 쓸 일이 없다. 부동산 계약할 때나 쓸까 어지간한 경우는 대부분 서명으로 대신한다. 도장은 권위와 신뢰를 상징했다. 금, 은, 뿔, 나무 등의 재료에 글씨나 그림을 새겨 인주나 잉크를 발라 찍거나 점토 등에 눌러 개인이나 집단이 특정한 사실을 증명할 수 있도록 만든 물품이다. 도장은 언제부터 쓰기 시작했을까?

우리나라는 그 시작부터 도장과 밀접한 관련을 맺고 있다. 단군신화에 따르면 환인이 아들 환웅에게 천하를 다스리고 인간 세상을 구하게 하면서 천부인 세 개를 주어 보냈다고 한다. '도장'을 주었다는 건 그 자체가 완벽한 계약이며 정통성을 갖는다는 뜻이다. 파기할 수 없는 약속의 무거움과 신성함은 도장이 갖는 힘이다. 인장은 특히 정치에서 신빙하게 하는 신물 혹은 새절璽節(지금의 인장)의 권위를 갖는다. 우리나라에서 가장 오래된 도장의 경우 안압지에서 출토된 신라의 인장이다. 고려시대에 청동으로 만든 도장도 상당히 남아 있다. 고대 서아시아에서는 토기와 진흙판 문서에 찍는 스탬프 형태의 인장을 점토판 위에 누르고 굴려서 썼다. 기원전 4500년경에 메소포타미아의 할라프시대에 제작된 스탬프 형태의 도장에서 시작해, 기원전 3500년경의 우루크시대에는 원통형 인장이 제작되었다는 걸 미뤄보면 권력이 형성되고 사회가 복잡해지면서 도장이 출현한 것을 알 수 있다. 성서에서도 도장은 권력자의 권위를 상징하는 것으로 권력자의 도장이 찍힌 문서는 결코 그 내용이 변경될 수 없음을 나타내었다. 중국에서는 준추시대 말경에 처음으로 관인이나 사인으로 본격적으로 사용되었다고 한다. 요즘에도 사용하는 인주는 송宋대부터 흔해졌다. 진한晉漢대와 그 이전 시기에는 주로 물품이나 죽간 문서를 묶을 때 쓰는 진흙덩어리인 봉니封泥에 눌러 쓰는 식으로 사용됐다. 메소포타미아 지역과 로마 때 쓰인 누름 도장 방식과 흡사하다. 진한시기에는 인장이 크게 발전했다. 처음에는 중국에서만 사용하다가 점차 주변 이민족의 왕들도 사용했다.『삼국지』「위서」〈동이전〉에 따르면, 한나라에서는 주변 이민족 군장들에게 관직명이 새겨진 인장을 하사하여 회유하는 정책을 쓰기도 했다. 그게 굳어져 나중에는 금인을 하사하여 왕으로 봉하는 관습이 되었다. 고대 유물 가운데 도장이 많은 건 도장을 주인과 함께 부장하는 경우가 많아서 고분유물로 발견되기 때문이다. 그래서 당대 관직의 이름 등을 통해 직제와 사회구조 등을 추측할 수 있는 단서가 된다.

도장 가운데 가장 권위를 갖는 게 옥새다. 옥새를 처음 사용한 건 진시황이다. 옥으로 새를 만들어 옥새라고 불렀다. 후왕을 제외한 일반 신민은 인印으로 부르게 되었다. 한무제 때는 인제印制에 크고 작은 것을 규정하여 인과 장의 구별이 생겼다고 한다. 옥새, 즉 국새는 중국의 승인을 겸한 기능을 담당했다. 그래서 '高麗國王之印고려국왕지인'이나 '朝鮮國王之印조선국왕지인'으로 왕조의 변혁이 있을 때에는 전 왕조의 국새와 교환하도록 하였다. 그러나 '조선국왕지인'은 중국과의 문서에서만 사용했고 국내용으로 따로 옥새를 만들어 쓰기도 했다. 예를 들어 세종 때는 '體天牧民永昌總嗣체천목민영창총사'라는 옥새를 만들었고 성종이나 영조 때도 별도의 옥새를 만들어 썼다고 한다. 조선이 대한제국으로 변모할 때도 당연히 새로운 국새가 만들어져 '大韓國璽대한국새' '皇帝御璽황제어새' '勅命之寶칙명지보' 등이 새롭게 사용되었다.

도장이 권위를 갖게 되면서 인장의 재료에 대한 관심도 커져 금·은·동·철 등 금속은 물론 옥·마노·수정·비취 등 다양한 광물과 희귀한 목재가 사용되었다. 진귀한 보물은 재질이 견고하고 미려하기 때문에 도장에 정교하게 부각하여 인장을 사용하는 주인의 품격을 나타낸다고 여겼기 때문이다.

이와 함께 전각의 중요성이 부각되어 그 자체가 예술의 영역으로 발전했다. 흔히 서화에 사용하는 인장을 전각篆刻이라 부르는 건 주로 전서篆書로 새겼기 때문이다. 뛰어난 서예가들이 뛰어난 전각가인 경우가 많은 건 그 때문이다. 청나라의 오창석이나 조선 후기의 오세창 등이 그 대표적인 경우다. 전각은 서예가가 좋은 글을 쓰는 것과 같아서 새로운 경지와 풍모를 추구하게 되고 문인이나 서화가 사이에 비상한 관심과 숭상의 대상이 되었는데, 이는 도장문화의 발달에서 비롯된 것이다. 심지어 인장이 그 사람의 격을 반영하는 것으로 인식되는 지경까지 이르렀다.

내가 구입한 장서인은 언제부터 많이 쓰게 되었을까? 궁금해서 찾아보니 송나라 이후 도서를 수장하는 사람들이 '某某圖書모모도서'라는 인문印文을 쓰면서 일반화되었다고 한다. 도서가 곧 인장의 별명이 되고 인장이 곧 도서가 된 셈이다. 책과 관련되면서 소장자와 책과의 관계를 표현하는 구절들을 많이 썼다. 도장은 격식의 완성이며 각인의 예술적 가치가 뚜렷하며 그것을 사용하는 사람의 격을 반영하는 것으로 인식된다. 이름을 나타내는 도장이야 인감도장 하나면 충분하고 필요에 따라 막도장을 쓰기도 한다. 그러나 장서인은 갈수록 많아진다. 그것도 일종의 욕심이지만 그래도 용납되는 사치고 욕심이려니 한다.

아무리 도장을 힘주어 찍어도 약조를 지키지 못하거나 지킬 마음이 없다면 헛일이다. 장서인을 아무리 찍어도 책에서 읽은 내용을 실천할 의지가 없다면 무의미한 날인이다. 아이들은 손가락 걸며 약속할 때 마지막으로 도장을 찍어 재확인한다. 도장의 힘은 결국 그 도장을 지닌 사람의 인격과 의지에 달렸다.

어제 산 책에는 어떤 장서인을 찍을지 고민하는 일도 작은 행복이다. 당당하게 보증할 수 있을 때에만 도장을 찍을 수 있다. 그냥 꾹 눌러 찍는다고 능사가 아니다. 도장의 힘은 서각이나 인주에서 오는 게 아니라 그 확실성과 명료함에서 나온다.

내

內

양말

socks , 洋襪/襪子/足衣

요즘 양말은 구멍도 잘 나지 않는다. 물론 예전 나일론 양말처럼 질기지는 않지만 그래도 튼실하다. 어쩌다 구멍이 나면 깁지 않고 그대로 버린다. 그만큼 풍요로워졌기 때문이기도 하고 아껴 쓰는 법을 잊었기 때문이기도 할 것이다. 예전에 엄마들은 구멍난 양말에 전구를 넣어 둥글게 모양을 유지하며(양말에 구멍이 나는 경우는 발가락과 발꿈치 부분들이었으니까) 꿰매곤 했다.

한때는 하얀 양말 신는 게 유행이었다. 그때는 흰 양말이 스포티하게 여겨졌고 깔끔하게 보였기 때문이었을 것이다. 심지어 수트 차림에도 흰 양말을 신으면서 은근히 뻐기기도 했다. 복식服食에 흰 양말은 절대로 해서는 안 되는 매칭이라는 걸, 웃음거리가 된다는 걸 뒤늦게 알게 되면서 이제는 그런 모습은 좀처럼 찾기 어렵다. 빨간 양말이 유행한 적도 있

113

다. 그걸 개성이라 여기면서. 빨간 양말 하면 곧바로 코미디언 임하룡을 연상할 만큼 그의 트레이드마크가 되기도 했다. 춤 좀 추며 바닥을 비벼본 건달 형의 대명사라고나 할까? 심지어 일부러 짝이 다른 양말을 신는 녀석들도 있었다.

'양말'이라는 말에서 짐작할 수 있는 것처럼, 서양 문물이다. 우리는 예전부터 버선을 신었다. 버선의 한자가 말襪이다. 훗날 개화기 이후 양말이 전해지자 서양식 버선이라는 뜻으로 양말洋襪이라고 불렀다. 우리말로 아는 경우가 많지만 사실은 한자말이다. 신기한 건 양말의 역사가 신발의 역사보다 훨씬 오래되었다는 사실이다. 아마도 아주 옛날에는 신발 대용 양말이었을 것이고 나중에 양말 대용 신발이 되었던 듯하다. 고대 이집트 유물에서도 니트로 만든 양말이 발견된 걸 보면 생각보다 긴 역사를 갖고 있는 셈이다. 고대 그리스인들도 동물의 털을 꼬아서 양말을 만들어 신었다. 로마인들은 양털로 만든 천으로 '당겨 올려 신는' 최초의 양말을 만들었다. 이후 오랫동안 양말은 서양의 복식사에서 중요한 패션으로 발전했다. 그리고 바지의 형태에 따라 양말의 형태와 기능도 함께 변화했다. 바지를 짧게 입느냐, 혹은 헐렁하게 입느냐, 딱 맞게 입느냐에 따라 양말의 형태가 달라졌다. 짧은 바지를 입으면 양말이 길어졌다. 그 긴 양말이 바로 타이츠다.

편물기술을 발전시킨 건 아라비아인들이었다. 그들은 이집트를 정복하면서 편물기술을 습득했고 발전시켰으며 이슬람이 이베리아반도를 점령하면서 조금씩 유럽으로 편물기술이 유입되어 유럽에서도 편물기술이 발달하기 시작했다. 그렇게 해서 중세 중기에 수편 양말이 발달했지만 특권층 일부의 사치품이었다. 북유럽에서는 16세기에 에스파냐와 이탈리아 등에서 편물 양말을 수입했는데 사치품이라는 이유로 여러 차례 금지령이 내리기도 했다. 유럽에서 양말에 혁명적인 변화를 불러온 것은 편물기계 덕분이었다. 1589년, 목사이자 박사였던 윌리엄 리William Lee의 발명품이었다. 처음에는 수공업자들이 일자리를 잃게 될까봐 거부했지만 사람들은 이내 기계로 짠 니트 스타킹을 신기 시작했다. 물론 프랑스에서는 이보다 이른 1527년에 이미 편물양말조합이 설립되었고, 16세기 후반에는 일반인들도 양말을 신었지만 편물기계에 의한 대량 생산은 이미 영국의 손에 넘어갔다. 17세기 말 영국은 유럽 제일의 양말 산업국이 되었다. 그리고 마침내 19세기 중반에는 양말이 자동식 메리야스 산업으로 이행하게 되었고 20세기에 나일론과 라이크라가 발명되면서 또다시 혁명적으로 양말 산업이 발전했다. 이전에는 주로 모와 실크, 면이 양말 소재의 거의 전부였지만 나일론과 라이크라라는 새로운 소재 덕분에 이전보다 훨씬 편안하고 튼튼한 양말로 진화했고 공장의 대량 생산으로 대부분의 사람들이 이전보다 값싸고 질 좋은 양말을 신게 되었다.

양말은 발을 편안하게 보호하고 발의 체온을 따뜻한 상태로 유지시켜준다. 또한 발과 신발 사이의 마찰을 덜어주기 때문에 유익하다. 예전에도 양말은 귀족의 패션에 매우 중요한 역할을 했지만, 이제는 양말의 기능적 요소에 더해 패션의 일부, 아니 패션의 종결 요소로 여기는 세상이 되었다. 내가 기억하는 가장 멋진 양말은 어느 노신사가 멋진 수트에

신은 약간 어두운 민트색 양말이었는데 정장에 튀지도 않으면서 딱 맞는 액센트가 노신사를 아주 세련된 스타일리스트로 만들어주었다. 요즘은 젊은 사람들이 주로 신던 발목양말을 신는 어른들도 늘고 있다. 그만큼 양말은 이미 중요한 스타일 포인트가 된 것이다.

양말(스타킹)을 신는 점에서 축구과 야구는 비슷한데, 팀 이름에 양말을 내세우는 건 야구뿐이다. 미국프로야구 메이저리그의 보스턴 레드삭스(구단주가 당시 유행하던 레드 스타킹스로 명명한 것을 기자들이 약자로 레드삭스로 부르면서 굳어짐), 시카고 화이트삭스(화이트 스타킹스에서 변형), 세인트루이스 카디널스(팀의 주홍색 양말을 당시 스포츠 기자였던 윌리엄 맥헤일이 카디널스로 부르면서), 신시내티 레즈(창단 때부터 빨간 양말을 신어 레드 스타킹스로 불리다가 줄여서 레즈로) 등의 명칭은 양말에서 유래했다. 양말의 색깔이 그만큼 도드라졌고 팀의 상징색이 된 사례다.

이처럼 양말은 우리의 일상생활뿐 아니라 여러 문화(체육) 생활에서 빼놓을 수 없는 필수품이 되었다. 그러면서도 여전히 상대적으로 가볍게 여긴다. 그러다보니 양말을 꼼꼼하게 확인하지 못하거나 아슬아슬한 상태에서 그냥 신고 나왔다가 나도 모르는 사이 양말에 구멍난 줄도 모르고 남들과 함께 신발 벗는 곳에서 낭패를 당하기도 한다. 아주 오래전 그런 일이 있었다. 그걸 눈치챈 집주인이 얼른 내게 실내화를 가져다주었다. 다른 사람들이 눈치 못 채도록 한 그의 배려가 지금까시노 기억난다.

116 이제 양말을 기워 신는 사람들은 거의 없다. 알전구를 안

에 넣어 꿰매주던 어머니들도 이제는 할머니가 되었거나 이미 세상을 떠났다. 궁상맞고 청승 떠는 게 아니라 근검절약하는 삶까지 그 해진 양말들과 함께 사라지는 건 아닌지 옹색하게 생각해본다. 가장 힘든 일을 맡아 하면서도 더럽다 꺼리는 발을 감싸주는 양말처럼 험하고 힘든 일 하는 약자를 보듬어줄 수 있는 세상이 정의롭다.

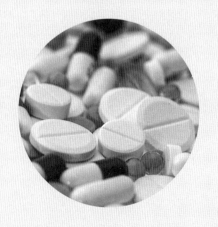

아스피린

aspirin

'

만병통치약이란 게 있다. 온갖 병을 고치는 데 쓰이는 약이나 처방을 말한다. 그런 약이 있을 수 있을까? 그런 약이 있으면 좋겠다는 인간의 욕망이 만들어낸 허상일 뿐, 그런 약은 있을 수 없다. 그런데 오랫동안 그렇게 통했던, 그리고 최근에 다시 그런 양상이 조금은 있을 수 있다는 능력(?)을 보이는 약이 있다. 바로 아스피린이다.

집집마다 아스피린은 거의 상비하고 있다. 아이들이 있는 집에는 꼭 있어야 하는 약이었고 요즘은 나이든 어른들을 모시는 집에도 그렇게 통한다. 아스피린이란 이름은 주성분인 아세트산(acetic acid)의 'A'와 추출한 버드나무의 학명인 스피라이아 spiraea의 합성어로 버드나무 껍질의 추출 성분으로 만든 약이라는 뜻으로 지어진 이름이다. 아스피린은 실제로 다채로운 효능 때문에 '경이로운 약'이라고 불리기도 한다.

119

남녀노소 증세 불문하고 어디가 아프다고 느끼면 가장 손쉽게 복용할 수 있는 약이라서 그렇기도 할 것이다. 무려 120년 넘게 인류의 건강을 책임진 대단한 약이다. 일단 아스피린은 흔히 진통제로 기억한다. 독일 바이엘 연구소의 펠릭스 호프만Felix hoffmann 박사에 의해 합성에 성공한 1897년부터 진통제로서 아스피린의 역사가 시작되었다. 아스피린의 주성분인 아세틸살리실산이 편두통에 통증완화 효과를 보여줬다는 임상 연구들이 여러 차례 보고되었고 아폴로 11호에도 아스피린이 상비약으로 실렸다. 아세틸살리실산은 인후염과 감기로 인한 통증을 완화시키는 데에도 효과적인 성분이라고 한다.

사실 아스피린의 기원은 고대로 거슬러올라간다. 고대 이집트인이 남긴 파피루스 기록에는 여러 약 처방과 다양한 동식물, 광물성 약에 대해 적혀 있는데 버드나무를 강장제나 진통제로 사용했다는 기록도 있다. 히포크라테스Hippocrates도 버드나무 껍질에서 추출한 즙의 활성 성분인 살리실산에 진통 효과가 있다는 걸 알아냈다. 그러니까 오래전부터 버드나무 껍질을 삶은 혼합물을 진통제로 썼던 셈이다. 18세기 중엽 에드워드 스톤Edward Stone은 수십 명의 발열 환자를 대상으로 버드나무 껍질 추출물을 사용해서 해열과 진통에 효과가 있음을 영국왕립협회에 보고했고, 19세기 초반 프랑스의 약사 피에르 조제프 르루Pierre-Joseph Leroux는 버드나무 껍질 추출물에서 '살리신'이라는 물질을 결정체화했다. 이것을 이탈리아 화학자 라파엘 피리아가 살리실산으로 발전시켰으니 아스피린의 발명이 전적으로 호프만의 독창적인 결과

물은 아닌 셈이다.

바이엘에 입사한 청년 화학자 호프만의 아버지는 류머티스 관절염으로 고통을 받았다. 그는 아버지의 통증을 덜어주기 위해 복용중이던 살리실산나트륨의 약성을 개선할 방법을 연구하다 살리실산을 아세틸화해서 아세틸살리실산으로 만드는 방법을 개발했는데 복용도 쉽고 점막 자극도 덜했다. 아들이 개발한 약을 먹은 아버지의 통증은 크게 가라앉았다. 이후 그는 아스피린 전도사가 되었다.

아스피린을 전 세계적으로 유명하게 만들고 판매량을 두배 넘게 증가시킨 건 스페인 독감이었다. 1918~1920년 동안 2500만~5000만 명을 사망하게 한 엄청난 전염병은 공포 그 자체였다. 1차대전 동안 전쟁터에서 사망한 사람의 수(800만 명)보다 단 6개월 동안 독감으로 인한 사망자 수가 3배가 많을 만큼 무서운 질병이었다. 당시 우리나라에서도 한반도 전체 인구의 38퍼센트인 758만 명이 독감에 걸렸고 그중 14만 명이 사망했다. 무오년의 일이어서 '무오년 독감'으로 부른 게 바로 스페인 독감이었다. 독감과 감기는 전혀 다른 차원의 질병이기는 하지만 해열과 진통 효과가 큰 아스피린은 세계적으로 선풍적인 인기를 끌었고 그 명성을 확산시킨 계기가 되었다(최근 바이엘은 미국의 몬산토를 약 67조 원에 사들여 세계 종자 시장의 큰손으로 등장하면서 새로운 모습으로 나타났다).

1972년~1988년은 아스피린이 가정 상비용 통증완화제에서 심장질환 예방약으로 재발견된 시기로 평가된다. 몇 해전 지방에서 강연을 시작하기 직전에 갑자기 심근경색이 나에게 왔다. 아무런 예후도 없다가 갑자기 다리미로 심장을 다림질하는 듯한 통증에 입도 열지 못했다. 다행히 옆에 있던 사람이 아스피린 두 알을 줘서 고비를 넘기고, 그다음날 응급실로 실려가 수술을 받았다. 이전에 아스피린 프로텍트정을 복용했던 게 조금은 도움이 되었던 건 아닐까 하는 느낌도 든다. 이후 지속적으로 복용하는 약들에 아스피린 계통이 들어가 있다. 평생 복용해야 하는 약이다.

1978년 아스피린의 아세틸살리실산 성분이 혈소판의 응결을 차단한다는 사실이 밝혀지고 여러 연구와 임상을 거치면서 아스피린이 심혈관질환 예방 효과가 있다는 점이 드러났다. 고혈압, 심근경색, 뇌졸중 등에 효과가 있을 뿐 아니라 최근에는 식도암, 대장암 등의 예방 치료제로도 부각되고 있다. 1985년 미국 FDA는 과거 심장발작 유경험 환자가 매일 아스피린을 복용하면 두번째 심장발작 위험이 1/5로 감소한다고 발표했고 1996년에는 재발성 심근경색 위험을 감소시키는 약제로 인정했다. 아스피린은 허혈성 심장질환의 가족력, 고혈압, 고콜레스테롤혈증, 비만, 당뇨 등 복합적 위험인자를 가진 환자에게 심혈관계 위험성을 감소하는 효능이 있다는 것도 잇따라 발표되었다. 특히 폐경 이후 여성호르몬인에스트로겐이 감소하면서 심혈관질환 발병 위험이 커질 수있는데 저용량 아스피린이 도움이 된다는 연구 결과도 나왔다. 최근에는 아스피린이 항암효과와 치매 예방 기능도 가진것으로 보고되고 있다. 특히 아스피린이 대장암의 세포사멸을 유도한다는 연구 결과도 나왔다. 이쯤 되면 가히 현대의만병통치약으로 변화하는 중이라 할 수 있다. 물론 부작용이 없는 건 아니다. 아스피린의 과다 및 장기 복용은 위장을 보호하는 점액 생산을 촉진하고 위산 분비를 억제하며 혈액응고를 돕는 프로스타글란딘의 점액 생산을 저해한다. 결과적으로 위산 분비를 높여서 속쓰림뿐 아니라 혈액응고를 저해하는 부작용을 낳는다.

아스피린을 가볍게 여기던 나는 이제 아스피린을 달고 산다. 멀리했던 친구를 매일 만나는 친구로 삼고 살아가야 한다. 만병통치약은 아니어도 이제는 음식에서 빠뜨릴 수 없는 양념처럼 여기며 데리고 살아야 한다. 그래도 내겐 목숨을 건질 수 있는 약이었으니 그저 고마운 녀석이긴 하다. 약을 먹지 않고 살 수 있기 위해서라도 평소에 운동을 자주 하고 섭생을 신경쓰며 수시로 몸을 체크하고 관리해야 한다. 아스피린조차도 가까이하지 않으며 살기 위해서는. 치료에 쓰이는 약보다 예방에 쓰이는 약을 잘 챙길 수만 있어도 건강을 지킬 수 있다. 지혜는 인생에서 처방할 수 있는 최고의 예방약이다.

커
피

"천 번의 키스보다 달콤하다." 커피에게 이보다 더 멋진 찬사가 또 있을까? 아침에 일어나 공복 상태에서 마시는 자극적인 음료가 아직 덜 깬 몸에 처음 들어가는 게 건강에는 그리 좋지 않을 수 있겠지만 그 순수한 자극을 온몸으로 느낄 수 있는 즐거움은 어쩔 수 없다. 첫 한 모금이 목젖과 아침 인사를 나누며 식도로 넘어가는 그 짜릿한 느낌은 다른 어떤 것으로도 대체할 수 없다. 내게 '아침과 커피'는 하루의 첫번째 관문인 셈이다.

커피전문점들이 경쟁하듯 내로라하는 커피로 유혹한다. 이미 카페는 넘친다. 가히 커피공화국이다. 해외여행중에 느끼는 이질감(?) 가운데 하나는 커피를 마실 만한 곳을 찾기가 쉽지 않다는 점이다. 우리에게 커피가게들이 너무 많다는 반증이기도 하다. 중국인들에게 차가 일상이듯 우리에게는 이

125

미 서양 음료인 커피가 일상으로 들어왔다. 카페가 너무 많다거나 달리 할 게 없는 상황에서 경제 독립을 모색한 사람들이나 은퇴자들이 만만하게(?) 선택하기 때문에 과포화 상태고 제 살 뜯어먹기 경쟁이라는 비판이 있을 정도다. 그래도 소비자의 입장에서는 아무때나, 어디서나 마음만 먹으면 쉽게 커피를 즐길 수 있다는 혜택이기도 하다.

커피를 마시는 이유야 각양각색일 것이다. 그래도 가장 큰 이유는 '잠깐의 여유'일 듯하다. 대화하면서 마시는 경우가 아니라면 10분쯤의 시간. 말 그대로 'break'인 여유다. 그 짧은 시간의 휴식이 몸의 피로를 해소하는 데에는 턱없이 부족하겠지만 엉킨 생각을 정리하고 짧은 영감과 직관을 얻어내기에는 충분할 수도 있다. 내게 커피 타임은 그런 시간이다. 몰두하던 일에서 한 발짝 물러나 정해진 갈래가 아닌, 자유로운 상념과 심지어 공상까지 마음대로 넘나들 수 있는 짬은 들이는 시간에 비해 효용이 꽤 높다.

4년 동안 품었던 해미의 작업실 수연재樹然齋에서 아침에 일어나자마자 원두를 그라인더에 갈 때마다 커피콩이 으깨지며 토해내던 향기가 그렇게 좋았다. 그 향기만으로도 하루의 시작이 상쾌했다. 때로 선물 받은 커피를 내릴 때면 그 사람을 잠시라도 생각할 수 있는 것 또한 매력이었다. 온갖 커피를 섭렵하는 게 큰 즐거움의 하나였다. 이제는 그런 호들갑(?)에서는 졸업했다. 게을러서 그랬는지 그런 관심에 마음 빼앗기는 게 싫었는지는 모르겠다. 아마도 내 입과 혀가 그렇게 에민하지 않아서 적낭한 커피면 어느 것이나 별 차이 없이 즐길 수 있다는, 꽤나 현실적인 타협의 결실이었을 것이다.

　내가 커피를 처음 마신 건 대여섯 살쯤이었으니까 꽤나 오래되었다. 지독한 커피광이었던 아버지를 따라 '세종다방'에서 마셨던 커피였다. 아버지는 막내였던 나를 데리고 가끔 다방에 가셨다. 요구르트도 없었을 때였으니 분말주스 음료를 얻어 마셨던 듯하다. 한복을 곱게 입은 다방 주인('마담'이라 불렸던)은 다방에 어울리지 않을 꼬마 손님을 내쫓지 않고 귀여워했다. 달콤한 주스 마시는 재미에 아버지 손잡고 가는 다방 순례가 설렜다. 어느 날 갑자기 나도 커피가 마시고 싶었다. 아버지가 그리도 좋아하는 걸 보면 틀림없이 맛있지 않겠는가. 조르고 졸라 드디어 커피를 마셨다. 사실은 연유를 듬뿍 넣고 커피 색깔만 드러낼 정도였으니 정식으로 커피라고 할 수도 없었겠지만, 어린 마음에 나도 어른들과 대등해졌다는 뿌듯함 때문에 그다음부터는 다방에 갈 때마다 "넌 뭐 마실래?"라고 물으면 조금도 주저하지 않고 "커피요!"라고 대답했다. 그게 커피와의 첫 만남이었다.

　나는 두툼한 머그잔으로 커피 마시는 게 좋다. 환경적 요인도 있지만 그 질감이 좋기 때문이다. 홍차는 최대한 얇은 잔이어야 햇빛이 투사되면서 빚어내는 빛깔의 향미가 있지만 커피는 오히려 빛을 차단해서 특유의 짙은 갈색일 때가 좋다. 투박하지만 두툼한 잔을 감싸며 느끼는 촉감과 온기 또한 좋다. 다섯 가지 감각은 아니어도 후각, 미각, 촉각을 한꺼번에 맛볼 수 있는 즐거움도 만만치 않다.

　누군가에게 두툼한 잔이 되어준 적이 있었는가? 몇 가지 감각의 즐거움을 맛보게 해준 적은 있었을까? 기꺼이 제 몸

깨뜨린 향으로 아침을 상큼하게 깨워준 커피콩의 분쇄처럼 스스로 누군가의 아침을 행복하게 해준 기억은 남았을까? 어느 먼 곳에서 가난한 사람들의 노동력을 착취해서 메이저들의 배만 잔뜩 불리게 한 커피가 내 책상에서 나의 지친 오후를 버티게 해주는 힘으로 음미되는 것 또한 때론 불편하지만 직시해야 하는 불평등이기도 하다. 전체를 바꾸진 못해도 공정무역 커피를 구입해서 죄책감을 덜고 커피 농부에게 1센트라도 더 줄 수 있기를 꿈꿔보게 하는 커피이기도 하다.

커피는 심하지는 않지만 적당한 중독성이 있다. 바흐J. S. Bach의 유명한 〈커피 칸타타〉는 영리한 딸 리스헨과 딸이 커피 마시는 꼴이 못마땅해서 커피를 당장 치워버리라는 아버지 슐렌드리안의 이야기다. 당시 여자들이 커피하우스에 갈 수도 없었고 커피 마시는 것 자체를 금하던 시대에 대한 비판도 담긴 이 곡에서 리스헨은 "커피는 어쩌면 이렇게 맛있을까?"라며 커피에 대한 강한 욕망을 표현한다. 아버지는 커피를 마시면 산책을 금지한다거나 스커트를 사주지 않겠다고 설득 반, 강요 반으로 어르지만 딸은 다른 건 다 없어도 커피만은 안 된다고 단호하게 거절한다. 카페인 효과는 둘째 치더라도 커피의 맛과 향은 쉽게 끊을 수 없다는 점만으로도 중독성이 있다.

커피하우스가 금녀의 집인 까닭에 남편들은 자신들만의 자유와 안락을 즐기기 위해 커피하우스에 모여들었고 자유분방함과 성적 타락까지 만연하자 여성들이 커피하우스에 반대하는 '청원서'를 제출하기까지 했다. 다른 한편으로는 정보를 얻고 교환하는 곳이기도 해서 자연스럽게 상업적 교역과 정치활동의 중심지가 되었다. 17세기 후반 로버트 보일, 아이작 뉴턴, 로버트 훅 등 영국의 많은 과학자들이 커피하우스에 모여 대화, 토론, 연구발표를 통해 근대과학의 기초를 마련했다는 점도 특별하다. 문학도 예외가 아니었다. 커피하우스는 주식 매매인들이 드나들며 정보를 교환했는데, 에드워드 로이드의 커피하우스는 항해와 관련된 사람들이 주로 드나들었고 나중에 세계 최대의 보험회사 런던로이즈(Lloyd's of London)로 발전했다. 정보교환과 지적 생산력을 발전시키는 데에 큰 역할을 했다는 점에서 커피는 독특한 문화 상품이었던 셈이다.

커피 향이 번지는 골목길은 참 따뜻하다. 골목의 예쁜 카페는 제집에만 그 향기를 가두지 않고 골목 전체에 내놓는다. 그런 골목길은 그래서 갈 때마다 마음이 따뜻하고 행복하다. 커피 한 잔의 여유는 덤이다. 특별한 경우 아니면 뜨거운 커피를 선택하는 건 내 몸 안으로 번지는 따뜻함과 향기를 누리고 싶기 때문이다. 느슨한 뇌와 가슴을 깨우면서 도톰하게 도닥이는 커피가 내 앞에 놓였을 때, 적어도 그 순간만큼은 내가 우주에서 가장 행복한 사람이다. 커피 브레이크가 없다면 하루가 얼마나 지루하고 따분할까. 〈커피 칸타타〉를 작곡해서 딸의 사치(?) 취향을 막고 싶었던 바흐는 커피의 그 마약 같은 맛에 진저리만 쳤을까?

모퉁이에 들어서면 이미 커피 향기 은근히 감도는 그 골목에 가고 싶다. 베네치아 산마르코 광장의 유명한 카페 플로리안의 진한 커피를 다시 맛보고 싶다. 거기에서 커피에 관한 좋아하는 구절을 읊조리면서.

"커피는 시간을 주지만, 물리적인 시간을 주는 게 아니라 본연의 자신이 될 기회를 준다는 의미다. 그러므로 한 잔 더 마시기를."

그 말처럼 멋지게 살다 간 미국의 소설가 겸 비평가이자 동시에 미술애호가였던 거트루드 스타인Gertrude Stein의 말은 그 자체가 커피 향이다. 진한 커피만큼 강렬하고 농축된 순간들이 있다면 충분히 고마운 하루다. 행복하다는 건 그런 순간들이 담긴 시간을 누리는 것이다.

선글라스

햇볕이 따가울 뿐 아니라 상공에 오존 구멍이 난 오스트레일리아에서는 학생들에게 선글라스를 무상으로 지급한다는 뉴스를 읽은 적이 있다. 뜨거운 햇볕 아래에서 꼭 필요한 게 선글라스다. 예전에는 '색안경'이라고도 불렀지만 이제는 그렇게 부르는 사람은 거의 없다. 몸매 좋은 모델이 선글라스를 쓰고 활보하는 광고 사진은 저절로 눈길을 끈다. 우리는 아직 낯설어서 일상생활에서 선글라스를 쓰고 다니는 모습이 흔치 않지만 외국에 나가면 길거리 사람들 절반 이상이 선글라스를 쓰고 있는 걸 심심치 않게 볼 수 있다.

부활의 김태원, 가수 박상민, 배우 김보성 등 연예인은 거의 언제나 어느 곳에서나 선글라스를 끼고 있다. 하도 익숙해서 이제는 그걸 벗은 모습을 상상하기 어렵다. 하지만 대다수 사람들에게 선글라스는 여행이나 휴가 때 반드시 챙기

131

는 필수 아이템이다. 그래서 선글라스는 늘 일상에서 벗어나는 설렘을 동반한다. 물론 이제는 시내에서도 길에서 선글라스를 쓰는 사람들이 조금씩 늘고 있기는 하지만. 선글라스를 쓰고 사진을 찍으면 좀더 멋져 보인다고 여기는 까닭에 사진 찍을 때 꼭 선글라스를 쓰는 사람들도 늘고 있다. 이른바 '사진빨 증대용' 아이템의 역할이다.

강렬한 햇빛과 자외선으로부터 눈을 보호하기 위하여 쓰는(물론 요즘은 패션을 위해 쓰는 경우도 많지만) 선글라스는 본래 군사용이었다. 조종사들은 강한 햇빛을 받으며 장시간 비행하면서 두통과 구토증에 시달렸다. 미육군항공단의 존 맥크레디John McGready 중위가 바슈롬사社에 조종사를 위한 보안경 제작을 의뢰하면서 본격화되었다. 140년 전통의 광학기구 업체인 바슈롬은 연구를 거듭해서 고공비행중 강렬한 햇빛을 막아주는 선글라스를 개발했다(그래서 선글라스가 얼굴의 반쯤 가리는 에비에이터aviator 스타일은 비행 조종사들이 쓰는 안경에서 유래했다). 1936년에 그 회사는 '눈부심 방지'로 특허를 획득했다. 바슈롬의 안경은 태양광선을 막는다는 뜻으로 '레이벤Ray-Ban'으로 불렸다(예전에 '라이방'이라고 부른 건 일본식 발음에 익숙한 세대들이 우리 식으로 발음했던 것이다). 이후 레이벤은 선글라스를 대표하는 상표가 되었다. 선글라스가 전 세계적으로 대중화되기 시작한 건 여러 명품 브랜드들이 사필로나 룩소티카 같은 회사들과 손잡고 라이선스 생산을 본격화한 1990년부터라고 할 수 있다.

논란의 여지가 있기는 하지만 최초의 선글라스는 서양이 아닌 동양에서 시작되었다는 주장도 있다. 안경과 선글라스에 대한 저술로 유명한 프랑카 아체렌자Franca Acerenza의 『아이웨어Eyewear』에 따르면 송나라 때 판관들이 죄인을 심문할 때 자신의 표정을 숨기기 위해 만들어졌다고 한다. 수정에 연기를 쪼여 검게 만든 안경이 그 시초라는 것이다. 즉 법정에서 판관들이 눈의 표정을 가리기 위해 스모그 컬러 수정 렌즈를 사용한 것이다. 원래 연수정을 이용한 안경은 처음에는 단순히 눈부심을 막기 위한 것이었는데 시간이 지나면서 범인이 재판관의 눈치를 살피지 못하게 하는 용도로 사용되었다고 한다. 또다른 주장을 따르면 그것보다는 후대인 1430년대 중국에서 안경을 연기로 그을려 검게 했던 것이 효시라는 설도 있다. 이 주장 역시 재판정에 사용할 용도였다는 점은 동일하다.(그래서 우리가 학교에서 시험 볼 때 감독하는 선생님들이 가끔 선글라스를 썼던 거였구나!)

선글라스는 동양인보다 서양인들이 많이 착용한다. 그것은 서양이 동양보다 햇빛이 강하거나 자외선이 더 많아서가 아니라 서양인에게 멜라닌 색소세포가 상대적으로 적기 때문이다. 자외선을 막는 천연 보호막인 멜라닌 세포는 세포에게 해를 입히는 유해산소나 유리기를 제거하는 일도 하여 피부의 건강을 유지시킬 뿐 아니라 눈의 건강에도 매우 중요하다. 홍채가 푸른 백색인종은 멜라닌 색소가 적어서 눈부심을 더 많이 느낀다. 반면 홍채가 검은 유색인종은 그 색소가 많아서, 보통의 건강한 한국 사람들은 국내에서는 선글라스가 필요한 경우가 생각보다 그리 많지 않다. 서양인들이 선글라스를 즐겨 쓰는 건 단순히 멋을 위해서가 아니라 동양인들보다 상대적으로 멜라닌 세포가 적기 때문이며 그런 점에서 선글라스는 그들에게는 일종의 복음과도 같았을 것이다.

눈은 태양광선, 특히 자외선에 매우 약하다. 오랫동안 햇빛에 노출되면 강한 빛이 각막의 상피세포를 손상시켜 각막염이 발병하거나 익상편(결막주름이나 섬유혈관성 조직이 날개 모양으로 각막을 덮으며 자라나는 안질환)이 발생할 수 있다. 그뿐만 아니라 눈 속 깊이 침투해서 백내장을 유발하기도 한다. 선글라스나 모자 없이 장시간 햇빛에 노출되면 백내장 발병 위험도가 3배 증가한다고 한다. 골퍼들이 선글라스를 쓰는 건 바로 그 때문이다. 농부들도 백내장 발병률이 높은데 바로 마찬가지 이유 때문이다. 따라서 이러한 질병을 예방하는 면에서 선글라스는 매우 유용하다.

강한 자외선으로부터 눈을 보호하기 위한 선글라스는 단순히 패션이나 디자인을 고려해서 선택할 게 아니라 기능과 목적에 맞게 구입해야 한다. 예를 들어 낚시하는 사람은 일반 선글라스보다 편광 선글라스가 좋다. 태양빛을 편광화하여 난반사를 없애기 때문에 물속을 더 잘 볼 수 있기 때문이다. 전문가들은 렌즈의 자외선 차단 정도와 편광 정도에 따라 그리고 렌즈의 색상에 따라 신중하게 고르기를 권한다. 예를 들어 한여름 햇살이 매우 강한 날 호수에서는 회색 렌즈, 일반적인 야외에서는 옅은 회색 렌즈, 비 오는 날에는(요즘은 비 올 때도 선글라스를 쓰는 사람이 있으니) 황색이나 녹색 렌즈, 물이 흐르는 계곡이나 빛이 강하지 않은 아침, 저녁에는 갈색이나 자주색 렌즈, 운전할 때는 노란색 계열의 렌즈가 좋다고 한다. 이처럼 활동이나 날씨 등에 따라 렌즈의 색상을 다르게 선택해야 하는 것은 선글라스 렌즈의 코팅 색상이 자외선 차단율과 상관관계가 있기 때문이다. 렌즈의 코팅 색상에 따라 자외선 투과율이 다르다는 점을 고려해야 한다.

가시광선은 투과하고 자외선은 차단하는 선글라스의 색이 너무 진하면 가시광선 투과율이 낮아져 동공을 크게 열어야 한다. 그렇게 되면 자외선이 더 많이 눈 안으로 들어오는 역효과가 생길 수 있고 시력 저하의 위험도 있다. 선글라스를 쓰고 거울을 봤을 때 눈동자가 보일 정도가 적당하다고 한다. 최근에는 렌즈 안쪽에 자외선 차단물질을 발라서 색은 옅어도 자외선 차단 기능이 뛰어난 제품들도 많아졌다. 불량 렌즈를 가려내기 위해 흰 종이 위에 렌즈를 비춰 색이 고르게 분포되어 있는지, 햇빛에 비춰 봤을 때 균열이나 기포가 없는지를 세심하게 살펴야 한다. 색이 고르지 않으면 빛이 번져 보이고 눈이 쉽게 피로해지는 부작용이 있기 때문이다. 이처럼 선글라스는 의외로 까다롭다. 그래서 선글라스를 고를 때는 가격, 브랜드, 패션 등을 따지는 것도 중요하지만 주로 어떤 활동에 쓸 것인지를 고려하는 것이 좋다.

선글라스와 뗄 수 없는 관계를 가진 사람들은 앞서 말한 연예인들만은 아니다. 오히려 우리에게 오랫동안 각인된 인물은 미국의 맥아더 장군일 것이다. 파이프 담배와 선글라스는 맥아더의 트레이드마크처럼 느껴진다. 그렇다고 선글라스만 쓰면 무조건 멋져 보이는 건 아니다. 개인적으로 가끔 선글라스에 대해 갖는 불만 가운데 하나는 외국 브랜드 선글라스가 외국인 얼굴 골격에 맞도록 만들어져서 정작 우리 얼굴에 잘 어울리지 않거나 불편한 경우가 왕왕 있다는 점이다. 지금보다 훨씬 더 멋지고 훌륭한 국산 브랜드 선글라스가 저절로 우리의 최우선 선택의 대상이 될 수 있는 날이 곧 오기를. 선글라스, 내 안경으로만 타인의 색깔을 읽어내는 것이 아니라 그의 색깔을 더해주는 것.

모자

어쩌다 외국에 가게 되면 꼭 들러보는 곳이 모자가게다. 내 머리둘레가 생각보다 커서 모자가 잘 맞지 않는 경우가 많고 마음에 쏙 들게 어울리는 걸 찾기 어렵기 때문이다. 그렇다고 평소에 모자를 열심히 쓰는 것도 아니다. 내 정서상 모자 쓰고 다니는 게 아직은 일상적이지 않아서인지 조금은 어색하다. 그래도 추운 겨울날에 산책할 때는 머리를 보호하기 위해 꼭 모자를 챙긴다. 아무 모자나 잘 어울리는 사람을 보면 은근히 부럽다.

지금은 학생들이 모자 쓰는 일이 거의 없지만 우리 때만 해도 모자는 필수였다. 내 기억에 초등학교 입학식 때도 교복에 교모를 썼던 것 같다. 중고등학교 때는 모자를 삐딱하게 쓰거나 챙을 한껏 오므리는 게 멋이었다. 심지어 챙 가운데 안쪽을 칼로 살짝 베어 잘 꺾어지게 만드는 녀석들도 있

137

었다. 물론 그때도 지금의 힙합 모자처럼 챙을 일부러 평평하게 펴서 쓰는 녀석들도 있었고. 학교건 군대건 내게 모자는 어딘가에 소속되어 구속감을 느끼게 하는 부속물이었다. 그래서 그 이후에는 추울 때도 모자를 의도적으로 거부했던 듯하다.

얼마 전 디카프리오가 주연으로 나온 미국 영화 〈위대한 개츠비〉를 보는데, 개츠비의 회상 장면에서 모든 남자들이 예외 없이 모자를 쓰고 있는 모습이 이색적으로 느껴졌다. 당시에 외출할 때 남자의 정장에는 모자가 필수였기 때문에 그랬을 것이다. 모자는 추위나 더위를 막는 기능을 위해 만들어졌고 그렇게 쓰이지만 오히려 예의를 갖추는 복장으로도 많이 사용되었다. 영국신사들의 실크해트가 그렇고 우리의 갓이 그렇다. 더 나아가 신분이나 사회적 지위를 상징하는 도구로 쓰이기도 했다. 요즘은 머리 감기 귀찮을 때 감추기 위해 모자를 쓰기도 한다. 우리 민족은 일찍부터 다양한 모자를 썼다는 게 옛 기록에도 두루 나온다. 『삼국지』「위서」〈동이전〉에 부여 사람들이 금은으로 장식한 모자를 썼다는 기록이 있고 고구려에서는 지위에 따라 모자가 달랐다고 썼다. 『삼국유사』에 따르면 신라에서는 유자례遺子禮라고 하는 관과 흑건을 썼고 통일신라시대에는 남자는 복두와 소립素笠을, 여자는 관冠을 썼다는 기록이 나타난다. 고려시대에도 다양한 모자가 등장했다.

조선은 가히 모자의 나라였다. 갓(흑립)뿐 아니라 복건, 탕건, 삿갓, 사모, 성자관 등 다양한 남자용 모자와 족두리, 아얌, 굴레, 조바위, 전모 등 남자처럼 자주 쓰지는 않지만 다양한 여자용 모자가 많았다. 구한말 조선에 왔던 외국인들은 조선인들의 다양한 모자에 혀를 내둘렀고 '모자의 나라'라고 칭하기도 했을 정도다. 일제강점기 때도 한복을 입은 성인 남성이 갓이나 탕건 없이 맨머리로 나다니는 건 상상할 수도 없을 정도였다. 한국의 모자에 영향을 준 건 중국이었다. 보통 전통적인 모자는 크게 4가지, 즉 모帽, 관冠, 건巾, 립笠으로 구별했다. 모는 대개의 모자와 투구까지 포함한 것이고, 관은 상투를 고정하기 위해 모자 안에 쓰는 것과 격식이나 권위를 드러내기 위해 쓰는 것을 두루 통칭했다. 건은 천으로 된 머리싸개부터 윤건(비단실로 짠 두건으로 제갈량이 쓰던 모자) 등 부드러운 소재로 만들었고, 립은 챙이 달린 모자를 칭하는 것이다.

　모자를 벗는 것은 상대에 대한 존경을 표하는 행동이기도 하다. 슈만R. Schumann은 쇼팽F. Chopin의 〈라 치 다렘 라 마노〉 변주곡을 듣고 "여러분, 모자를 벗으십시오. 천재가 등장했습니다!(Hats off, Gentlemen! A genius!)"라고 평했다. 그런가 하면 마술사가 모자를 벗게 되면 긴장하거나 흥분된다. 그의 모자에서 어떤 일이 나타날지 궁금하기 때문이다. 모자는 뭔가 감추고 있는 물건이다. 모자를 벗는 것은 감춘 게 없다는 의도를 나타내는 것일지 모른다. 그래서 높은 사람이 나타나면 모자를 벗어서 경의를 표한다. 남자 골프에서도 마지막 홀에서 경기가 끝나면 모자를 벗어 상대 선수와 악수하는 것도 함께 경기한 것에 대한 고마움과 상대에 대한 존경을 표하는 것이라서 보기에 좋다.

　요즘은 모자가 필수 복장이 아닌 까닭에 모자에 대한 예절을 따로 배우는 길이 없어서인지 기본적으로 지켜야 할 예의를 벗어나는 경우도 많다. 사실 그 예의라는 것도 정해진 것이 아니라 관습적이기 때문에 변화하는 것이 자연스럽기는 하다. 서양에서는 성당이나 교회에서 남자는 모자를 벗어야 한다. 신 앞에서 속뜻을 숨기는 행동으로 해석될 수 있기 때문이라는 설도 있다. 어쨌거나 남자는 실내에서는 반드시 모자를 벗어야 하는 게 예의로 여겨졌다. 그러나 여자는 실내에서도 모자를 벗지 않는다. 오히려 모자를 쓰는 게 예의다. 미사 시간에 미사보를 쓰는 가톨릭교회의 영향을 받았기 때문이라는 설도 있다. 현대인들에게 모자는 예의를 지키고 신분을 나타내는 기능으로 존재하지 않고 모자에 대한 규범도 딱히 따지지 않기 때문에 굳이 모자의 에티켓을 반드시 지켜야 할 건 아니지만 그래도 기본적인 규범은 지키는 게 좋지 않을까?

　서양의 패션에서 남자들의 모자는 정형적이어서 모자의 모양으로 경쟁한 일은 별로 없지만, 여성들의 모자는 관심을 끌고 개성을 드러내는 특별한 패션으로 자리잡았다. 여성 패션을 해방시킨 가브리엘 샤넬Gabrielle Chanel은 보육원에서 자란 후 그곳에서 배운 기술로 재봉사로 일하면서도 무도회장 연주자의 꿈을 가졌다. '코코'라는 이름으로 카페에서 노래하는 가수가 된 그녀는 나중에 상류사회에 진입한 후 본격적으로 모자를 만들고 의상실을 운영하며 디자이너의 꿈을 키웠다. 그녀의 모자를 찾는 손님들과의 관계가 도움이 된 것도 따지고 보면 당시 여성들이 모자에 대해 얼마나 관심이 컸는지를 방증하는 케이스다.

뜻밖에도 모자에 대한 규범이 여전히 철저한 영역은 군대다. 미군들은 실내에서는 반드시 모자를 벗고 반대로 실외에서는 철저히 모자를 쓴다. 그래서 주한미군들이 처음 한국에 와서 한국군이 실내에서 모자를 쓰거나 실외에서 모자를 안 쓰는 걸 의아하게 여기는 경우가 많다고 한다. 미군들을 유심히 보면 건물 앞의 차를 타러 갈 때도 모자를 쓰고 차에 타자마자 모자를 벗는 걸 알 수 있다. 우리가 서양식 모자에 익숙해지고 그 예절을 배우기도 하지만 최근에는 한류 열풍과 한국에 대한 관심이 커짐에 따라 엉뚱하게 갓에 대한 관심이 높아지고 있다고 한다. 최근에는 넷플릭스에서 한국 드라마 〈킹덤〉이 인기를 끌자 아마존에서 갓, 호미가 많이 팔렸다는 소식도 들려왔다.

나이들수록 모자를 챙기는 게 좋다고 한다. 머리에서는 사람의 체온과 땀이 30퍼센트 이상 발산되기 때문에 모자를 쓰면 체온이 2~3도 올라가고 혈관의 수축을 막을 수 있어서 심혈관질환을 예방할 수 있다고 하니 그쯤이면 모자는 패션이 아니라 건강 아이템이 되는 셈이다. 모자를 당장 살 일이 없어도 모자가게를 그냥 지나치지 못하는 건 혹시라도 내게 어울리는 모자를 발견할 수 있지 않을까 하는 기대 때문이지만 어쩌면 앞으로는 어쩔 수 없이 모자를 쓰게 될 일이 생길 것이기에 미리 관심을 갖는 건 아닌가 싶어 살짝 서글퍼지기도 한다. 어쨌거나 잘 어울리는 모자를 만나면 반갑다. 모자가 잘 어울리는 사람이 부럽기도 하고. 자신의 삶에 경의를 표하기 위해 모자를 벗을 수 있게 살아야 한다.

베개

pillow ，枕頭/枕头

한 사람이 잠으로 채우는 시간이 평생 얼마일까? 하루에 평균 6~7시간 수면한다고 치면 결코 만만하지 않다. 최근에는 잠에 대한 연구가 증가하고 있으며 사람들이 잠에 대해 갖는 관심도 높아지고 있다. 수면과 건강의 상관관계는 밀접하다. 그래서 새삼 베개에 대한 관심이 더 높아진다.

베개는 잠을 자거나 휴식을 위하여 누울 때 머리에 괴는 물건이다. 잠잘 때 베개를 베지 않는 사람은 별로 없다. 어떤 이는 척추와 머리를 잇는 목 부분이 똑바로 이어지는 게 좋다고 주장하기도 하지만 오히려 적당한 높이로 목뼈에 걸리는 하중을 지탱해주는 것이 여러 가지로 좋다고 한다. 잠을 자는 자세가 계속해서 바뀌는데 특히 옆으로 자는 자세에서 베개가 없으면 오히려 고개가 꺾이기 때문에 목의 건강에도 좋지 않고 깊은 수면에도 방해가 된다고 한다.

143

베개는 특별한 기술이 쌓여야 하는 것이 아니기 때문에 일찍부터 사용했던 듯하다. 여러 고대 고분들에서 다양한 베개가 출토되는 걸 보면 알 수 있다. 우리나라에서도 백제 무령왕릉 왕비의 널 속에서 목침이 나왔다. 그 목침은 통나무를 사다리꼴로 매끈하게 다듬고 중심 부분을 파내 베기 편하게 만들었다. 여러 무늬를 새기고 색칠한 것 등을 보면 베개에 다양하게 장식했던 걸 미뤄 짐작할 수 있다. 무령왕비의 베개는 국보 164호로 지정될 만큼 중요한 문화재다. '베개 침枕'자에 나무가 들어 있는 걸 보면 고대 중국에서 처음에 나무베개를 썼던 것 같다. 나중에는 대나무를 가늘게 잘라 엮어서 베개를 만들고 헝겊을 이용한 베개를 썼으며 도자기베개도 만들었다. 나주 복암리 3호분 1호와 7호에서는 돌베개가 출토되었다. 고려시대에는 상감청자의 기술로 운학모란문침 같은 뛰어난 예술적 가치를 지닌 베개도 있었다. 『고려도경』에는 베개에 대한 상세한 묘사가 기술된 것으로 보아 당시 베개의 다양한 용도와 형태를 짐작할 수 있다.

하지만 우리가 이런 베개를 쓸 일도, 볼 일도 없다. 우리가 얼마 전까지만 해도 사용한 베개는 헝겊으로 길게 만들어 속에 왕겨나 메밀껍질 등을 넣고 봉한 다음, 흰색 무명으로 호청을 만들어 겉을 싼 베개였다. 양쪽의 모에 십장생문양이나 길상문을 수놓기도 했다. 그리고 요즘은 호텔의 베개처럼 푹신한 라텍스 혹은 기능성 베개들을 쓰고 있다. 소재와 재질이 조금 바뀌었을지 모르지만 베개라는 것의 기본적 역할은 그게 달라질 것도 없다.

144   그렇게 푹신하고 건강을 위한 다양한 기능과 성능이 가미

된 첨단 베개도 좋지만 그와는 반대로 딱딱하고 불편하기 짝이 없는데도 매우 상징적이고 감동적인 베개도 있다. 바로 '돌베개'가 그것이다. 장준하 선생이 남긴 뜨겁고도 준엄한 항일수기인 『돌베개』를 읽으면서 치솟는 분노와 감동 그리고 존경을 잊을 수 없다. 형의 위협으로부터 벗어나기 위해 친척집으로 쫓기듯 도망친 야곱이 벌판에서 베고 잔 돌베개를 장준하 선생은 시련과 축복의 상징으로 삼았다. 그는 일본 군대에서 탈출하여 중경의 임시정부를 향해 가는 결심과 결단을 자신의 돌베개라고 칭했다. 그는 김준엽 선생과 함께 탈출하여 그 길고 긴 중국 내륙 6천 리를 걸어 마침내 한국광복군에 입대했다. 그것은 바로 시련이며 동시에 축복이었다. 그 두 청년이 느꼈을 감격과 패기는 그의 돌베개에 차곡차곡 쌓여 마침내 조국 광복의 선봉이 될 수 있었던 것이다. 다행인지 불행인지 그들은 일본군과 맞서 싸워 직접 조국의 독립을 쟁취하지는 못했지만 두 사람의 위대한 장정은 언제 읽어도 감동적이다. 우리에겐 편안함과 휴식을 의미하는 베개인데 누군가의 돌베개는 독립정신과 정의에 대한 염원의 상징이다.

그런 특별한 의미의 베개도 있지만 일상의 베개는 꿈을 꿀 수 있는 운동장이다. 베개가 불편하면 잠을 제대로 잘 수 없고 그러면 꿈도 자꾸만 조각난 파편으로 날리기 쉽다. 휴식도 휴식이지만 제대로 꿈꾸기 위해서라도 좋은 베개가 필요하다. 물론 그 꿈이 모두 길몽도, 이루어질 꿈도 아니다. "베개는 얼마나 많은 꿈을 견뎌냈나요. 머리맡엔 단단한 구름과 말캉한 악몽이 쌓이고, 기억들을 팡팡 털어도 베개는 풍성해지지 않아요." 권민경은 시집 『베개는 얼마나 많은 꿈을 견뎌냈나요』에서 그렇게 탄식했다. '말캉한 악몽'은 없어도 좋지만 '단단한 구름'을 머리맡에 둔 베개가 견뎌냈을 수많은 꿈들이 어디에 숨었을까, 얼마나 남았을까?

일종의 직업병인 목디스크 때문에 내겐 베개 선택이 매우 중요하다. 여러 베개를 두루 써보다가 지인들로부터 추천받은 기능성 베개를 썼더니 한결 잠이 편하고 아침에 일어나도 목이 훨씬 덜 피곤하다. 몸을 잘 간수하지 못한 주인 때문에 힘들어하는 목에게 조금은 덜 미안해졌다. 문제는 이 베개에 익숙해져서 객지에서 자야 할 때 곤혹스럽다는 점이다. 그렇다고 베개를 들고 다닐 수도 없는 노릇이어서 낭패스럽다. 그런데 얼마 전 동창들과 함께 앙코르와트를 보러 캄보디아에 갔다가 호텔에서 깜짝 놀랄 일이 있었다. 자신들이 집에서 쓰는 베개를 가져온 친구가 둘이나 있었다. 나로서는 놀라운 일이었다. 그렇다고 그들이 아이들처럼 베갯잇을 만지작거려야 잠이 드는 일종의 '베개 홀릭'은 아니었다. 익숙한 높이의 베개를 써야 숙면을 취할 수 있는 중년 남성의 애환이어서 씁쓸했다. 아, 우리가 그런 나이가 되었구나 하는.

요즘은 해외여행이나 국내 장거리 여행을 떠나는 사람들이 여행용 목베개를 들고 다니는 모습을 흔하게 볼 수 있다. 앉은 자세에서 잠이 들면 목이 꺾이기 쉽기 때문에 목을 지탱해주고 보호해줌으로써 편하게 잠을 잘 수 있어 휴식의 용도로 제격이다. 바람을 불어넣어 필요할 때마다 베개로 만들어 쓰는 것들도 있어서 휴대하기 편리하기 때문에 여행 때마다 하나쯤 챙겨둔다.

매일 잠을 자야하므로 당연히 매일 베개를 써야 한다. 그 물건만큼 하루에 오랫동안 머리를 '맞대는' 건 없다. 다산 정약용은 『여유당전서』 제1집 제12권 시문집에 「침명枕銘」을 남겼다. 베개에 대한 명이다. 명銘은 비나 기물에 새겨서 공덕을 칭송하거나 스스로 경계하는 글이다.

베개에 대한 명

마냥 편하고 한가롭기만 한 건 위험과 곤경의 뿌리이고,
생각만 지나치게 많으면 화가 쌓이는 원천이 된다.
꿈속에서 옛 성인과 현철을 보게 되면,
너의 정신 어두워지지 않음을 알게 된다.

枕銘

安逸者危困之根,
思念者禍菑之源。
夢見古聖哲,
知汝神不昏。

내 베개에는 어떤 명을 새길까. 꿈에서 성현을 볼 수는 있게 될까? 머리 뉘면 모든 고민 걱정 내려놓게 하는 베개 같은 사람이 되고 싶다, 당신에게.

안경

아침에 눈을 뜨면 가장 먼저 손을 뻗어 안경을 찾는다. 안경은 신체의 일부다. 그렇게 50년 가까이 곁에 두고 살았다. 문득 안경이 없었다면 어떻게 살았을까 궁금해진다. 물론 지금보다 시력이 좋았을 것이고 눈이 나빠질 환경도 덜했겠지만 그래도 누군가는 시력이 좋지 않았을 것이다. 세종대왕도 너무 책을 많이 읽어서 눈이 나빠졌고 태종이 그것을 염려하여 책을 숨기도록 지시했다는 기록을 봐도 알 수 있다. 눈을 찡그리고 이리저리 초점을 맞추려고 애썼을 모습이 선하다.

내가 처음 안경을 쓴 건 중학교 2학년 때였다. 수업시간에 선생님이 칠판에 쓴 게 잘 보이지 않았다. 그래도 안경 쓸 생각은 못 하고 앞자리로 옮겼다. 글자를 읽을 수는 있지만 또렷하게 보기 위해 찡그리며 온 신경을 눈에 쏟으니 머리가 아팠다. 결국 지금은 사라진 화신백화점 1층에 있던 안경점

149

을 찾았다. 수업시간에만 안경을 꺼내 썼다. 그때만 해도 안경 쓰는 일이 흔하지 않고 눈이 네 개라며 '목사目四'나 '안경잽이'라고 놀리기 일쑤였고 수업시간에도 무작위로 대답할 학생을 지명할 때 선생님이 '거기 안경 쓴 놈'이나 '안경 쓴 놈 옆' 등으로 불러서 스트레스를 받았다. 시력은 계속해서 나빠질 뿐 조금도 나아지지 않아서 주기적으로 안경을 바꾸는 것도 부담스러웠다. 아이들이 크면서 안경을 쓰게 되니 우울했다. 가족 네 명 모두 안경을 쓴다고 흉 될 것도 아니지만 일찍이 안경 스트레스를 받은 나로서는 아이들만큼은 안경에서 해방되길 바랐다. 큰 아이가 라식 수술을 하겠다고 할 때 선뜻 동의한 것도 어쩌면 그런 심리가 내재된 까닭이었는지도 모르겠다.

인간은 언제부터 안경을 쓰기 시작했을까? 로마황제 네로는 지독한 근시(약시라는 설도 있다)였고 햇살에 쉽게 피곤해져서 검투사 경기 때 안경을 썼다고 한다. 에메랄드로 만든 안경이었다는데 그게 가능했을까 의구심이 든다. 일반적으로 안경은 13세기에 이탈리아 플로렌스 지방에서 처음 발명되고 14세기에 본격적으로 사용되었다고 한다. 1352년에 이탈리아의 화가 토마소 다 모데나Tomaso da Modena는 〈위고 대주교의 초상〉을 그렸는데 그림의 주인공 대주교가 안경을 쓴 모습이다. 이 그림은 이미 안경이 본격적으로 그리고 구체적으로 사용되었다는 확실한 증거가 된 셈이다. 그런데 '안경 쓴' 대주교는 그림에서 무엇을 하고 있을까? 문서를 쓰고 있다. 그러니까 안경과 글사는 밀접한 관련을 갖는 상징적 의미다. 글자를 쓰거나 읽는 건 권력을 상징하는 것이다.

150

당시 안경은 일부 특권층의 사치품이었다. 안경은 책과 짝을 이룬다. 실제로 유럽에서 안경이 널리 쓰이기 시작한 건 구텐베르크의 인쇄술과 밀접한 관련을 맺고 있다. 사람들이 활발하게 책을 읽게 되자, 시력이 악화되고 안경을 써야 하는 순환구조가 생겼다. 그런 점에서 우리나라가 서양보다 일찍 금속활자를 발명했지만 안경 쓰는 사람이 없었다는 것은 그 책들이 여러 사람들에 의해 널리 그리고 여러 차례 읽힌 일이 거의 없었음을 시사한다(물론 당시 안경이 만들어지지도 않았지만 수요 자체가 없었다는 뜻으로 볼 때 눈 나빠질 이유가 없는 점에서).

조선에 안경이 소개된 건 임진왜란 직전이다. 전쟁 발발 이태 전에 통신부사로 일본을 다녀온 김성일의 안경이 바로 그것이다. 그리고 조선 후기 화원 김득신의 『긍재풍속화첩』에 〈밀회투전〉이란 그림을 보면 투전판의 네 명 가운데 한 사람이 안경을 쓰고 있다. 비슷한 시기 정조 임금도 안경을 썼다. 아마 이 시기가 우리나라에 안경이 본격적으로 쓰인 시대였을 것이다. 투전판의 노름꾼도 안경을 쓰고 있는 걸 보면.

렌즈를 만드는 건 일찍 안경이 만들어진 유럽에서도 아무나 할 수 있는 일이 아니었다. 근대철학자 스피노자가 '생계'를 위해 렌즈를 깎았다고 하는데 사실 그것은 고급 기술이었다. 흥미로운 건 조선시대에 안경 렌즈를 자체 제작했다는 점이다. 경주 남석안경이 바로 그것인데 17세기 초부터 경주에서 채굴된 수정을 가공해서 판매했다. 유리도 아닌 수정을 깎는 건 매우 힘들었을 것이다. 당연히 가격도 비쌌다(미국인

선교사 제임스 게일James S. Gale의 기록에 따르면 구한말 경주 남석안경의 가격이 15달러 수준의 고가였다고 한다). 그 비싼 가격에도 경주 남석안경을 사려는 사람들이 줄을 섰다고 한다. 그러나 일제강점기에 현대적 안경이 유입되면서 경주 남석안경의 위상도 크게 위축되었다. 그러나 '천하 안경 가운데 경주 안경이 으뜸'이라는 말은 그대로 전해졌다.

안경이 흔하고 익숙한 물건이 아닌 데다 몸에 걸친다는 점 때문에 안경을 윗사람 앞에서는 쓸 수 없다는 이상한 예법도 있었다. 심지어 임금도 공식적인 어전회의에서는 안경을 벗는 게 원칙이었다니 능히 짐작할 수 있다. 이런 이상한 관습이 아주 오래전 조선시대에나 있었던 일만은 아니다. 얼마 전까지만 해도 택시 기사는 아침 첫 손님으로 안경 쓴 사람을 꺼렸고, 가게에서도 마수걸이 손님이 안경을 쓴 경우를 피했다. 지금은 이해할 수 없는 일이지만 당시에는 흔한 일이었다. 아마도 안경 쓴 사람은 지식이 많아서 조금의 허물에도 따지며 깐깐할 것이라는 선입견 때문이었을 것이다. 지금은 많은 사람들이 안경을 쓰고 있어서 더이상 그런 이상한 통념은 통하지 않는다.

나는 한때 고도근시였다. 그러다 40대 후반 들어 노안이 찾아왔다. 성가대 연습 때 악보가 두 줄로 겹쳐 보여 악보 담당 총무를 질책했더니 안경을 벗고 보면 보일 거란다. 설마 했는데 그 친구의 말이 맞았다. 희한하게도 안경 쓰는 게 서럽지 않았는데 노안이 왔다는 걸 확인하는 순간 서러웠다. 더 희한한 건 고도근시가 근시로, 근시가 다시 조금씩 덜한 근시로 변했다는 점이다. 그래서 곧 정상이 되겠구나 하는 희망을 가졌더니 안과에서 아주 희귀한 경우라서(근시와 원시의 경우 눈의 시신경 근육이 각각 다른데 1/10000의 확률로 그게 맞물려 있는 경우가 있단다) 다초점렌즈 안경을 써야 한다고 해서 어쩔 수 없이 그 안경으로 바꿔 쓰고 있다.

안경 쓰면 귀찮고 곤혹스러운 때도 많다. 비 올 때, 기온 차이가 큰 날 버스나 지하철 탈 때, 라면 먹을 때 김이 서리면 잠깐 앞이 안 보인다. 요즘처럼 미세먼지가 심할 때 마스크가 필수인데 안경 쓰는 사람에겐 김 서림 때문에 마스크 쓰는 일도 여간 곤혹스러운 게 아니다. 그래도 안경이 없었다면 어쩔 뻔했을까 생각하면 그런 불편함쯤이야 능히 감내할 일이다. 요즘은 어린아이들도 안경을 쓰는 경우가 많아서 볼 때마다 안쓰럽다. 책 읽는 것보다 TV 시청이나 게임이 눈에 더 안 좋으니 갈수록 더 심해질 것이다. 아파트에 사는 아이들이 안경을 더 많이 쓴다고 하는데 시야가 앞 동에서 차단되어 초점거리가 짧아지기 때문일 것이다. 몽골 초원에 사는 아이들은 시력이 3.0이라나 그렇다는데. 잘 때 마지막으로 벗고 눈 뜨고 가장 먼저 쓰는 안경, 평생의 친구를 잘 도닥이고 산다. 제 눈에 안경이라는데, 선입견이나 편견 혹은 자기중심적 판단이 아니라 제대로 보정된 안경이라면 제 눈의 안경도 무방한 것일까? 아무리 비싼 안경도 초점이 맞지 않으면 무용지물이다. 내 삶의 초점은 정확하게 맞는가?

샴푸

머리카락에 신경쓰지 않는 사람은 거의 없을 것이다. 숱이 적거나 탈모 증세가 있는 사람에게는 어쩌면 가장 큰 관심사가 머리카락일 것이다. 세안 비누를 고를 때도 이리저리 따지지만 샴푸를 고를 때는 최대한 정보를 탐색하고 먼저 사용한 사람들의 경험담을 기웃댄다. 비누로 머리 감는 사람을 요즘은 찾기 어렵다. 당연히 샴푸를 쓴다. 그러나 샴푸의 사용이 생각보다 그리 오래된 건 아니다. 어렸을 때 누나들이 목욕 갈 때 이상한 튜브를 꼭 챙겨가는 게 신기했다. 목욕 다녀온 누나들 머리카락에선 '예쁜 냄새'가 났다. 비누 냄새와는 다른. 그게 샴푸였다. 남자 형제들은 세안 비누면 감지덕지할 때였다. 그러니 샴푸가 널리 쓰이기 시작한 건 먹고살 만해졌을 때부터였을 것이다.

궁금해서 기록을 찾아보니 우리나라에서 샴푸가 생산되

155

기 시작한 건 1967년이었다. 한국전쟁 이후 미군 부대에서 흘러나온 샴푸를 남대문시장 등에서 팔던 것을 1967년 11월 락희화학(나중에 럭키화학으로 이름을 바꿨고 지금은 LG생활건강)에서 비누가 아닌 계면활성제를 사용한 국내 최초의 샴푸제품명 '크림샴푸'를 개발해서 생산했다. 그러니 고작 50년 남짓 된 셈이다.

하지만 생각보다 샴푸의 역사는 매우 오래됐다. 고대 이집트에서 일찍부터 사용했다. 이집트인들은 시트러스귤, 오렌지, 레몬, 유자 등속의 과일류 즙과 약간의 비누를 혼합해서 머리를 감았다. 인간의 경험과 지식이 놀라운 건 어떻게 해서 시트러스 즙을 사용했을까 하는 점이다. 시트러스 즙에는 다량의 구연산이 함유되어 있는데 피지를 분해하는 효과가 탁월하다. 그래서 머리카락과 두피를 깨끗하게 씻어내고 유지하는 데에 크게 도움이 된다. 그걸 어찌 알아냈는지 정말 놀랍다. 유럽에서는 중세에 소다나 산화칼륨을 비누와 혼합해서 정제해서 썼다고 한다. 샴푸라는 이름은 18세기 후반 영국의 살롱에서 비롯된 말이고 그 어원은 힌두어였다. 머리를 깎고 감겨주면서 마사지도 함께 해줬는데 사람들이 그 서비스를 '샴푸shampoo'라고 불렀다고 한다. 그 말은 힌두어인 'champo'가 어원으로, '마사지하다' '누르다'라는 뜻이다. 힌두어가 도입된 건 그 서비스 개발자가 벵골인 사업가였기 때문이었다. 인도 동부 벵갈 지역의 사업가 세이크딘 마호메드Sake Dean Mahomed가 아일랜드 출신 아내와 함께 1814년 영국 남부 해안 브라이튼에 터키식 증기 복욕탕을 운영하면서 치료용 두피 마사지를 제공한 것이 시작이다. 그 서비스의 힌두어에서 샴푸라는 말이 생겨났다. 이후 유럽의 여러 미용사들이 경쟁적으로 머리를 감기고 마사지하는 서비스를 개발하면서 다양한 비법을 만들어냈다. 재스민과 백단향처럼 향기가 있는 약용식물을 비누와 함께 끓인 물을 샴푸에 사용하는 등 여러 방법들이 속속 만들어졌다.

샴푸의 역사에서 획기적 변화는 19세기 후반 독일의 화학자들에 의해 개발되었다. 바로 합성 계면활성제, 즉 합성세제가 그 주인공이다. 비로소 비누 성분을 사용하지 않으면서 비누 찌꺼기를 남기지 않고 씻어내는 세제를 만들어낸 것이다. 계면활성제란 서로 다른 성질의 물질이 만나는 면에서 활성된 물질을 지칭하는 말인데 물과 기름처럼 서로 섞이지 않는 경계면에서 활동할 수 있는 분자를 말한다. 분자 안에 물을 좋아하는 부분인 친수성 부분과 물을 싫어하는 소수성 부분을 동시에 갖는 분자들이 계면활성제로 사용될 수 있다. 최근에는 화학적 계면활성제의 문제점이 지적됨에 따라 천연계면활성제를 사용한 샴푸가 각광받고 있다.

샴푸가 본격적으로 상업화된 것은 1차대전이 끝난 뒤였다. 부드럽고 쉽게 닳지 않으면서 동시에 상업적 효과를 극대화한, 머리카락 전용 세제가 판매된 것이다. 미국에서는 대머리 치료에 대해 연구하던 기업가 존 브렉John Breck이 실패를 거듭한 끝에 1930년에 샴푸 사업으로 전환한 것이 최초의 샴푸 제조와 판매였다. 이후 미용과 모발에 대한 관심이 갈수록 커지면서 다양한 샴푸가 개발되었다. 동시에 샴푸와 린스가 화학적 성분 때문에 몸에도 좋지 않고 환경도 오염시킨다는 인식이 커짐에 따라 쌀뜨물, 밀가루 등 여러 가

157

지로 시도하면서 대안을 모색하고 있는 흐름도 존재한다.

우리 조상들도 나름대로 모발 관리에 신경썼다. 단오절의 중요한 행사 중의 하나인 유두流頭는 야외에서 하는 샴푸 이벤트였다. 창포는 일찍부터 사용된 천연샴푸였던 셈이다. 머리를 감는 건 단순히 먼지를 제거하는 것에 그치지 않고 피부의 땀샘에서 분비되는 피지를 함께 씻어내는 일이다. 또한 모발에 윤기를 주며 두피의 혈행을 도와 생리기능을 촉진시키는 효과가 있다. 두피와 모발을 청결하게 관리하는 건 병의 감염을 막는다는 점에서도 예방적 효과를 얻을 수 있다. 나름대로 천연샴푸를 개발하여 쓰던 우리는 화학적 계면활성제를 사용한, 상품화된 샴푸의 편리함을 따르면서 거의 쓰지 않다가 최근 다시 천연샴푸에 관심을 키우고 있다.

요즘은 단오 행사 자체가 무의미해질 만큼 관심도 없고 특히 도시에서는 행사도 별로 없지만 예전 조상들처럼 단옷날에 창포로 머리 감는 이벤트도 해볼 만한 일일 듯하다. 단 하루뿐이더라도 화학제품을 줄이는 생각을 해보는 것만으로도 나름대로 의미가 있지 않을까.

미국에 있는 동창이 내 백발을 보더니 실버헤어전용 샴푸를 항공택배로 보내왔다. 아직 우리나라에서는 그런 샴푸를 본 적이 없지만 앞으로 그런 것들도 나올 것이다(이미 나왔는데 나만 모르는 건지도 모르지만). 요즘은 건성, 지성의 구분쯤은 기본이고 극단적인 곱슬머리용 오일처럼 다양한 머리카락에 맞춘 차별화된 제품 등 다양한 샴푸들이 많아져서 고르는 일도 여간 힘든 게 아니다.

요즘은 샴푸만 사용하는 경우에 그치지 않고 린스와 트리

트먼트 등 다양한 제품들을 함께 사용한다. 린스는 머리를 헹굴 때 모발을 산성으로 만들어 유연성을 주고 탈지된 모발에 적당한 기름기를 주기 때문에 부드러움과 촉촉함을 유지할 수 있게 해준다. 샴푸와 린스를 혼합한 제품도 흔해졌다. 환경을 보호해야 한다는 생각이 확산되면서 저공해 혹은 무공해 제품을 찾는 소비자들도 늘고 있다. 하지만 여전히 샴푸나 린스의 남용이 환경을 파괴한다는 비판에서 완전히 자유롭지는 못한 게 현실이다. 내 머리 가꾸자고 생태를 망가뜨리는 건 마뜩하지 않은 일이다. 그렇다고 아예 쓰지 않을 수도 없고. 최대한 무공해 제품을 쓰되 빈도도 과다하지 않게(과유불급이 뭐 별거더냐?) 조절할 수 있어야겠다.

50년도 훨씬 더 지난 일인데 나는 아직도 누나들이 머리 감고 난 뒤 날리던 '예쁜 냄새'를 잊을 수 없다. 마르셀 프루스트에게 마들렌 빵 냄새가 평생 각인되면서 소설 전체를 관통하는 모멘텀이었다면, 내겐 누나들의 샴푸 냄새 또한 그런 기억으로 각인된 듯하다.

'샴푸'라는 낱말은 마치 의성어처럼 통통 튀는 어감을 가져서 유쾌하다. 이름 잘 지어야 한다. 쓸 때마다 유쾌할 수 있도록.

단추

한때 이런 농담이 있었다. 셔츠 단추를 다 잠그면 신성, 하나를 열어두면 지성, 둘을 열어두면 야성. 그리고 셋 이상 열어두면? 실성! 이젠 아무도 웃지 않는 아재 개그의 축에도 끼지 못할 그런 이야기. 내 셔츠 단추는 몇 개 열려 있지?

표준국어대사전에 따르면 단추는 옷 따위의 두 폭이나 두 짝을 한데 붙였다 떼었다 하는 물건으로 옷고름이나 끈 대신 사용하는 것이다. 한쪽에 달아 구멍에 끼우거나 수단추를 암단추에 끼우는 형태가 있다. 풀오버 스타일이 아니면 거의 모든 옷에 단추가 달렸다. 단추는 사소한 것 같지만 옷에서 결코 가볍게 무시할 수 있는 소품이 아니다.

인류사에서 단추도 꽤 오랜 역사를 가졌다. 고대 이집트나 그리스, 페르시아 등지의 유물에서 단추가 심심치 않게 발견되는 걸 보면 쉽게 알 수 있다. 하지만 그 당시의 단추는 오늘날의 형태가 아니라 두 개의 옷자락을 겹치게 한 뒤 겹치는 부분에 동물 뼈나 금 핀 등으로 찔러 끼우는 형태였고 기원전 1세기경이 되어서야 브로치처럼 두 개의 금속 고리를 연결하는 방식이 등장했다. 당시의 단추는 기능적 역할보다 장식적 요소가 우선되었다. 단추를 뜻하는 button은 둥근 구슬 형태의 금속류 단추의 모습이 새싹의 봉우리와 비슷하다고 해서 라틴어로 봉오리를 의미하는 'bouton'이라 부른 것에서 유래했다(꽃봉오리를 뜻하는 프랑스 고어인 bouton에서 유래되었다는 설도 거기에서 나온 것이다). 장식적이면서 동시에 실용적인 잠금장치이다. 하지만 이때까지도 대부분의 옷들은 오늘날과 같은 형태가 아니라 기다란 천을 몸에 휘감은 뒤 마지막에 남은 자락을 한두 개의 단추로 연결하는 형태였다.

서양의 복식사에서 단추가 기능적 용도로 쓰이면서 일반화된 건 중세 13세기 이후 십자군전쟁을 통해 동양의 문화가 전파되며 단춧구멍이 도입되면서부터다. 이 새로운 고정도구의 도입은 몸에 꼭 맞는 옷의 유행과 그 시기가 맞아떨어지면서 인기가 급상승했다. 그러나 아무나 단추를 달 수는 없었다. 정교한 '보석'과도 같았을 뿐 아니라 심지어 평범한 천이나 실을 이용해서 만들어진 단추를 제외하면 그 어떤 단추도 소유하거나 사용하는 것을 법으로 금지했을 정도였다. 1250년에는 프랑스에서 단추 제작자 조합이 설립되었다. 이후 르네상스 시기를 전후로 각 도시에 재화가 유입되면서 귀족과 부유한 상인들이 자신의 신분을 과시하기 위해 비싼 재료들을 단추로 사용하면서 단추는 복식에서 매우 중요한 역할을 담당했다. 그건 우리 한복에서도 남자의 마고자에 금, 호박, 옥 등을 사용한 것과 크게 다르지 않다. 특히 르네상스 시대에는 남녀 모두 단추를 사용하였다. 17세기에는 바로크 의상이 화려해지면서 단추는 덩달아 장식품으로 더욱 널리 쓰였다. 산업혁명은 금속과 상아 단추를 등장시켰고 1770년에는 독일의 위스터가 금속 단추 제조기술을 발명하면서 단추 제조업이 수공업에서 기계 대량 생산 방식으로 전환됐다. 플라스틱 발명 이후로는 신분 과시 수단이라는 역할을 벗어나 일반 대중이 기능적으로 사용하는 단추로 널리 쓰이기 시작했다.

때론 특별한 의미의 단추도 출현했다. 영국의 빅토리아 여왕은 1861년 남편 앨버트 공이 사망하자 자신의 모든 상복에 검은 옥으로 만든 단추를 달게 했다. 그리고 자신의 옷에 들어가는 모든 단추에 그녀의 이름 빅토리아 레지나Victoria Regina의 이니셜인 VR을 모노그램으로 새겨 넣었다. 그래서 한때 상복에 검은 옥으로 만든 단추가 유행하기도 했다.

우리도 오래전부터 단추를 썼다. 단추는 대략 5000년 동안 옷에 부착되어 왔지만 청동기시대의 우리 조상들은 단추를 옷에 고정시키기 위한 도구가 아니라 장식용으로 사용했다. 우리나라에서 '단추'라는 말은 이미 17세기 후반에 등장했다는 사실을 아는 이들은 별로 없을 것이다. 1690년에 출간한 『역어유해』는 조선시대 사역원에서 신이행 등이 만든 중국어 어휘사전인데 단추의 옛말인 '단쵸'가 등장한다. "剪紐的(단쵸 도적ᄒᆞᄂ 놈)"이 바로 그것이다. 역과 초시와 한학의 교재로 쓰였으니 이 단어가 흔하지는 않지만 그렇다고 아주 희귀한 건 아니었을 것이다. 통일신라시대부터 맺은단추(가늘게 시친 옷감으로 연봉매듭을 맺어 단추로 사용)가 사용되었다는 기록도 있고 원삼단추와 마고자단추는 일반적으로 사용되었다. 유럽처럼 다양한 재질의 단추가 발달하지 않았을 뿐 제법 단추가 쓰였다. 마고자 등에 단추를 사용했을 뿐 아니라 무관들의 공복公服 가운데 하나인 철릭 등에 단추를 사용한 게 오래되었으니 당연히 그에 맞는 낱말이 있었을 것은 자명하다. 하지만 우리 옷의 구조는 품이 넉넉하고 깊숙이 여며지는 것이 일반적이어서 띠나 고름 혹은 가는 끈 등으로 매었기 때문에 단추는 많이 사용되지 않았다. 그러다 갑오개혁 이후 개화기 때 양복이 도입되면서 본격화되었다. 중국의 옷에는 우리보다 일찍부터 단추가 사용되었다. 육조시대에 단추의 구멍을 만드는 대신 옷감을 이용해서 일종의 매듭단추인 잠자리 머리 모양의 청령두를 만들어 썼다. 이러한 단추는 지금도 중국 전통의상에서 흔하게 볼 수 있다.

단추는 단순히 장식이나 신분 과시 용도뿐 아니라 옷의 형태를 바꿨다는 점에서도 주목할 필요가 있다. 단추가 없으면 몸에 꼭 맞는 옷을 입는 게 거의 불가능했지만 단추가 출현하면서 몸에 맞는 옷을 만들 수 있고(비로소 재단사라는 직업의 전문화가 이뤄질 수 있었다) 특히 르네상스시대에 '인간의 몸'에 대한 인식이 획기적으로 바뀌면서 인간의 몸매를 강조할 수 있는 단추의 존재는 과장해서 말하자면 르네상스 인본주의와도 상통했다.

흥미로운 건 남자와 여자의 단추 위치가 다르다는 사실이다. 눈여겨보지 않으면 놓치기 쉽지만 매우 중요한 역사적 사실과 성 불평등의 흔적이 남아 있다. 남자의 옷에는 입는 사람의 입장에서 볼 때 오른쪽 섶에 단추가 달렸다. 반면 여자 옷에는 왼쪽 섶에 달렸다. 그리고 남자들의 옷에는 없지만 여자들의 옷에는 뒤에 단추가 달린 경우가 있다. 왜 그럴까? 여성이 모두 왼손잡이가 아닌데 왜 왼쪽 섶에 단추를 달았을까? 의외로 간단하다. 남자들은 독립적이고 주체적인 존재이니 자기가 스스로 옷을 입는다. 오른손잡이가 대부분이니 당연히 오른쪽 섶에 단추가 달려야 꿰기 편하다. 그러나 여성들의 경우 귀족이나 부잣집에서는 하녀가 옷을 입혀준다. 당연히 입히는 사람의 입장에서 편한 쪽에 단추를 달았다. 영화 〈바람과 함께 사라지다〉에서 하녀 미미가 스칼렛 오하라의 코르셋을 뒤에서 조여주던 장면을 떠올리면 쉽게 이해할 수 있을 것이다. 지금은 양성평등의 시대다. 그런데 옷에 달린 단추의 위치는 중세의 양성 불평등이 그대로 남아 있다. 꼼꼼하게 따지지 않으면 모르고 넘어간다.

　모든 일에 첫 단추를 꿰어야 한다. 단추는 자잘한 것 같지만 결코 자잘하지 않다. 역사의 뿌리도 꽤 깊고 복잡하다. 옷 하나에도, 단추 하나에도 많은 것들이 숨어 있다. 이제라도 다시 첫 단추를 잘 꿸 수 있어야 한다. 정확하게 아귀가 맞는 단추와 구멍 하나만으로도 매무새가 흐트러지지 않는다. 작다고 보잘것없다고 무시하지 마라. 내게 그런 단추 하나 제대로 있는지를 물어야 한다.

물

서아시아(중동) 나라들을 부러워한 때가 있었다. 펑펑 솟아나는 원유 덕택에 재정이 풍부해서 전 세계를 쥐락펴락하던 때였다. 석유수출국기구OPEC에서 어떤 결정을 내리느냐가 전 세계 초미의 관심이었다. 그 당시 그 나라들을 일컬어 '기름이 물보다 싼 나라'라고 불렀다. 세상에! 기름이 물보다 싸다니 믿을 수 없었다. 우리의 수도요금도 그리 비싸지 않았고 대부분은 우물에서 공짜로 물을 길어 먹던 시절이었으니 이해하기 어려웠다. 그러나 지금 우리도 먹는 물이 기름보다 비싸다. 예를 들어 생수 500밀리에 800원이면 1리터에 1600원인데 경유는 말할 것도 없이 휘발유가 그것보다 싼 경우가 많다. 그렇다고 우리가 산유국이 된 것도 아닌데.

중국에서 차 문화가 발달한 것은 세 가지 이유 때문이다. 첫째, 물 때문이다. 물에 석회질이 많아서 끓여먹는 습관 때

167

문에 차가 발달했다는 것이다. 또다른 이유는 기름진 음식이 많기 때문에 식후에 차를 마셔 소화를 돕기 위해서다. 그리고 마지막으로 대륙의 건조한 날씨 때문에 기관지가 약해지기 쉬운 환경 때문이다. 유럽에서 맥주와 와인이 발달한 원인도 석회질이 많은 물 때문이라고 한다. 그런 나라들에 비해 우리나라의 물은 맑고 깨끗한 편이다. 그래서 물을 끓여 먹거나 정수할 필요가 굳이 없으며 사서 먹을 까닭도 없었다. 그러나 소득수준이 증가하고 수질이 나빠지면서 깨끗한 물에 대한 관심이 높아졌다. 1980년대만 해도 외국 기업에서는 미군 부대에서 공급받은 '돈 주고 사 먹는 물'인 생수를 마셨다. 우리로서는 이해하기 참 어려웠다. 왜 돈 주고 물을 사 먹지?

그러나 우리도 곧 그렇게 되었다. 생수시장이 폭발적으로 증가했다. 생수 공장이 있는 곳에서는 지하수가 고갈되어 현지 주민들의 원성을 사기도 했다. 밖에서는 생수를 사 마실 수밖에 없지만 집에서도 그러기에는 부담스러웠다. 물론 집에서도 대용량 배달 생수를 받아 마셨지만 그것도 생수통을 꽂을 도구가 필요하고 일일이 받아서 써야 하기 때문에 불편했다. 거기에 착안해서 가정용 정수기 시장이 만들어졌다. 초기에는 조악한 수준의 정수기들이 쏟아졌다. 예전 초등학교 교과서에 나온 오염된 물 거르는 장치나 고등학교 교련 시간에 배운 특별한 상황에서 써야 하는 정수 기술을 연상시키는 수준의 것들도 많았다. 외국에서 수입된 정수기들이 브랜드 파워를 내세우며 시장에 나왔지만 함량 미달이거나 소비자들의 요구 수준에 맞지 않아 금세 시들해졌다. 그 결정

타는 대기업에서 수준 높은 정수기를 본격적으로 출하한 사건이다. W사는 정수기 시장이 블루오션임을 일찍이 간파하고 적극적이고 공격적인 마케팅을 구사했고 어느 정도 성공했다. 그러나 정수기 가격이 부담스러운 일반 가정들은 주저했다. 그 틈새를 공략한 게 바로 렌털 마케팅이었다. 이 독특한 전략 덕택에 급속도로 정수기 보급이 높아졌다. 생수와 정수기 시장이 갈수록 커지자 다른 대기업들도 뛰어들면서 정수기 경쟁이 벌어졌다. 동시에 제품의 수준도 급상승했다. 나중에는 정수 기능에 그치지 않고 냉수와 온수는 기본이고 얼음을 만드는 기능까지 첨가되는 등 지속적으로 경쟁하고 있다.

우리나라에서 생수시장을 만들어낸 건 엉뚱한 사고들 탓이기도 했다. 1989년 '중금속 오염 파동'은 대표적 수질 사고였다. 결정타는 1991년에 터졌다. 두산그룹의 두산전자에서 다량의 페놀 원액이 유출되어 대구뿐 아니라 부산과 마산을 비롯한 영남 전 지역의 식수원인 낙동강을 오염시킨 사건이다. 페놀은 살균제 및 화학합성 중간재로 사용되고 매우 독성이 강하며 심지어 피부에 접촉시 부식성도 있어서 충격을 주었다. 이미 이전에도 각 지자체는 자신들의 상수도는 안전해서 식수로 사용하는 데에 아무 문제가 없다고 강조했지만 오래된 낡은 수도관 등에서 나오는 오염물질과 중금속 등에 대한 불신이 강해서 꺼리던 차에 앞서 언급한 두 번의 사고는 도저히 수돗물을 식수로 사용하지 못할 뿐 아니라 끓여서 먹는 것도 꺼리게 만들었다. 생수시장이 폭발적으로 증가한 가장 큰 요인이 아닐 수 없다. 지자체에서 상수도 사업에 꾸

준히 노력을 기울여 수질이 크게 개선되었지만 여전히 수돗물 음용률은 고작 7퍼센트에 그칠 뿐이다.

상수도 보급률도 세계적으로 높고 유엔이 발표한 국가별 수질지수에서도 우리가 122개국 중 8위며 수돗물의 품질이 높다는 평가를 받지만 수돗물을 그대로 마시는 비율은 지극히 낮다. 다른 나라와 비교해도 확연하게 차이난다. 2013년 OECD 자료에 따르면 일본, 프랑스, 캐나다 등에서는 평균 51퍼센트가 수돗물을 그대로 먹는다고 답했지만 우리나라 응답자는 고작 5퍼센트만 수돗물을 그대로 먹는다고 말해서 꼴찌를 기록했다. 수돗물에 대한 불신이 아주 높다. 그렇다면 생수를 마시는 건 안전한가? 생수를 담은 페트병은 이미 환경에 부담을 주는 쓰레기 배출로 이어진다. 정수기에도 전기가 소모된다. 그런 점에서 생수와 정수기가 능사는 아닌 셈이다. 보온병이나 텀블러에 물을 담아 다니며 마시는 것도 작은 실천이기는 할 것이다.

우리는 맑은 물을 어디서나 마실 수 있다는 걸 자랑으로 삼았다. 그러나 어느 한순간 그런 자랑은 사라졌고 석유보다 비싼 물을 사서 마시는 처지가 되었다. 완벽하게 신뢰할 수 있는 수준의 수돗물로 개선하고 자연스럽게 그 물을 마실 수 있어야 정수기나 생수에 대한 의존이 낮아지고 그에 따른 환경 부담도 줄어들 것이다. 그런데 이제는 물은 고사하고 공기도 사서 마셔야 되는 세상이 코앞에 와 있다.

옛날 할머니나 어머니들은 장독대 등에 정화수 한 사발을 올리며 빌었다. 정화수井華水는 이른 새벽에 길은 맑고 정결한 우물물을 뜻한다. 정안수라고 부르기도 했다. 화학적인 맑음보다 신앙적인 맑음과 정갈함을 함축한다. 마음의 맑고 깨끗함이 물의 맑고 깨끗함과 이어지는 유비인 셈이다. 맑음과 깨끗함은 부정과 횡액에 대한 대척이다. 맑음을 상징하는 정화수는 신령과 인간 사이의 오고감을 가능케 하는 매개다. 그만큼 물은 맑고 깨끗해야 그 생명을 제대로 간직하고 제 역할을 충실하게 하는 셈이다. 현대인의 삶에서 정화수 올리며 비는 일은 사라졌지만, 만약 그런 일이 있다면 이제는 생수를 올리며 빌어야 하는 걸까?

고된 노동으로 물을 팔던 '북청 물장수'를 비난하는 사람은 없어도 아무런 노력도 하지 않고 대동강 물을 팔아먹은 봉이 김선달은 애교스럽지만 일종의 사기꾼이다. 그 사기에 놀아난 자들이 당한 불이익이 고소해서 우리가 박장대소할 뿐이지만. 아마 김선달이 지금 살아 있다면 그런 사기를 치기보다는 어느 물 좋은 곳에서 물을 병에 담아 정정당당하게 팔고 있을지 모른다.

어릴 적 외할머니댁 우물의 물맛은 참 달고 시원했다. 어린 입맛에도 그게 느껴졌다. 산에서는 흐르는 계곡의 물을 그대로 마셨다. 이젠 먼 과거의 일이 되었다. 그 물맛과 깨끗함만 사라졌을까? 얼음까지 만들어내는 정수기도, 먹기 좋게 페트병에 담겨 냉장된 생수도 그 맛을 만들어내지 못하는 건 단순히 기억의 향수 때문만은 아닐 것이다. 그 물맛이 그립다. 갈수록 집안의 구석구석에 기계들이 차지하고 있는 게 영 마음에 내키지 않는다. 편리한 정수기인데 마음은 불편하다. 홍수보다 작은 물병 하나가 더 값질 때가 있다. 그것만 알아도 값지게 멋지게 살 수 있다.

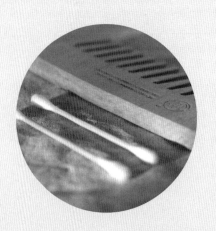

면봉

cotton swab/cotton bud ， 綿棒

갑자기 귀가 간지럽다. 간지럼은 통증이 아니다. 그런데 때론 통증보다 견디기 힘들기도 하다. 간지러운 귀에는 가늘고 부드러운 걸 살짝 넣어 돌려주면 어느 정도 해결된다. 급한 마음에 새끼손가락이라도 넣어보려 하지만 어림없는 일이다. 답답하기만 할 뿐이다. 그럴 때 딱 면봉 하나만 있으면 되는데. 그걸 들고 다니는 일은 없으니 그 하찮은 게 여간 아쉬운 게 아니다.

면봉은 끝에 솜을 말아 붙인 가느다란 막대로 귀나 코, 입 따위의 속에 약을 바를 때 사용하는 도구다. 하지만 면봉 하면 떠오르는 건 약을 바르는 것보다는 귀 간지러울 때 살살 돌려 잠재우는 일이다. 귀가 간지러우면 귀지 때문이라고 여기는 경우가 많다. 그래서 면봉에 살짝 힘을 가해 귀지를 꺼내게 된다. 하지만 이비인후과 의사들은 그게 오히려 귓병을

173

만들 수 있으므로 조심해야 한다고 경고한다. 가장 흔한 게 외이도염으로, 심하면 고막 천공을 만들 수도 있다. 건강보험심사평가원에 따르면 외이도염을 앓는 사람이 대략 60만 명쯤 된다고 한다. 샤워나 물놀이 후에 물기를 제거하거나 귀지를 제거하다 걸리는 경우가 대부분이란다. 하얀 솜은 색깔이 주는 느낌 때문에 깨끗하다고 여기지만 생각보다 더럽다. 게다가 사용할 때 소독하는 경우는 거의 없다. 오랫동안 보관한 경우에는 먼지와 오염물질이 묻어 있을 확률이 높다. 그래서 세균이나 곰팡이에 의한 감염 위험이 크다.

　어릴 적 엄마나 누나의 무릎에 누워 귀를 파면 솔솔 잠이 오곤 했다. 그 나른함과 시원함이란! 큰 귀지를 꺼내게 되면 꼭 보여주면서 놀렸다. 나도 아이들을 키울 때 가끔 귀를 파주곤 했는데 큰 귀지를 발견해서 꺼낼 때 은근히 쾌감을 느꼈다. 그러면서 녀석들을 놀리기도 했다. 어떻게 그 큰 바위를 귀에 넣고 다닐 수 있느냐고, 그러고도 들리냐고. 하지만 귀지는 우리가 생각하는 것처럼 그리 더러운 게 아니다. 귓속에서 분비된 땀, 귀지샘의 분비물, 벗겨진 표피 등이 엉킨 것이지 위생에 크게 해롭거나 위험한 게 아니다. 오히려 방어의 역할을 한다. 귀지는 약간의 산성을 띠고 있기 때문에 각종 세균과 바이러스로부터 세균을 보호할 뿐 아니라 외이도와 뼈, 연골을 보호하는 역할까지 한다니 우리의 통념과는 너무 달라 의외다. 그러니까 너무 자주 귀지를 파내면 오히려 보습력이 떨어져서 보호기능이 약화되고 귀지를 팔수록 오히려 다시 뭉쳐서 양이 더 많아진다. 게다가 귀지는 쌓여도 그게 귀에 달라붙어 떨어지지 않고 고형화되는 게 아니라 일상생활 속에서 저절로 떨어져나가기 때문에 굳이 귀를 파지 않아도 된다고 한다. 하지만 그걸 알더라도 가끔은 귀를 파게 되는 건 혹시라도 남이 내 귀에 귀지 쌓인 걸 보게 될지도 모른다는 걱정 때문이기도 하고 내 눈에 귀지가 보이면 기분이 시원해진다고 느끼기 때문이다.

잭 첼로너Jack Challoner의『죽기 전에 꼭 알아야 할 세상을 바꾼 발명품 1001』에 '면봉'이 있는 게 신기하고 반가웠다. 면봉이 세상을 바꾼 발명품이라고? 면봉이 세상에 출현한 것은 1923년이다. 폴란드 출신의 미국인 레오 저스텐장Leo Gerstenzang이 솜을 붙인 조그만 막대를 발명한 것이다. 아이디어는 아내가 아이들 귀를 깨끗하게 해주려고 이쑤시개 끝에 면을 붙이는 걸 본 데서 얻었다. 사실 그는 아내가 그런 식으로 아이의 귀를 후비는 모습을 보고 기겁했다. 그런데 가만히 생각해보니 안전하게만 할 수 있다면 제법 쓸모 있고 긴요하겠다고 생각했다. 면봉은 그렇게 해서 만들어졌다. 간단해 보이지만 디자인이 완성되기까지는 수년이 걸렸다고 한다. 무엇보다 안전하게 만드는 게 중요했기 때문이다. 이쑤시개 대신 카드보드 재료를 쓰고 양쪽 끝에 같은 양의 면을 붙여서 귀를 팔 때 면봉에 이물질이 붙어 나올 수 있게 만들었다. 면봉 끝의 솜이 귓속에서 떨어지거나 끼지 않도록 하는 데에도 많은 연구가 필요했다. 광주 비엔날레에 참석하기 위해 내한했던 MoMA(뉴욕현대미술관)의 수석 큐레이터 파올라 안토넬리Paola Antonelli는 '굿 디자인'이란 네 가지 요소를 고루 갖춘 것으로 '아름다울 것, 우아할 것, 기능성이 뛰어날 것, 누군가를 위해 디자인되어 활용되는 물건일 것'을 들면서 〈디자인, 일상의 경이〉 전시회에서 면봉을 고른 이유를 설명했다. 레오 저스텐장은 면봉을 보급하기 위해 레오 저스텐장 인펀트 노벨티사社를 설립하고 '베이비 게이스'라는 이름으로 면봉을 출시했다. 사소한 발명품이 기업의 제품이 된 것이다. 3년 후 품질(quality)을 의미하는 Q를 추가하여 우리가 흔히 부르는 '큐-팁스Q-tips'가 탄생했다. 아이를 키우는 집마다 큐-팁스는 필수품이 되었다. 1950년대에는 화장품시장으로 확장되어 아이들뿐 아니라 어른들에게도 없어서는 안 될 제품으로 널리 사랑받게 되었다. 과거와는 용도가 많이 달라졌지만 오히려 더 폭넓게 사용되는 대표적 사례로 꼽히기도 한다. 그런데 1970년대 초반 들어 면봉을 사용하다 발생한 상처 때문에 진료소를 찾는 환자들이 많다는 보고가 속속 들어오면서 면봉으로 귀를 파지 말라는 광고를 덧붙이고 있다.

예전에는 사우나에 가면 목욕 후에 꼭 면봉을 사용했지만〈여전히 사우나에는 면봉이 가득 비치되어 있다〉이제는 수건으로 귀 주변의 물기를 꼼꼼하게 닦는 것으로 대신한다. 하지만 귀가 간질간질할 때 그리고 가끔씩 귀지를 털어내기 위해 면봉을 쓰게 된다. 이제는 내가 무릎을 베고 누워서 귀를 파달라고 할 엄마도 없고, 다 큰 아이들을 내 무릎에 눕혀 귀를 파줄 일도 없어서 그냥 가끔 심심풀이처럼 면봉을 꺼내 만지작거린다. 귀를 파줄 때 엄마는 내가 누워서 꼼지락거리지 못하게 하려고 이런저런 이야기도 해주셨는데.

『심야식당』을 그린 작가 아베 야로安倍夜郎의 데뷔작이기도 한『야마모토 귀 파주는 가게』는 말 그대로 귀 파주는 가게의 이야기다. 귀 파주는 가게 여주인의 치마폭 위에 누워 임종을 맞는 사람, 막혔던 감각을 뚫는 여자, 귀를 파며 옛사랑을 추억하는 남자 등 다양한 인물의 이야기들이 담겼다. 그녀의 손길을 받고 나면 평생을 잊지 못하고 자꾸 그녀를 찾게 되는 건 어쩌면 귀를 청소하는 게 아니라 모든 감각과 추억을 귀라는 기관을 통해 꺼내고자 하는 심리 때문일 것이다. 그 책을 읽으면서 베트남 여행 때 귀 파주는 가게 이야기를 들었는데 망설이다 끝내 가지 않은 게 못내 아쉽다는 생각이 들었다.

민감하고 여린 귓속과 그 안에 드나드는 면봉의 관계처럼 어쩌면 꼭 필요하되 과하지 않으면서 늘 조심하고 선을 넘지 말아야 하는 게 대부분의 인간관계일 듯하다. 그리고 귀 간지러울 때 면봉처럼 적소에 딱 필요한 물건의 역할처럼 누군가에게 면봉만큼만 된다면 그것으로 충분히 좋은 사람이 될 듯하다. 면봉 같은 사람. 엄마 무릎에 누워 귀를 맡기고 면봉으로 살살 간질이면 스르르 잠들던 어린 시절의 기억만으로도 이미 엄마는 우주였다.

손수건

handkerchief ,

手巾/手絹

어린 내게 손수건은 '코 닦는 부드러운 헝겊'이었다. 하얀 거즈 수건을 스웨터 가슴 부위에 옷핀으로 꽂아 잃어버리지 않게 했다. 지금이야 코 흘리는 아이들을 보기 어렵지만 예전에는 그런 아이들이 많았다. 옷도 부실하고 밖에 나가 노는 시간이 지금보다 훨씬 많았기에 걸핏하면 코를 훌쩍였다. 손수건이 없는 경우가 허다해서 아이들의 소매는 코 닦은 흔적이 덕지덕지했다. 그러다 학교에 가면 손수건을 챙기는 경우가 많았다. 입학식에 온 아이들 거의 대부분이 그렇게 교복에 손수건을 달고 있었다.

지금도 나는 손수건을 지니고 다닌다. 재킷이나 바지에 꼭 챙겨야 허전하지 않다. 물론 이제는 코 푸는 일로 쓰는 경우는 거의 없고 물기를 닦아내거나 몸에 묻은 이물질을 떼내는 데에 주로 사용한다. 손수건을 빼먹고 외출한 때는 여간 신경이 쓰이는 게 아니다. 이제는 손수건도 하나의 패션이다. 재킷 윗주머니에 꽂는 포켓치프를 패션의 포인트로 삼는 일도 흔해졌다. 혹은 슬프다는 영화를 보러 갈 때 눈물 닦기 위해 미리 준비하는 도구로 쓰이기도 한다.

서양 복식사에서 손수건은 머리에 쓰던 커치프를 장식용으로 손에 들고 다닌 데서 유래한다. 그래서 손(hand)과 두건(kerchief)이 합쳐져서 행커치프handkerchief가 된 것이다. 이렇게 손에 들고 다니던 것을 16세기경부터 옷의 주머니에 살짝 내비치게 꽂는 액세서리로 썼다. 포켓용 행커치프가 그렇게 만들어졌다. 여자들은 손에 들고 다녔는데 그래야 숙녀로 인정했다. 일종의 장식적 효과가 커지면서 레이스와 자수는 물론 보석과 구슬로 장식하는 손수건도 흔해졌다. 재질도 다양해져서 비단을 사용하는 경우도 많았다. 그러나 실용적인 손수건은 내구성과 습윤성이 강한 것을 선호했다. 이런 실용적인 손수건을 냅킨이라고 불렀다.

성경에서도 손수건이 등장한다. 물건을 싸거나 죽은 사람의 얼굴을 싸는 데 사용되었다는 기록들이 여러 복음서에 나오고 특히 바울의 서간문에는 바울이 자신의 손수건을 아픈 사람 위에 놓게 하여 병이 낫게 하거나 악귀를 쫓아내는 기적을 일으키게 하는 장면도 찾을 수 있다. 그건 서남아시아와 이집트 등 비교적 더운 지역에서 일찍이 널리 사용되었음을 짐작할 수 있는 대목들이다.

손수건은 사랑을 이어주는 대표적 소품으로도 등장한다. 수많은 소설과 영화 등에서 손수건을 그런 역할에 충실하게 그리고 다양하게 보여줬다. 흘린(때로는 의도적으로) 손수건을 발견한 이성은 그 주인을 찾아 건네며 말을 걸 수 있는 자연스러운 기회를 얻을 수 있었다. 때로는 손수건을 간직하며 연인을 그리워하는 소품으로도 등장했다. 상처 났을 때 닦거나 묶어준 손수건은 두 사람을 이어주는 충실한 매개체였다. 아마 소설과 영화에서 이런 장면들을 찾는 건 어렵지 않을 뿐 아니라, 오히려 그 수법(?)의 다양함에 놀라게 될 것이다. 셰익스피어의 위대한 희곡 『오셀로Othello』에서 오셀로가 데스데모나에게 선물한 손수건을 복수심에 눈이 먼 이야고가 훔쳐 카시오의 방에 떨어뜨려 둘이 밀통하고 있음을 오셀로에게 암시함으로써 비극이 빚어지는 건 너무나도 유명한 이야기다. 손수건은 사랑의 정표고 징표였으니 아무에게나 건넬 수 없는 물건이다.

트윈폴리오가 부른 〈하얀 손수건〉은 슬픈 사랑의 대명사가 되었다. 본디 이 노래는 그리스의 작곡가 마노스 하지다키스가 작곡하고 나나 무스쿠리가 불렀던 노래를 번안한 것인데 트윈폴리오가 멋지게 불러서 마치 그들의 대표곡처럼 느껴진다. "헤어지자 보내온 그녀의 편지 속에 곱게 접어 부친 하얀 손수건, 고향을 떠나올 때 언덕에 홀로 서서 눈물로 흔들어주던 하얀 손수건, 그때의 눈물 자국이 사라져버리고 흐르는 내 눈물이 그 위를 적시네"라는 가사에서 뭉클했던 이들도 이제는 그 가수들처럼 노년으로 흘러간다.

'노란 손수건'의 감동도 잊을 수 없다. 죄를 짓고 형무소에 갇혔다가 만기 석방된 빙고. 플로리다로 가는 버스를 탄 그는 초조했다. 어느 친절한 사람이 그에게 다가가 묻자 자신의 사연을 말하고 마음을 털어놓았다. 너무 부끄러운 일을

181

저질렀기에 아내에게 자신을 잊고 다른 사람을 만나 결혼하라고 권유했다며 출감 후 딱히 갈 데도 마땅치 않아서 일단 집으로 돌아가는 길인데 지난 3년 동안 아내로부터 아무런 소식도 없었기에 어찌해야 할지 모르겠다며. 그는 아내에게 편지를 썼다. 마을 어귀에 큰 참나무가 하나 있는데 자신이 이 차를 타고 지날 때 자신을 맞아줄 마음이면 참나무에 노란 손수건 하나 매달아 놓으라고 했단다. 그렇지 않으면 새로운 삶을 선택한 것으로 알고 그대로 지나가겠다고. 버스의 승객들도 그의 사연이 안타까웠다. 마침내 버스는 아내가 살고 있는 브로크릴이란 마을에 들어섰다. 빙고의 마음은 타들어 갔다. 덩달아 승객들도 초조했다. 창밖으로 참나무가 보이기를 기다렸다. 갑자기 버스에서 함성이 터졌다. 그 큰 참나무가 온통 노란 손수건으로 꽃피어 있었던 것이다! 손수건 하나만 묶어놓으면 혹시라도 남편이 못 보고 지나갈까봐. 읽을 때마다 감동적이다. 이 이야기는 아예 하나의 상징이 되어 사람들은 귀환을 간절히 희망할 때 노란 손수건을 매단다. 세월호가 침몰했을 때 우리도 그랬다. 아직도 진도의 팽목항에는 빛바랜 노란 손수건이 나부낀다. 눈물이 왈칵 났다.

어떤 이가 손수건의 10가지 활용법을 SNS에 올렸다. 비닐봉지 대신 손수건으로 싸고, 기침하거나 눈물 닦을 때, 손 닦을 때 휴지 대용으로, 일회용 돗자리 대신 깔개로, 종이컵 홀더 대신 손수건 홀더로, 헤어밴드나 가방 매듭 포인트로, 집안 곳곳 가리개로 포인트를 준 인테리어 효과로, 일회용 랩 대신 비즈왁스를 손수건에 입힌 다회용 랩으로, 붓기 가라앉히는 얼음 팩으로, 갑자기 부상당했을 때 붕대 대신으로, 뜨거운 냄비 받침대로 쓸 수 있으니 용도가 참으로 다양하다. 주목할 건 환경과 연결되는 용도가 제법 많다는 점이다. 환경부 연구에 따르면 연간 화장지 사용을 20%만 줄여도 연평균 6236톤의 이산화탄소를 줄일 수 있고 그것은 매년 432900그루의 나무를 살릴 수 있는 분량이다. 화장실의 핸드드라이 대신 손수건을 써도 전기 소비를 줄일 수 있다. 그러니 손수건은 환경보호의 동반자인 셈이다. 손수건 한 장으로 할 수 있는 게 꽤 많다. 그것도 아주 유의미하게.

주식시장에서도 손수건이 인용된다. 이른바 '손수건 법칙'이다. 주식 상승장에서도, 하락장에서도 주도주가 강세인 현상이 손수건의 움직임과 비슷하다고 해서 붙여진 명칭이다. 펴놓은 손수건의 가운데 부분을 쥐고 들어올리면 가운데 부분이 가장 높이 올라가고 반대로 내릴 땐 가운데 부분이 마지막에 바닥에 닿게 되는 현상처럼 주도주는 상승장에서 더 오르고 하락장에선 덜 빠지는 특징이 있다는 걸 표현하는 말이다.

별것 아닌 듯한 손수건에 대해 각자 느끼는 사연과 감정이 다를 것이다. 그러나 청결하고 애틋한 감정들이 그 작은 손수건에 담겼다. 게다가 환경에도 큰 도움이 되니 손수건 더 열심히 챙겨야겠다. 누군가의 눈물과 땀을 씻어낼 손수건을 가진 사람이면 어깨를 기대도 좋다.

참기름

sesame oil 　，　真油/香油/芝麻油

봄 식탁에서 파릇파릇한 나물 요리를 빠뜨릴 수 없다. 나물
은 봄의 전령과도 같다. 오물조물 맛나게 무친 봄나물에 참
기름 한 방울 뚝 떨어뜨리면 얼었던 입맛을 살살 녹인다. 고
소하고 향긋한 참기름. 지금이야 어느 분식집에 가도 가장
손쉽게 먹을 수 있는 게 김밥이지만 예전에는 소풍 가거나
운동회 때나 먹어보는 특별한 음식이었다. 살짝 밑간을 한
밥에 시금치, 달걀지단, 노란 무 등을 깔고 잘 말아준 김밥의
마무리는 참기름 바르고 깨를 뿌리는 것이다. 그 맛은 별미
였다. 김밥의 참기름은 일종의 화룡점정과도 같았다. 기름을
두르지 않은 김밥은 퍽퍽하고 밋밋하다.

　몇 방울만 떨어뜨려도 심심한 음식을 한순간에 고소하게
만드는 참기름은 약방의 감초와도 같다. 우리 음식에서는 참
기름이 들어가는 것들이 많다. 무엇보다 비빔밥에는 결코 빠

185

질 수 없다. 잔치에서 가장 많이 쓰이는 잡채에도 참기름이 쓰인다. 미역국에도 쇠고기를 참기름에 살짝 볶아 끓인다. 명란에도 살짝 넣고 낙지탕탕이도 참기름과 소금을 섞은 양념에 찍어 먹는다. 고기에도 두루 쓰인다. 겉절이에 참기름을 살짝 곁들이면 좋다. 김 구울 때는 비싼 참기름 대신 들기름을 쓰는 경우가 더 많다.

우리는 참기름을 이리도 애지중지하는데 서양인들은 그 독특한 향부터 부담스러워하는 경우가 많다. 익숙하지 않은 까닭이다. 마치 우리가 남방 음식에서 고수를 꺼리는 사람들이 있는 것처럼. 물론 요즘은 고수의 맛에 빠져든 사람들도 많은 것처럼 참기름에 애정을 느끼는 서양인들도 꽤 많이 늘었다. 들기름이 영양 면에서는 더 좋다고 한다. 참기름 들어가는 음식에 들기름을 써도 큰 문제될 것 없지만 특유의 향이 강해서 꺼리는 이들이 많다. 참기름 찾는 이들이 많으니 시장 원리에 의해 들기름보다 참기름이 비싸다. 그러나 들깨는 기름 대신 깻잎으로 우리의 식탁을 이미 충분하게 채워줬다.

참기름은 대표적 식물성 기름이다. 아시아 요리에서 흔히 사용된다. 볶은 견과는 향이 풍부하고 은은하고 음식을 고소하게 만드는 풍미 때문에 채식 위주의 아시아 식단에서 선호된다. 고온에는 적합하지 않은 것도 육식 위주의 서양 식단과 거리가 멀다. 흔히 한자에서 사용하는 '유油'는 참깨로 짠 기름을 일컫는 말이라고 한다. 그러나 고대 문헌에서 나오는 기름은 거의 다 동물성 기름을 지칭했다. 『예기禮記』에도 녹은 것은 고膏, 엉기는 것을 지脂라고만 구분했다. 참깨를 짜서 식물성 기름을 얻는다는 언급은 6세기 문헌에 처음 나온다는 해석도 있다. 550년경 『제민요술齊民要術』이 바로 그것이다. '유油'라는 글자를 쓰기 시작한 건 참깨가 동양에 들어와서 식물성 기름으로 등장한 이후라는 것이다. 일반적으로 원산지인 인도에서 시작하여 페르시아·메소포타미아·소아시아·이집트 등으로 퍼졌고 아라비아 상인을 통해 중국에 들어갔다는 게 정설인 듯하다. 우리나라는 중국을 통해 들어왔다. 호마胡麻·지마芝麻·향마香麻 등으로 기록되는 참깨를 볶아서 짠 참기름은 중국보다 우리나라에서 훨씬 많이 쓰인다. 중국에서 싼값에 참깨를 수입하는 것도 그 때문일 것이다. 중국인들은 동물성 기름이나 땅콩기름 등을 많이 쓴다. 일본에서는 식용유 사용량이 매우 적어서 참기름을 별로 쓰지 않는다.

'열려라, 참깨'라는 주문을 외지 않은 어린 시절은 거의 없을 것이다. 「알리바바와 40인의 도둑」에서 보물창고인 동굴 앞에서 꿈쩍도 하지 않던 바위문이 그 주문만 외면 저절로 열리는 이야기. 왜 하필 참깨일까? 참깨에는 뭔가 특별하고 신비한 힘이 있다고 믿어서였을까? 흥미롭게도 영양학자들에 따르면 참깨는 신비한 힘이 있다고 한다. 참깨에는 항산화물질이 많아서 노화를 방지해준다. 비타민 E와 다양한 무기질을 함유했기 때문이다.

신혼부부를 보면 '깨가 쏟아진다'거나 '깨를 볶는다'고 하는데 확실히 참기름 짜는 냄새는 특별하다. 참기름은 향기와 풍미를 끌어내기 위해 고온에서 볶는데, 그 향미가 강해서 당연히 참기름에도 깊이 밴다. 참기름은 쉽게 산패하지 않아

나쁜 냄새도 나지 않고 불포화지방산이 많다는 게 여러 과학자들에 의해 입증되기도 했다. 참기름에는 불포화지방산이 80%나 되기에 많이 섭취해도 콜레스테롤과 동맥경화 걱정이 다른 기름에 비해 현저히 낮다(들기름은 오메가3 지방산을 약 60% 정도 함유하고 있어서 우리나라 사람들에게 긴요하지만 쉽게 산패하고 저장성이 떨어져 보관이 어렵다). 오히려 참기름의 리놀레산이 콜레스테롤 생성을 억제하는 작용을 갖기 때문에 동맥경화 방지에 도움을 준다. 다만 참깨에는 지방이 많이 함유된 까닭에 빻거나 분쇄하면 공기와 접촉면이 많아져 쉽게 산화하고 맛과 향이 떨어질 수 있어서 신속하게 병에 담아야 한다. 또한 햇빛에 노출되면 쉽게 상하기 때문에 갈색 병에 담아야 한다. 시장의 참기름 가게에서 갈색 병을 쓰는 건 그 때문이다.

투명하면서 밝은 갈색을 띠는 참기름은 보기만 해도 고소하다. 우리가 각종 나물에 참기름을 쓰는 건 단순히 맛을 위해서만은 아니다. 예를 들어 시금치를 참기름과 함께 조리하면 지용성 비타민 흡수율이 높아지기 때문에 건강에도 크게 도움이 된다. 비빔밥에 참기름이 없는 건 상상하기 어렵다. 향도 향이지만 여러 재료들이 잘 섞이게 할 뿐 아니라 식감도 좋아진다.

이렇게 우리나라에서는 참기름이 거의 전방위적으로 쓰이기 때문에 공급이 수요를 따르지 못하는 경우가 많다. 그래서 질 낮은 제품을 섞거나 값싼 중국산을 수입해서 국산 참기름으로 둔갑시켜 몇 배 더 높은 값을 매겨 파는 경우도 많다. 지금도 중국을 오가는 보따리 상인들이 빼놓지 않는

품목 가운데 하나가 참깨다. 대량이 아니어도 그것으로 배
운송비는 빠지기 때문이라고 한다. 이래저래 중국산 농산물
이 우리 식탁을 점령하고 있는 건 찜찜하다. 그러나 중국과
교역하기 이전에도 참기름은 늘 가짜 파동을 주기적으로 겪
었다. 그래서 참기름 앞에는 '진짜'라는 수식어가 붙어서 팔
리는 경우가 많다. 얼마나 가짜 참기름이 흔하면 '진짜 순 참
기름'이라는 이중 삼중의 수식어를 붙여야 했을까. 어쨌거나
그만큼 우리에게 참기름은 식탁에서 빠질 수 없는 감초라는
뜻이기도 할 것이다.

참기름은 대개 요리의 마무리에 투입되는 경우가 많다. 참
기름 한 방울만 톡 떨어뜨려도 갑자기 음식이 달라지는 것처
럼 내게도 참기름 같은 비장의 마무리 혹은 결정타의 무기가
있을까? 하지만 아무리 좋은 참기름이라도 과하면 느끼하
다. 과유불급은 어디서나 적용된다.

어렸을 때 부엌의 엄마에게 안기면 앞치마에서 참기름 냄
새가 났다. 그래서 내게 참기름 냄새는 가끔 엄마 냄새였다.
그나저나 부엌에서 참기름 냄새가 진동한다. 무슨 맛난 음식
이 식탁에서 유혹하려나? 참기름은 풍미뿐 아니라 음식들이
서로 엉키면서 깎이지 않고 어울리게 해주는 윤활제다. 그런
데 내 삶이 풍미도 없고 윤활제도 못 된다면 애통한 일이다.

와인

"신은 물을 만들었지만 인간은 와인을 만들었다."

  빅토르 위고Victor Hugo의 말이다. 나는 그다지 술을 즐기지 않는 편이라 술집이나 술 종류 등에 대해서 그다지 관심이 없다. 가끔 해외 다녀올 때도 남들은 면세 양주 한 병을 꼭 챙기는 듯한데 나는 지금까지 술을 사서 입국한 적이 없다. 어쩌다 선물로 고급 술을 받는 경우에도 그리 반갑지는 않다. 물론 집에서 가끔 한두 잔 마셔보면 최고급 술은 뭐가 달라도 조금 다르다는 건 느낀다. 너무 비싼 술을 선물 받으면 잘 간수했다가 술 좋아하는 이에게 특별히 선물한다. 그럴 때는 내가 정류장 같다는 생각이 들기도 한다. 고급 양주보다 훨씬 비싼 와인들도 있지만 대개는 합리적인(?) 가격대의 와인을 받기도 한다. 주방 창고나 뒷베란다에 그렇게 받은 와인들이 여럿 굴러다닌다.

물론 입에 맞는 와인도 있지만 혀가 둔하고 가난한 까닭인지 솔직히 와인 맛을 잘 모른다. 그래서 빈티지와 산지, 포도의 종류 등을 현란하게 따지는 세태에 익숙하지 못하다. 언젠가 어떤 이가 내게 글 신세를 졌다고 좋은 곳에서 대접하고 싶다며 데려간 곳이 최고급 와인바였다. 가격표를 보고 기절하는 줄 알았다. 속으로 차라리 순댓국에 소주나 먹고 나머지를 돈으로 주거나 책을 사주지 하는 잔망스러운 계산도 들었다. 그렇게 비싼 와인이 있다는 걸 어렴풋하게 들어본 적은 있지만 내가 그걸 마셔볼 거라고는 상상도 못하던 일이다. 와인잔에 1/4쯤 채운 와인을 대충 값으로 쳐도 수만 원이니 어지간한 수준의 와인 한 병과 맞먹는데, 내 둔한 혀는 집에서 가끔 마시는 2만 원대 제품과 크게 다른 줄 모르겠어서 더 아까웠다. 내 저렴한 취향에는 어울리지 않는 와인이었고 대접이었다. 처음에는 쓸데없는 돈을 쓰는 게 야속했고 나중에는 그 사람이 돈은 돈대로 들이고 상대에게 제대로 고맙다는 인사도 듣지 못하는 헛수고를 한 듯하여 오히려 내가 미안했다.

한동안 와인 열풍이었다. 와인의 맛을 알아야 세련된 현대인이라는 듯 너도나도 와인을 구입했고 정보를 탐색했다. 와인에 대한 지식을 많이 알면 우쭐할 일이었다. 이왕 마시는 거 많이 알면 더 좋을 것이다. 가상한 일이지 타박할 일은 아니다. 그렇다고 와인도 모르면서 술 마시는 건 촌스럽다거나 격 떨어진다고 설레발치는 꼴은 참 볼썽사납다. 물론 소주는 공장에서 대량 생산되는 술이라서 일반 가양주처럼 빈티지

운운할 게 없으니 그렇긴 해도, 마치 와인쯤은 마셔야 술을 아는 것처럼 빼기는 꼴은 살짝 거슬린다.

인류 역사에서 술은 꽤나 오래되었다. 구석기시대에도 술이 있었던 듯하다. 원숭이들이 바위나 나무둥지 오목한 곳에 잘 익은 산포도를 넣어두고 놀다가 한 달이 지난 보름날에 다시 와서 보니 술이 된 걸 보고 마시며 놀았다는 전설이 여러 나라에 있는 것들을 보면 이미 선사시대에 술을 빚던 방식을 짐작해볼 수 있다. 과일에 상처가 나면 과즙이 스며 나오는데 과일 껍질에 붙어 있는 천연효모가 번식해서 술이 된다는 걸 우연히 발견한 것이 술의 시초라는 설도 있다. 메소포타미아와 이집트에서는 이미 기원전 5000년경부터 포도주를 빚었고 『서경』에는 고대 중국에서 누룩으로 빚은 술을 마셨다는 기록이 있다. 우리나라에서는 해모수가 하백의 세 딸을 초대하여 대취하게 하니 다 달아났지만 큰딸 유화가 해모수에게 잡혀 주몽을 낳았다는 기록이 『제왕운기』에 나온 게 술에 관한 가장 오래된 기록이다. 알코올 성분이 들어가 있으면, 즉 달리 말해 알코올 함량 1도 이상이면 모두 술이라고 정의된다.

와인의 역사도 크게 다를 게 없다. 야생포도는 이미 수백만 년 전부터 있었고 그게 농경사회에서 경작되면서 오늘날의 포도로 바뀌며 와인을 만드는 재료가 되었을 것이다. 기원전 1500년 고대 이집트에서는 이미 화이트와인과 레드와인을 따로 주조했고 귀하게 여겼다고 한다. 와인은 주로 특별한 목적과 특별한 사람들만의 몫이었다. 와인의 보편화는 로마시대에 열렸다. 요즘과 같은 배럴과 병이 와인 저장에 사용되었다. 와인 주조법이 로마에서 유럽 전역으로 퍼졌고 가장 많은 사람들의 사랑을 받는 술이 된 것이다. 아무래도 유럽의 지형과 기후가 포도 재배에 적합해서 더 그랬을 것이다. 그러나 동양에서는 포도가 흔하지 않아 쌀을 원료로 하는 술을 빚었다. 와인이 유럽의 술로 보편화된 또다른 요인은 종교다. 중세에 기독교가 와인에 종교적 의미를 부여하면서 와인은 전례에서 빠뜨릴 수 없는 술이 되었고 포도 경작과 와인 생산은 프랑스를 중심으로 유럽 전역으로 넓게 퍼졌다. 왕과 귀족뿐 아니라 서민들도 와인을 마시는 게 일상이 된 것이다. 프랑스혁명은 질 나쁜 와인의 생산을 막기 위해 새로운 포도나무를 심는 것을 금지한 루이 15세의 왕령을 폐지함으로써 와인에 자유를 부여했고 더 많은 사람들이 포도주를 즐기게 만들었다. 또한 유럽의 석회질 토양 때문에 물이 그리 좋지 않은 것도 한몫했다. 18세기 프랑스 계몽주의자들은 와인을 특별히 사랑했던 것 같다. 그들은 와인에 담긴 자유로운 인간의 행복을 강조하면서 절대권력과 기독교가 내세웠던 고상함과 고결함의 허울을 벗겨냈다. 그들에게 와인은 자유와 지상에서의 행복이라는 시대정신이었다. 그들은 낮에는 카페에서 커피를 마시며 담론을 주고받았고 밤에는 와인을 마시며 활기와 생명력을 노래했다. 그들은 와인을 '철학과 사랑을 꽃피운 황홀한 영혼의 물방울'이라 불렀다. 일본의 만화『신의 물방울』은 아마도 거기에서 아이디어를 얻은 제목일 것이다.

　와인은 디드로와 달랑베르가 편찬한『백과전서』에서도 당당히 한 항목을 차지한다. "좋은 와인을 적당히 마시면 정신을 회복하고 위를 강화하며 피를 맑게 하고 땀 배출을 순조롭게 해서 육체와 정신의 모든 기능을 돕는다"는 말로 시작하는 항목에는 와인에 대한 다양한 설명을 곁들였다. 어쩌면 그렇게 자유롭게 아무 제약 없이 온갖 주제에 대해 대화를 나눈 힘들이 모아져서 낡은 체제를 무너뜨리고 모든 이가 자유를 누리는 프랑스혁명을 이끌었는지도 모른다.

어떤 술을 마시건 각자의 기호와 취향에 따르는 것이니 옳고 그름이나 등급 따위의 구별이 무의미한 일이다. 나의 선택을 존중받으려면 다른 이의 선택 또한 존중하면 그만이다. 와인의 새로운 맛에 눈을 뜨고 『신의 물방울』 같은 만화를 통해서라도 더 많은 지식과 정보를 얻어 그 취향을 더 고급지게 하는 것도 즐거운 일이다. 그런데도 나 같은 저렴한 취향으로는 도저히 수십만 원짜리 초고급 와인을 힐끔거리는 건 조금도 끌리지 않는다. 선물로 받은 와인조차 다 소화하지 못해서 창고에서 가끔 꺼내 먹는 걸 알면 와인 애호가들은 혀를 차겠지만.

아버지는 제사 때 포도주(그때는 와인이라는 말조차 없었다. '진로포도주'나 '파라다이스포도주'였다)를 사용하셨기 때문에 개인적으로는 일찍이 입에 대봤다. 20대 때는 잘 아는 신부님이 미사 때 일부러 우리들에게 미사주를 비우게 하셨고 가끔은 당신이 선물 받은 와인을 우리에게 하사하여 막걸리처럼 마셨다. 당신이 좋아하시던 와인은 '마주앙 모젤'과 '마주앙 메독'이었다. 그래서 사제관에 갈 때는 마주앙 모젤을 들고 갔고, 나올 때는 당신이 주신 최고급 와인을 들고나왔다. 그렇게 일찍부터 와인을 맛보며 자랐지만 나는 여전히 빈티지니 뭐니 하는 걸 잘 모른다. 그리고 별로 알고 싶지도 않다. 내 취향은 여전히 저렴하고 앞으로도 그럴 것임을 잘 안다. 말 나온 김에 창고('와인셀러'는 아예 내게 가당치도 않은 품목이다)에서 와인 한 병 꺼내 맛이나 볼까?

> "와인은 신이 우리를 사랑하고 우리가 행복하기를 바라는 변함없는 증거이다."

벤자민 프랭클린Benjamin Franklin의 말이 제격이다. 와인은 '신의 물방울'이어서가 아니라 마음의 옹벽을 허물 수 있는 가장 아름다운 액체일 때 비로소 제값을 발한다.

립밤

,

꼬맹이 때 입술이 트면 누나들이 바셀린을 발라줬다. 끈적끈
적하고 미끈미끈해서 이질감이 들었지만 입술이 따갑지 않
고 반들반들해서 좋기도 했다. 이제는 그 역할을 립밤이 대
신한다. 향기와 색상도 다양하다. 박근혜 정권의 국정농단을
다루는 청문회에 불려나온 삼성의 이재용 부회장이 증인석
에서 립밤을 바르는 게 화제가 된 적도 있다. 그가 발랐던 립
밤이 그다음날 거의 재고가 없을 정도였다는 우스꽝스러운
일이 엊그제 같다.

입술보호제인 립밤은 영어로 lip protector지만 그냥 lip
balm으로 통용되기도 한다. balm은 식물에서 채취한 상처
치료용 향유, 또는 상처 치료나 피부 순화를 위한 연고라는
뜻이다. 입술에는 모세혈관의 분포가 많아 붉은색을 띠고 털
이나 분비샘이 없어서 다른 피부보다 피지 분비가 적어 트기

197

쉽기 때문에 입술에 막을 형성하여 지질층을 보호하고 보습력을 강화시키는 보호제가 필요하다. 주성분으로 바셀린, 밀랍, 글리세린, 비타민 E 등이 쓰이며 최근에는 해바라기 오일이나 자두씨 오일 등의 천연성분을 이용한 제품도 많다. 입술이 트면 따가워서 혀로 핥게 되는 경우가 많은데 타액은 빠르게 증발하기 때문에 오히려 입술을 더 건조하게 만든다.

립밤의 주성분인 바셀린은 해로운 균들로부터 입술을 막아주는 역할을 한다. 일종의 차단막이 형성되어 피부 속의 수분이 외부로 증발하기 어려워져서 보습효과가 생긴다. 더불어 상처에 균이 침입하는 것도 막아주기 때문에 입술 상처 치료에도 도움이 된다. 그런 점에서 립밤보다는 바셀린의 효과가 더 크지만 실용적인 이유 때문에 립밤을 쓰게 된다. 립밤은 바셀린이 미끄럽고 보기에도 부담스러운 점을 커버하고 바셀린 특유의 역한 냄새를 잡아줄 뿐 아니라 휴대하며 쓰기에도 훨씬 편리하기 때문에 널리 쓰인다. 100퍼센트 생분해 가능한 식물성 재료로 만든 립밤도 호응을 얻고 있다.

예전에는 입술에 바르는 건 거의 립스틱뿐이었고 당연히 여성의 전유물이었다. 그래서 아직도 남성들 가운데 립밤 쓰는 걸 꺼리는 이들도 있는 듯하다. 내가 아는 60대 중반의 선배도 립밤을 쓰기는커녕 명칭조차 처음 듣는다고 해서 오히려 내가 깜짝 놀라기도 했다. 요즘은 남녀 구분 없이 외모 관리에 신경을 쓸 뿐 아니라 입술 건강의 측면에서 사용하는 용도도 커져서 립밤을 휴대하는 남성들도 많아졌다. 입술이 트고 찢어져서 고통을 받는 것보다 미리 립밤으로 예방하는 것이 좋다. 립밤 하나면 몇 달은 거뜬히 쓰니 부담스럽지도 않고 번거롭지도 않다.

립밤은 체온보다 살짝 높은 점에서 녹는다. 바셀린의 녹는점은 약 38℃라서 여름철 무더위에 녹아 흐르기 쉽다. 기름 성분이 있어서 녹은 립밤이 옷에 묻으면 드라이클리닝해야 한다. 반대로 겨울에는 딱딱하게 굳어서 잘 발라지지 않는다. 그래서 작은 물건이지만 의외로 섬세하게 관리해야 한다. 몸의 가장 관능적이며 예민한 부분인 입술을 보호해주는 립밤. 크기는 작지만 역할은 크다.

일회용 밴드

꼭 필요한데 손안에 있지 않아 곤혹스러운 물건들이 있다. 누구나 새 구두를 신은 날 뒤꿈치가 까여 쓰렸던 경험이 한 번쯤은 있을 것이다. 그럴 때 꼭 필요한 게 일회용 밴드다. 흔히 '대일밴드'라는 브랜드 이름으로 불러온 바로 그것. 칼 따위에 살짝 베거나 넘어져 살갗이 벗겨질 정도의 가벼운 찰과상을 입었을 때도 요긴하게 쓰는 물건이다. 그래서 가정용 구급상자(first aid kit)에는 약방의 감초처럼 포함된 아이템이다.

사실 일회용 밴드라는 말은 영어에도 없다. 흔히 Band-Aid라고 하지만 그건 존슨앤드존슨의 상표명이다. 굳이 따지자면 plaster라는 용어에 해당된다. Band-Aid는 임시처방 혹은 미봉책을 의미하기도 한다. 반면 국어사전에는 등재되었다. '한 번만 쓰고 버리는 반창고로 포장을 벗겨 바로 피

201

부에 붙을 수 있도록 만든 것'을 지칭한다. 원래 반창고는 천 재질에 접착제 성분을 붙여서 길게 만든 다음 조금씩 끊어서 쓰도록 만든 것인데 불편해서 일회용 밴드가 나온 것이다. 미국에서 상품명인 'Band-Aid'가 통용되는 것처럼 국내에 서는 대일화학주식회사에서 제일 먼저 출시한 까닭에 흔히 '대일밴드'라고 부르기도 한다. 굴삭기 브랜드인 포크레인이 보통명사로 통용되고 미원, 호치키스(스테이플러), 스카치테 이프(셀로판테이프), 휴지를 크리넥스라고 부르는 것도 마찬 가지다. 그만큼 '대일밴드'는 우리의 입에 붙은 말이 되었다.

'밴드'라는 말에는 본디 반창고 등의 의미가 없다. 물론 가 죽이나 천, 고무 따위로 좁고 길게 만든 띠라는 의미는 있다. 병원의 아기들 팔목에 단 이름표를 네임 밴드라고 하는 경우 처럼. 원래 밴드는 '집단'을 뜻한다. 악단이나 악대를 지칭하 거나 혹은 같은 목적을 갖고 뭉친 사람들의 무리를 의미한 다. 카카오톡, 밴드 등이 그것이다. 마지막으로 무선 주파대 를 의미한다. SK 브로드밴드처럼. 칼에 베였거나 다쳐서 상 처가 났을 때 세균감염으로부터 보호하기 위해 고무나 플라 스틱 띠에 작은 소독 거즈를 붙여 보호 비닐을 벗기고 사용 하는 일회용 의료용품은 plaster 혹은 adhesive bandage 라고 하는데 밴드라고 부르게 된 건 '존슨앤드존슨'에서 세 계 최초로 시판한 반창고의 이름이 'Band-Aid'였던 데서 유 래한다.

이 일회용 접착밴드는 한 평범한 남편의 아내 사랑에서 비 롯되었다. 존슨앤드존슨의 샐러리맨인 얼 딕슨Earle Dickson의 아내 조제핀은 조심성이 좀 부족한 편이었다. 그래서 부엌칼에 손을 다치는 일이 잦았다. 딕슨은 그럴 때마다 아내의 상처에 거즈와 테이프를 붙여서 치료했다. 그런데 자신이 집에 있을 때는 처치해줄 수 있지만 아내가 혼자 있는 상태에서 다치면 어떻게 할지 걱정했다. 필요는 발명의 어머니이기도 했지만 딕슨의 세심한 아내 사랑은 이 문제의 해결책을 찾게 만들었다. 딕슨은 이렇게 말했다. "나는 성공하기 위해 발명하지 않았다. 단지 사랑하는 아내를 행복하게 해주고 싶었을 뿐이다."

긴 고민 끝에 딕슨은 미리 거즈를 접어서 일정한 크기로 잘라 외과용 테이프에 미리 붙여두면 아내가 한 손으로 사용할 수 있겠다 싶었다. 테이프의 접착력과 보존을 위해 크리놀린을 테이프 위에 붙여두었다. 그래서 아내는 남편이 없을 때 칼에 베이면 딕슨이 미리 준비해둔 비책(?)으로 대처할 수 있었다. 그걸 본 존슨 회장이 상용화시킨 게 바로 Band-Aid였다. 오늘날 세계 굴지의 회사가 된 존슨앤드존슨이 도약할 수 있었던 발판이 된 것은 바로 그 제품이었다. 딕슨은 나중에 존슨 앤 존슨의 부회장 자리까지 승진했다. 사랑의 결실이 그의 인생에서도 성공의 열매를 맺게 해준 셈이다. 처음에는 긴 띠 모양의 일회용 밴드가 대부분이었지만 점차 다양한 크기와 형태로 재단되어서 적당한 용도에 맞게 사용할 수도 있고 물에 들어가도 쓸 수 있는 방수용 밴드 등 여러 형태로 진화하고 있다.

여행 갈 때 꼭 일회용 밴드를 챙겨둔다. 무게나 부피를 많이 차지하지도 않기 때문에 부담스럽지 않다. 내가 쓸 일도 있지만 누군가 그게 필요한 상황이 생길 수 있는데 그때 그에게 그걸 건네주면 아주 요긴하고 고맙게 쓸 수 있다. 별것 아니고 비싸지도 않은 작은 물품 하나로 인해 누군가에게 도움이 될 수 있으니 꽤 가성비가 좋다. 요즘은 매니큐어처럼 바르는 타입으로 상처를 소독하고 보호해주는 것도 새롭게 나왔다. 밴드처럼 붙이는 게 아니라 바르면 금세 굳어 투명한 피부처럼 작용해서 위생적으로도 좋고 밴드처럼 잘 떨어지지도 않아서 매우 편리하다. 하지만 일회용 밴드는 단지 상처에만 쓰지 않고 여러 용도로 쓸 수 있어서 늘 밴드를 챙긴다. 예를 들어 안경을 쓴 사람은 마스크를 착용할 때 마스크 사이로 올라오는 김이 서려 곤혹스러울 때가 많다. 그렇다고 마스크를 벗을 수도 없는 상황일 때는 난감하다. 김 서림 방지제도 없을 때는 대책이 없다. 그럴 때 일회용 밴드를 콧등에 붙이면 뜻밖에 유용하다. 예전에는 좀 노는 청소년들이 일부러 얼굴에 밴드를 붙여 위악성을 가장하는 애교를 부리는 경우도 종종 있었다. 요즘은 예쁜 캐릭터가 그려진 밴드들도 많아서 아이들이 좋아하기도 한다.

일회용 밴드는 잘 떨어진다. 손가락에 붙인 밴드가 여간해서는 떨어지지 않게 하는 방법이 있다. 양쪽 끝에서 거즈가 붙어 있는 근처까지 가위로 절반을 자른 뒤 테이프를 떼어 각각 엇갈리게 붙이거나 맞붙이면 잘 떨어지지 않는다. 일회용이라서 잘 떨어진다는 선입견을 지울 수 있는 유용한 팁이다.

대단한 건 아니지만 없으면 아쉽고 있으면 요긴하게 쓰이는 물건들이 제법 있다. 사람도 그렇다. 보통 때는 눈에 잘 띄지 않지만 어떤 일이 생기면 조용히 제 몫을 묵묵하게 해내거나 누군가에게 꼭 필요한 도움이 되는 사람에게는 따뜻한 온기와 향기가 난다. 그렇게만 살 수 있어도 충분히 멋진 삶이다. 일회용 밴드는 한 번 쓰면 버려지는 것이지만 제 몫은 충실하게 해내는 것처럼. 게다가 사람은 한 번 쓰고 버리는 것도 아니지 않은가.

한 번 쓰고 버리더라도 제 몫을 하는 일회용 밴드보다 못하게 살아서야 안 될 일이다.

감나무

persimmon tree , 柿／柿子／柿子树

아파트 3층에 산 적이 있는데 거실 창문 밖으로 커다란 감나무가 시야를 가득 채웠다. 봄에는 시리도록 앙증맞은 연두색 잎이 황홀했고 여름에는 뜨거운 햇살을 막아주는 녹색 커튼이었으며 가을에는 빨간 감들이 주렁주렁 달려 저절로 감탄을 불렀고 겨울이면 아름다운 눈꽃으로 화면을 채웠다. 잘 자란 감나무가 3층쯤에서 제 높이를 채우며 그 자체로 하나의 작은 숲을 만들었다. 그런데 다른 집에서 그늘이 지고 시야를 가린다고 관리실에 계속 민원을 넣는 바람에 어느 날 갑자기 싹둑 베어버리고 말았다. 기가 막혀 말이 나오지 않았다. 그 아파트에 대한 애정이 순식간에 사라졌다.

예전에는 집 마당이나 뒤란에 심는 대표적인 과실수가 감나무였다. 모과나무도 가끔 심기는 했지만 흔하지는 않았다. 잘 익은 감은 눈치껏 따먹을 수 있는 묘미가 있었다. 사과나 배는 대부분 과수원에 있어서 엄두가 나지 않았지만 집안에 있는 감은 슬쩍 따먹을 수 있었다. 감나무 집 아이는 선망의 대상이었다. 아무때나 마음껏 감을 따먹는다고 여겼으니까. 인심 크게 쓰듯 반의반을 쪼개줘도 우리는 감읍하며 받아먹고 적당히 아양도 떨었다. 요즘은 감나무 과수원도 많지만. 아이들에게 감나무는 그런 점에서 훌륭한 간식창고였고 집안에서 올라갈 수 있는 크기의 나무였다. 그런데 어른들은 절대로 감나무에 올라가지 못하게 했다. 어린 마음에 감 따먹을까봐 그런 거라 여겼지만 다른 이유 때문인 걸 나중에 알았다. 감나무 가지는 의외로 잘 부러져서 자칫 큰 사고로 이어지기 때문이었다. 후천적 척추장애의 원인 가운데 하나가 바로 감나무에서 떨어진 후유증인 경우가 허다했다.

그러나 감나무는 그렇게 위험하기만 한 건 아니었다. 감나무는 7덕七德과 5절五節을 자랑하는 당당한 나무다. 첫째, 감나무는 수명이 길다. 북한에 있는 감나무는 북한의 천연기념물로 지정되었는데 수명이 250년쯤 된다. 둘째, 감나무는 잎이 무성하여 그늘이 짙다. 셋째, 새가 둥지를 틀지 않는다. 넷째, 벌레가 생기지 않아 큰 병에 시달리지 않는다. 다섯째, 가을 단풍이 아름답다. 여섯째, 열매가 맛있다. 일곱째, 낙엽이 훌륭한 거름이 된다. 이렇게 일곱 가지 덕으로도 충분한데 다섯 가지 절도 지녔다. 첫째, 잎이 넓어 글씨 연습하기 좋다(文). 둘째, 나무가 단단하여 화살의 재료가 된다(武). 셋째, 감은 겉과 속이 똑같은 붉은색이니 표리가 부동하지 않다(忠). 넷째, 홍시는 열매가 물러서 이가 없는 노인들도 먹을 수 있다(孝). 다섯째, 감은 서리가 내리는 늦가을까지 가지에 달려 있다(節).

흥미롭게도 서양에는 우리가 보는 감나무가 별로 없다(우리처럼 열매인 감을 먹는 게 아니라 목재용 감나무가 있다). 감나무 원산지와 주산지는 동아시아의 중국, 한국, 일본이다. 지금 우리가 먹는 감은 여러 단계를 거친 개량종이다. 감나무의 조상은 고욤나무다. 감보다 훨씬 작은 열매를 맺는 고욤에 접붙여 지금의 감나무로 개량했다. 고려 인종 16년(1138)에 고욤에 대한 기록이 있으며 조선 성종 원년(1470)에 곶감과 수정과에 대한 기록이 있는 걸로 보아 감나무 재배와 감의 수확은 꽤 오랜 역사를 지녔음을 알 수 있다. 조선 초기에는 크고 좋은 감이 흔치 않아서 왕에게 올리는 진상품이었지만 후대로 갈수록 재배가 확장되어 『동국여지승람』에 합천, 하동, 청도 등 경상도와 남원, 해남, 담양 등 전라도 여러 고을이 감의 주산지로 기록되어 있다.

내가 초등학교 시절만 해도 감이 흔하지 않아서 여름 비바람에 떨어진 땡감을 소금물에 우려서 떫은맛을 제거하고 먹기도 했다. 땡감(풋감)으로는 감물을 만들어 염료로 썼고(제주 감옷이 그 대표적 사례다) 방습제와 방부제로도 썼다. 익은 감은 그 자체로도 맛있는 과일이지만 나무에 매달린 채 숙성되어 홍시로 먹을 수도 있고 껍질을 깎아 말려 당도가 더 높아진 곶감을 만들어 먹기도 한다. 그뿐인가? 감잎은 비타민 C가 풍부해서 좋은 차로 쓸 수 있고 고혈압에도 효과가 있다. 감꼭지를 달여서 먹으면 딸꾹질, 구토, 야뇨증에도 효과가 있다. 민간속설에 따르면 감꼭지를 달여 마시면 유산을 방지한다고도 한다. 그리고 곶감은 해소, 객혈 등의 치료에도 쓰였다. 지금이야 골프 클럽 가운데 드라이버는 모두 금속 헤드지만 예전에는 감나무 헤드를 썼다. 곶감을 자양식품으로 쓰는 걸 봐도 감의 약효 기능이 다른 어떤 과일에 비해 부족함이 없다. 감나무는 재질이 단단하고 무늬가 아름다워서 고급가구를 만드는 목재로 쓰인다. 그러니 감나무의 덕목은 손가락으로 꼽기에도 버거울 만큼 많다. 청도 반시는 씨가 없는 게 특징인데 같은 품종을 다른 곳에서 심으면 씨가 생긴다고 한다. 아마도 청도의 토질이 갖는 특별한 요인 때문일 듯하다.

잎이 다 떨어진 뒤 알알이 달린 감을 펼쳐놓은 감나무는 고향에 대한 향수를 부르기에 충분하다. 과실수가 대부분 산이나 과수원에서 자라는 반면 감나무는 집안 뜰에서 자라기 때문에 더욱 그럴 것이다. 늦가을이나 이른 겨울, 눈을 이고 있는 감나무의 모습은 그 자체로 절경이다. 우리나라 화가들이 고향집을 그릴 때 감나무를 자주 그린 건 이런 요인들 때문일 것이다. 장욱진, 오치균, 박수근 등의 그림에 감나무가 자주 등장하는 것도 그런 감성 때문일 것이다. 추석 귀향 때 고향집을 멀리서 바라보면 가장 먼저 눈에 들어오는 것이 감나무에 주렁주렁 달린 감이라는 걸 봐도 감나무에 대한 향수는 독특한 지위를 차지하고 있는 것 같다. 언젠가 상주에 갔을 때 집마다 곶감을 말리는 풍경이 얼마나 아름답던지 지금도 상주 하면 그 장면이 저절로 떠오른다. 하물며 그게 고향집이라면 시장에서 곶감만 봐도 저절로 고향집이 떠올려질 듯하다.

212   김준태(1948~)는 〈감꽃〉이라는 단 넉 줄의 시로 영욕으로

얼룩진 한국현대사를 압축적으로 노래했다.

어릴 적엔 떨어지는 감꽃을 셌지
전쟁통엔 죽은 병사들의 머리를 세고
지금은 엄지에 침 발라 돈을 세지
그런데 먼 훗날엔 무엇을 셀까 몰라.

이제는 도시 주거 생활이 대부분 아파트인 까닭에 마당의 감나무는 사라지고 있다. 남의 집 마당에 심어진 감나무를 부러워하던 일도 이제는 향수의 한 조각으로 접혔다. 시골집의 감나무도 줄어들고 대규모 과수원에 가야 감나무를 볼 수 있다. 뜨거운 여름 감나무 아래 평상에서 매미 소리 들으며 부채를 부치던 할머니가 우물에서 꺼내 깎아주시던 그 달콤한 참외 맛이 기억의 창고에 저장된 것처럼, 이제는 감나무의 추억도 시나브로 사위는 게 아쉽다. 마당 너른 집에 살게 되면 감나무를 심고 싶다. 감 따먹는 재미보다 감나무의 7덕 5절을 가끔씩 음미할 수만 있어도 좋은 수양이 될 듯하다. 가을 곶감 말리면서 '곶감 빼먹듯'이라는 말을 실감하는 핑계로 하나씩 날름 빼먹는 즐거움도 누리면서. 감나무 잎에 안부 인사 곱게 써 보낼 수 있는 사람이 있다면 그것만으로도 삶은 충분히 고맙고 행복한 것이다.

열쇠

한때 '열쇠 아이(key child)'라는 말이 유행했었다. 부모 모두
직장을 다니기 때문에 집 출입문을 열기 위하여 열쇠를 목에
걸고 다니는 아이를 지칭한 신조어였다. 어른들도 수많은 열
쇠꾸러미를 들고 살았다. 대문 열쇠, 사무실 열쇠, 책상 열쇠,
자동차 열쇠 등 수많은 열쇠들을 헷갈리지 않고 찾는 것도
일이었다. 열쇠는 권력을 상징하기도 했다. 시어머니의 절대
권력이 며느리에게 넘어가는 것도 곳간 열쇠를 넘기는 것으
로 상징되었다. 열쇠가 부를 상징하는 경우도 있다. '사'자 붙
은 직업을 가진 사위를 얻으려면 '열쇠 3개'를 건네야 한다는
천박한 자본주의 속물들의 욕망과 거래를 비꼰 말이다.

　이제는 열쇠꾸러미를 주렁주렁 달고 다니는 사람들은 별
로 없다. 집의 현관문은 번호나 카드로 여닫는다. 대형건물
이나 사무실은 신분증으로 혹은 지문이나 홍채로 인식해서

215

문을 연다. 자동차도 예전처럼 열쇠를 꽂고 시동 거는 게 아니라 버튼으로 작동한다. 자동차 문도 열쇠로 열지 않는다. 그렇게 우리는 조금씩 열쇠와 작별하고 있다.

열쇠는 자물쇠와 짝을 이룬다. 열쇠는 무조건 열어야 하고 자물쇠는 어떤 일이 있어도 잠그는 일에 충실해야 한다. 아무 열쇠나 꽂아도 열리는 자물쇠는 아예 없느니만 못하다. 열쇠 또한 자물쇠를 여는 쇠라는 뜻이니 자신에게만 허용된 자물쇠를 갖고 있을 때만 제 역할을 하는 셈이다. 사우나처럼 여러 사람들이 함께 쓰는 공간에서 실수로 열쇠(이때의 열쇠를 '게스트 키guest key'라고 부른다)를 잃어버려 문이나 라커를 열지 못할 때 해결사 역할을 하는 마스터 키의 경우는 다르지만. 우리가 흔히 마스터 키라고 부르는 것에도 종류가 다르다. 층별로 주어지는 열쇠로 해당 층의 모든 객실을 열 수 있는 열쇠를 '패스 키pass key'(혹은 submaster key)라고 하는데 비상용으로 쓰이기도 하지만 주로 룸메이드가 객실 청소할 때 사용한다. 저명한 고객이나 비밀을 지켜야 할 고객이 따로 주문하여 특별한 장치를 한 이중문의 객실이 제공되는 경우에 사용되는 게 '그랜드 마스터 키grand master key'(혹은 shut out key나 double lock key)다. 이런 객실문은 오직 이 열쇠로만 열 수 있다. 비상용 만능열쇠도 있으니 바로 '하우스 이머전시 키house emergency key'다. 고객이 위험에 처했을 때나 극한 상황에서 호텔과 상의하고 사용하는, 모든 객실을 열 수 있는 만능열쇠. 통상 마스터 키와 성능이 겹친다.

열쇠는 대개 길쭉한 형태의 금속판으로 된 열쇠 머리의 한쪽 끝에 홈이나 사각의 구멍을 뚫고 직각으로 구부려 촉을 만드는 경우가 대부분이지만 자물쇠의 종류에 따라 다양한 기능과 형식으로 변형된다. 다른 사람의 손을 타지 못하게 지켜야 하는 건 옛날에도 마찬가지였다. 그래서 열쇠는 동서양을 막론하고 여러 유물에서 출토된다. 우리나라에서도 삼국시대 이전의 유물에서 발견되기도 했다. 자물쇠와 열쇠의 정교함은 지켜야 할 내용물의 가치에 따라 비례한다. 정교함 뿐 아니라 장식성까지 가미되어 높은 예술성을 가진 열쇠와 자물쇠가 만들어지기도 한다.

중세 유럽에서 항복할 때 정복자에게 열쇠를 건네주는 의식을 행했던 건 상대방에게 성이나 도시를 건네주는 걸 의미했다. 그 상징이 오늘날에는 평화와 친선의 징표로 사용된다. 열쇠는 부를 상징하는 것이며 동시에 대표성을 지닌 것이기에 도시가 친선의 의미로 외국의 도시나 손님에게 도시의 열쇠를 선물하는 의례를 거행하는 것이다. 퇴직이나 승진 등을 기념할 때 건네는 '행운의 열쇠'는 그 변형물인 셈이다.

열쇠를 가장 큰 상징으로 사용한 경우가 바로 '베드로의 열쇠'일 것이다. 예수가 베드로에게 준 열쇠다. 예수가 베드로에게 열쇠를 주면서 천국 열쇠를 준다고 한 데서 연유하여 베드로가 두 개의 열쇠를 손에 쥔 모습이 그림에 자주 등장한다. 이 두 개의 열쇠는 로마 교황의 표시이기도 하다. 교황이 바로 베드로의 후계자임을 선언하는 의미다. 베드로는 천국의 문지기로 상징된다. 교황의 두 개의 열쇠는 하나는 금, 다른 하나는 은으로 만들어져 'cross keys'라고 하는 형태로 교황의 권위를 상징한다. 이러한 문화적 유산은 유럽의 여러 귀족 가문에서 사용하는 문장文章에도 애용된다. 열쇠는 문

217

교황 프란치스코의 문장

제를 푸는 핵심을 은유적으로 표현할 때 사용하기도 하고 권위와 지배력을 상징하기도 한다. 핵심적 해결책은 '키 솔루션key solution'이라고 표현한다.

얼마 전까지만 해도 해외여행을 다녀오는 사람들이 지인들에게 가볍게 선물하는 대표적 아이템이 바로 열쇠고리였다. 단순히 열쇠고리의 뜻이 아니라 그 고리에 주렁주렁 열쇠를 달고 다니라는 일종의 축원이 담긴 선물이었지만 이제는 열쇠를 사용하는 일이 점차 사라지는 까닭에 받아도 별로 반갑지 않은 천덕꾸러기 신세로 전락했다. 조선시대에도 사대부나 양반 가문에서 혼사 때 별전 열쇠패를 혼수로 주었는데 부귀영화를 누리고 자손을 많이 낳기를 바란다는 축원의 뜻이었다고 한다. 2020년 1월에 골동품을 감정하고 가격을 알아보는 한 TV 프로그램에서 의뢰한 별전 열쇠패가 무려 1억 원으로 평가되어 많은 이들을 깜짝 놀라게 했다.

이제는 엄마, 아빠 모두 직장에 나가 놀이터에서 열쇠를 목에 걸고 혼자 노는 아이들 모습도 보기 힘들어졌다. 가족 누군가 집에 있어서가 아니라 전자식 현관문으로 바뀌었기 때문이다. 혹여 잃어버릴까 걱정되어 목에 걸거나 주머니를 더듬어 확인해야 마음이 놓이던 열쇠도 이제는 조금씩 우리 곁을 떠나고 있다. 그래도 마음에는 늘 내 삶의 열쇠 하나 걸어두고 어려움이나 고민, 갈등을 겪을 때마다 차분하게 그 문을 열 수 있으면 좋을 일이다. 자물쇠 없는 열쇠는 아무것도 깎지 못할 칼이고 열쇠 없는 자물쇠는 무용의 폐물이다. 무엇을 잠그고 무엇을 열어야 할지 가리지 못하니 삶이 엉킨다.

신호등

traffic lights/signal light 信號燈

집밖으로 나가면 신호등을 만나게 된다. 걷든 운전하든 어떤 상황에서도 수많은 신호등을 만나게 된다. 때맞춰 초록 신호면 선물이라도 받은 양 기쁘다. 숫자가 5쯤 됐을 때 달려서라도 건널까, 몇 분 손해(?)보더라도 참아야 할지 마음속으로 빠르게 계산한다. 그럴 때마다 법정 스님이 『무소유』에서 내렸던 선택이 떠오른다. 예전 봉은사에서 배를 타고 강을 건너야 할 때, 둑에 오른 순간 배가 포구를 떠날 때처럼 낭패스러운 게 없었단다. 그 배가 건너편에서 사람을 싣고 다시 돌아올 때까지 무한정 기다려야 한다. 그것도 바로 코앞에서 놓쳤으니 기다리는 시간은 최장이다. 차라리 보지나 않았으면 희망을 갖고 기다릴 텐데. 그런 일을 몇 차례 겪은 스님은 이렇게 마음먹었단다. '내가 오늘은 조금 일찍 나왔구나.' 이 나이에도 아직 그런 여유를 갖지 못하니 나는 가련한 중생

221

이다.

차를 타고 가다보면 어떤 때는 꼬박꼬박 신호등에 걸릴 때가 있다. 그럴 때면 가볍게 10분쯤은 까먹는 셈이니 답답하다. 하지만 내가 달리는 차로에 기다렸다는 듯 신묘하게 신호가 열리는 경우도 있다는 건 기억하지 않는다. 왜 하필 바쁜 내게 빨간 신호등만 켜지는 걸까 원망스러울 뿐이다. 그러니 '인생은 타이밍'이라는 말이 실감난다. 하지만 10분만 일찍 나서면 원망은 사위고 느긋하게 기다린다. 그러니 타이밍은 운이 아니라 내가 만드는 여유에서 나오는 것이 아닌가 싶다.

최초의 신호등은 1868년 영국의 의사당 앞에 설치되었다. J. P. 나이트J. P. Knight가 가스 랜턴 신호등을 만들었다(그러나 폭발사고로 딱 1달만 사용했다). 본격적인 신호등은 자동차 산업의 산물이다. 1903년 포드 자동차가 대량 생산되면서 마차, 자동차, 자전거, 사람이 마구잡이로 길을 함께 썼다. 당연히 차 사고가 빈번하게 발생하고 끔찍한 사고를 목격한 발명가 가렛 모건Garrett Morgan이 새로운 신호등을 만들었다. 모건의 신호등은 정지와 출발 신호가 T자 모양으로 구성되어 여러 방향에서 오는 차량을 정지시켜 보행자가 안전하게 길을 건널 수 있게 했다. 모건은 1923년에 자신의 신호등 발명품을 특허 등록했고 훗날 그것을 4만 달러에 GE사에 판매했다. 그 신호등을 지금도 사용하고 있다는 점에서 그의 통찰력을 엿볼 수 있다.

나라마다 신호등의 모양과 색상은 조금씩 다르다. 그러나 기본적 구성은 동일하다. 멈추고 달리고 기다리거나 회전할 수 있는 체제다. 신호등 대신 회전교차로를 쓰는 도로도 있다. 흔히 로터리(사실은 정식명칭이 아니다. 회전교차로의 영어 명칭은 라운드어바웃roundabout이다)로 불리는 회전교차로는 1960년대 영국에서 개발한 자동차 통행 시스템인데 원형 광장이 많은 유럽에서 자연스럽게 발전했다고 볼 수 있다. 신호등이 없어 유지비용이 들지 않고 불필요한 신호대기가 없어 차량의 흐름이 원활해서(신호등이 있는 경우 적신호에서 청신호로 바뀔 때 모든 차량이 동시에 움직이지 않기 때문에 시간이 많이 소요되고 다시 적체가 반복된다) 교통량을 소화하기 쉽다. 신호대기가 없으니 자동차 공회전도 줄고 에너지도 절감되며 대기오염도 줄 수 있다. 그래서 최근 교통량이 많지 않은 곳에서는 이런 회전교차로로 전환하는 곳도 많다. 그러나 운전에 익숙하지 않은 사람들은 회전차량이 우선인 회전교차로에서 언제 들어가야 할지 난감하기도 하다. 예전 부산의 서면로터리(엄밀히 구별하자면 회전교차로는 회전차량에 우선권이 있지만 로터리는 회전차로에 정차선이 그려져 있고 진입차량이 우선이다)에서 쉽게 진입하지 못해서 한참을 쩔쩔매다가 진입 후에도 빠져나가지 못해 수십 바퀴를 돌았다는 우스개 같은 전설(?)이 회자되기도 했다. 우리에게 양보 문화가 부족하기 때문에 회전식 교차로가 오히려 교통체증을 유발하기도 한다. 그런 점에 더해 차량 통행이 많아지면서 서울의 삼각지도, 부산의 서면도 이제는 신호등 방식으로 바뀌었다.

중국의 신호등은 재미있다. 40이나 60의 숫자가 계속 카운트다운 된다. 초록등에서는 주행할 수 있는 남은 시간을,

빨간등에서는 기다려야 하는 시간을 나타낸다. 그러니 저 신호가 혹 끊어지지 않을까 싶어서 가속페달을 밟지 않아도 될 것이다. '만만디慢慢的'가 몸에 밴 사람들인데도 꽤나 합리적이다. 현대의 만만디를 여전히 무조건 천천히로 아는 듯해서 묘한 느낌이 들기도 한다.

신호는 명령이지만 약속이기도 하다. 이번에는 내가 건널 테니 당신은 다음에 건너라는, 혹은 그 반대의 경우에 대한 약속이다. 그 약속이 깨지면 서로 다친다. 나만 다치는 게 아니라 누군가에게 곤경을 안긴다. 고사리손을 치켜들고 횡단보도를 건너는 아이들을 바라볼 때면 그 약속이 얼마나 소중한 것인지 실감한다. 신호등은 조바심을 요구하는 게 아니라 여유를 가르친다.

그래도 한적한 길에서 차가 달려올 기미가 전혀 없을 때 갈등한다. 길을 건널 것인가, 남들이 보지 않더라도 약속한 신호를 지킬 것인가. 거창하게 그것도 신독愼獨의 수행이겠지만 텅 빈 길에서 굳이 지킬 이유가 있을까 싶은 실용적(?)인 생각이 사위지 않는다. 곤혹스러운 갈등이다. 그래도 살면서 겪는 갈등에 비하면 그까짓 것 아무것도 아니다. 그러니 어지간하면 기다린다. 갈등하느니 차라리 준법이 편한 걸 아는 나이가 된 까닭일까?

신호등이 없다면 어떻게 될까? 현대도시에서는 상상하기 어렵다. 그러나 중국이나 동남아시아 등 여러 나라들을 가보면 신호등 없이 뒤범벅된 상태에서도 아무 사고 없이 차와 사람이 공존하니 꼭 그런 것도 아닌 듯싶기는 하다. 불필요하게 대기하는 시간이 오히려 체증을 가중시킨다는 조사 결과도 있지 않은가. 신호등 교차로 대신 로터리를 만드는 도시들이 느는 것도 그 때문일 것이다. 대신 그런 경우 기본적인 약속은 공유해야 한다. 회전하는 차량에 우선권을 주고 그것을 지키는 것이다. 신호등 없는 길에서도 별 사고가 나지 않는 건 차보다 사람이 우선이라는 기본적 약속이 전제되기 때문이다. 그런 점에서 규범은 그 자체의 권위보다 그 규범이 담고 있는 목적성을 새삼 새겨야 할 것이다.

이상하게도 신호등은 내게 묘한 트라우마를 남겼다. 초등학교 때 사회 과목이었던 것 같은데 신호등에 대한 설명이 있었다. '파란불'은 건널 수 있고, '빨간불'은 건너면 안 되며, '노란불'은 기다리라는 신호라고 설명했다(노란불이 좌회전의 신호로도 쓰였다. 지금처럼 화살표 좌회전 등이 없었다). '건널 수 없는 것'과 '기다려야 하는 것'은 도대체 무슨 차이지? '파란불'이 곧 꺼질 예정이니 서둘지 말고 다음 신호 때까지 기다리라는 예비신호라는 부연설명도 없었다. 그래서 시험에 나올 때마다 뇌세포들이 바짝 긴장해서 '빨간불'과 '노란불'을 정확하게 가려내야 했다. 그것으로 그치지 않았다. 도대체 '파란'불은 없지 않은가. '초록'불이 있을 뿐이다. '노란'불도 없고 '주황'불이 있을 뿐이다. 파랑과 초록을 가려 쓰지 않고 혼용해서 쓴 언어습관의 탓이었을 것이다. 이제는 파란불, 노란불은 없다. 그런데도 여전히 신호등 앞에 서면 자꾸만 그게 떠오른다.

예전에는 신호등이 세로로 달려 있는 경우도 많았다. 이제는 거의 가로로 달렸다. 그건 우리 눈의 위치라는 신체적 관계 때문일 것이다. 위에서 아래로 훑어보는 것보다 옆으로 보는 게 눈에는 훨씬 더 유리하기 때문이다. 가로세로에도 인체공학이 담겼다. 길에만 신호등이 깔린 게 아니라 삶에도 무수한 신호등이 있다. 멈출 때 멈추고 달릴 때 달려야 하는 건 자동차만 그런 게 아니다. 인생에서도 마찬가지다.

5분, 10분만 여유를 갖고 나서도 신호등 때문에 스트레스 받을 일은 크게 줄을 것이다. 신호 기다리면서 좌우를 살피는 여유도 즐길 수 있으니 일거양득이 아니겠는가. 이걸 깨닫는 데 40여 년이 걸렸으니 나도 참 둔한 인간이다.

> "낙천주의자는 모든 곳에서 초록불을 보는 반면에 비관주의자는 오직 빨간불만 본다."

알베르트 슈바이처Albert Schweitzer의 말이다. 내 안에는 어떤 신호등이 있을까? 신호등이 자신을 방해한다고 느끼는 것과 자신을 보호해준다고 느끼는 것은 조급함과 여유의 차이다.

다리

bridge, 橋梁

지금 생각해도 웃음만 나오는 일 가운데 하나는 대학 입학 시험 때 구두시험 교수가 한강에 다리가 몇 개 있느냐고 물었던 일이다. 70년대에는 예비고사를 먼저 치르고 그뒤에 대학별로 본고사 시험을 따로 치렀다. 시험이 끝나고 간단한 구두시험이 있었다. 딱히 가산점이 주어지는 것도 아니었던 것으로 기억한다. 교수도 수험생도 특별히 긴장할 일은 없었던 듯하다. 교수도 지원서를 대충 훑어보고(그 지원서라는 것에도 뭐 특별할 게 없었다) 그냥 생각나는 대로 물었을 것이다. 오전에 본고사 시험을 마치고 점심식사 후였으니 나른하고 긴장은 한껏 풀렸을 것이다. 그래도 수험생의 입장에서는 조금이라도 잘 보이기 위해 약간은 긴장한 상태로 대기하다가 교실에 들어갔다. 그런데 교수는 내게 전혀 예상하지 못한 그 질문을 했다. 더 웃기는 건 둘이 앉아서 한강 북쪽에서

부터 다리를 세면서 이름을 대는 거였다. 광진 대교부터 시작해서 제2한강교(지금의 양화대교)까지 하나씩 나열했다. 그랬다가 마지막에 하류 쪽으로 뚝 떨어진 행주대교가 빠졌다면서 교수가 이겼다는 듯 낄낄댔다. 나는 그때까지 행주대교는 가보지 못했고 거기가 서울이라곤 생각도 하지 못했다. 그렇게 웃기게 구두시험을 마쳤다.

다리는 개울이나 강을 사이에 두고 물을 건너거나 또는 한편의 높은 곳에서 다른 편의 높은 곳으로 건너다닐 수 있도록 만든 시설물이다. 유럽이나 중국과는 달리 우리나라에서는 다리가 그리 일반적이거나 대형 구조물로 이루어진 경우가 별로 없었다. 개울이면 징검다리였고 그보다 큰 하천이면 적당히 사람과 수레 정도가 지나다닐 수 있는 정도였다. 지금도 남아 있는 진천의 농다리 정도도 흔하지 않았다. 청계천 수표교처럼 그럴싸한 다리는 별로 없었다. 운송과 교통의 목적으로 다리를 세웠던 유럽이나 중국과는 달리 우리는 큰강을 방어적인 개념으로 썼던 까닭일 수도 있을 것이고 교량건축술이 모자랐기 때문일지도 모른다. 한강 같은 큰 강에 교각을 세우고 상판을 올리는 일은 거의 불가능에 가까웠을 수도 있다. 그래서 나루를 잇는 배로 오갔을 뿐이다.

한강에 근대식 다리가 세워진 건 일제강점기 때였다. 철교와 인도교(제1한강교라고 불렀고 지금은 한강대교라고 부르는)가 놓였고 왜관이나 공주, 삼랑진 같은 곳에 트러스트 교량이 세워졌다. 1934년에는 부산 시내와 영도를 잇는 최초의 연륙교가 세워졌다. '영도다리'였다. 배가 지나다닐 수 있게 들어올리는 도개교는 아마 당시에는 그 다리 자체가 명물이었을 것이다. 60년대에 작은아버지 댁이 있던 부산에 갔을 때 그 다리 앞에서 찍었던 기념사진이 지금도 또렷하게 기억난다. 아주 특별한 다리라면 모를까 이제는 다리 부근에서 사진 찍는 촌스러운 일은 거의 없다.

산업화시대에 도시가 팽창하고 다양한 물류 통로가 급증하면서 한강에 계속해서 다리가 세워졌다. 그런데 특이하게도 꼭 '~대교'라는 이름이 붙었다. '인도교'니 '제2한강교'(그래서 한남대교는 '제3한강교'로 불렸고 혜은이의 노래 제목도 그랬다), '잠수교' 하고 부르던 이름이 언젠가부터 '대교'라는 이름을 붙이는 게 당연한 것처럼 작명했다. 그런 다리를 지은 게 뿌듯하기는 했겠지만 '큰 대大'라는 접두사를 붙이는 건 어쩌면 콤플렉스에 기인한 것인지도 모르겠다는 생각이 들어 늘 그런 이름의 다리를 지날 때마다 살짝 낯이 화끈하다. '네 글자' 이름이 부르기 좋아서였을까? 이제는 다양한 형태의 멋진 다리들이 한강에 줄지어 있다. 그렇게 계속해서 다리를 놓다가 아예 강을 덮어버릴지 모른다(청계천은 이미 그렇게 해보지 않았던가). 지금은 강이나 하천을 건너는 다리만 있는 게 아니다. 새로 난 고속도로는 최대한 직진성과 수평성의 편리함과 경제성을 확보하기 위해 막히면 뚫고 꺼지면 다리를 세운다. 강변북로나 올림픽대로의 상당 구간들도 이미 그렇다. 그런데도 여전히 '다리' 하면 '물', '강'이 떠오른다.

꼭 물을 건너는 다리가 아니어도 다리는 상투적인 은유와 상징으로 쓰인다.

'사이먼과 가펑클'의 대표곡 가운데 〈험한 세상 다리가 되어〉에서 다리는 마음을 잇는 가교다. "당신이 맥이 빠져 어두운 기분일 때, 당신의 눈에 눈물이 넘칠 때, 내가 눈물을 닦아 드리지요. 나는 당신 편이거든요. 세상의 바람이 차갑고 친구도 없을 때, 고뇌의 강에 걸린 다리처럼 내가 몸을 던져 드리지요." 다리는 떨어져 있는 곳을 이어주는 통로다. 뭍과 섬을 잇고, 강 이편과 저편을 이으며, 마음과 마음을 잇는다.

다리의 상실은 관계의 단절이다. 심리적인 면만이 아니다. 실제로 한국전쟁 때 이승만 정부는 자신들만 몰래 피한 뒤 한강의 다리를 폭파시켜 수많은 시민들을 고립시켰다. 그것도 모자라 부끄러워하고 사죄하기는커녕 그들이 공산당과 인민군에 부역했다며 몰아세웠다. 자신들의 이익에만 탐닉한 파렴치한 일이었다. 이승만과 그 추종자들은 단순히 강을 건너는 다리만 없앤 게 아니라 마음의 강을 건너는 믿음의 다리도 폭파한 것이다. 유형무형의 다리가 상실된 그 역사는 이후에도 계속해서 이어졌고 우리 현대사에 여전히 아픈 상처로 남아 있다. 심지어 지금까지도 자행되는.

그것과는 반대되는 다리도 있다. 사실에 기반한 픽션 영화지만. 바로 〈콰이강의 다리〉다. 거기에 다리에 대한 명대사가 있다. 니콜슨 대령이 군의관인 클립턴 소령에게 한 말이다. "전쟁은 언젠간 끝날 거야. 이후에 이 다리를 쓰는 사람들이 누가 이 다리를 세웠는지 기억할 거야. 노예가 아닌 영국 군인이지. 그것도 포로가 된 군인." 그 대사는 많은 걸 함축한다.

영화의 줄거리는 이렇다. 2차대전 때 영국군 포로들이 랭군과 방콕을 잇는 다리를 건설하기 위해 미얀마의 일본군 수용소로 들어온다. 싱가포르 – 말레이 – 방콕 – 랭군을 철도로

이어서 인도까지 진출하려는 일본군의 야망을 위해 포로들에게 노동을 시키기 위해서였다. 니콜슨 대령은 장교는 노동하지 않는다는 제네바협약을 들어 맞서다 독방에 갇힌다. 다리가 예정된 시기에 건설되지 않자 조급해진 사이토 대령은 니콜슨에게 원칙을 지키겠다고 약속하고, 니콜슨은 다리 건설을 직접 지휘하기로 한다. 갈등이 없지는 않았다. 적군을 위한 다리 건설이기 때문이다. 그러나 그는 영국군의 단합과 긍지를 지키기 위해 다리 건설에 나섰다. 엄청난 난공사였고 많은 희생이 따랐다(실제로 건설 과정에서 연합군 포로 1만 3천 명이 목숨을 잃었고, 강제로 동원된 민간인 사망자는 8만~10만 명을 헤아렸다고 한다). 연합군은 일본의 고위 관료를 실은 기차가 통과할 때 다리를 폭파할 계획을 세웠다. 수용소를 탈출한 시어스가 워든 소령과 함께 그 임무를 위해 다시 정글로 돌아오고 다리는 순식간에 폭파된다. 기뻐할 수도 슬퍼할 수도 없는 그 난감함을 영화는 담담하게 풀어냈다. 다리가 폭파되는 모습을 보던 군의관 클립턴 소령은 "이건 미친 짓이야!"라고 넋이 나간 듯 독백한다. 이 영화는 전쟁영화인데 다리 폭파 장면을 제외하곤 거의 전투 장면이 없는, 아이러니컬한 휴머니즘(?) 영화이기도 하다. 주제가가 워낙 멋져서 지금도 그 노래를 들을 때마다 자동적으로 영화의 여러 장면들, 특히 다리가 떠오른다. 잇기도 하고 끊기도 할 수 있는 다리, 여기에서 저기로 건너기 위한 다리. 세상에는 무수한 다리가 있지만, 이야기를 지닌 다리가 어쩌면 가장 아름다울지 모른다. 〈메디슨 카운티의 다리〉처럼.

차안此岸과 피안彼岸을 잇는 다리. 궁극의 다리는 삶과 죽음을 잇는 다리이겠지. 그러나 살아 있는 동안 나는 어떤 다리를 놓고 있는지 먼저 묻지 않을 수 없다. 다리가 없으면 모든 것은 섬으로 존재한다. 당신은 나에게 섬이 아니다. 나도 당신에게 섬이 아닌 것처럼.

가로수

더운 여름 길을 걸어야 하는 건 고역이다. 땡볕에 그늘 하나 없는 길에는 아스팔트 차도에서 올라오는 복사열과 포장된 인도의 따끈함이 섞여 열기로 가득하다. 그런 길에서 만나는 가로수는 반갑기 그지없다. 사막에서 오아시스를 만나는 기쁨에야 미치지 못하겠지만 그래도 돗자리 한 장만큼의 그늘도 고맙다. 운전하는 경우도 마찬가지다. 시야를 가리는 불편도 있지만 그래도 그늘과 함께 가로수 자체도 하나의 풍경을 차지하기 때문이다. 자동차가 다니는 길에서는 사고로 인도에 뛰어드는 차량을 막아주는 방어기능도 수행한다.

가로수는 도로변에 줄지어 심은 나무를 총칭하는 말이다. 아름다운 풍치로 마음을 즐겁게 하고 더위를 식혀주는 그늘을 제공하며 도로의 소음을 줄이는 역할도 한다. 요즘처럼 대기오염이 심각할 때 가로수는 오염물질을 줄이는 효과가

233

탁월하다는 점에서 더욱 각광을 받는다. 가로수는 '도로변에' 심는다. 당연히 길과 뗄 수 없는 관계다. 길은 통로이자 도시와 도시를 연결하는 동맥이다. 옛날에는 후수喉樹라고 하는, 이정표를 나타내는 나무를 심기도 했다고 한다. 고대 중국에서는 일찍이 주나라에서 길가에 나무를 줄로 심는다는 기록이 있다. 조선의『경국대전』에도 도성 내 도로의 너비를 규정하여 한양의 가로변에 모두 나무를 심도록 했다는 기록이 있다. 지방도로에는 10리마다 소후, 30리마다 대후를 세웠는데 후에는 그것을 대체할 나무를 심기도 했다.『조선왕조실록』의 기록을 살펴보면 땅의 성질을 감안해서 소나무·배나무·밤나무·회나무·버드나무 등을 심고 보호를 철저하게 하라는 명령을 찾을 수 있다. 지금도 그 흔적으로 수원 북문인 장안문에서 북쪽 서울로 가는 길에 능수버들·왕버들·소나무가 가로수로 조성된 것을 만날 수 있고 오래된 소나무의 일부도 남아 있다. 이 길은 정조가 화성의 현륭원顯隆園에 참배하러 가는 연도輦道로서, 길가에 나무를 심게 하고 보호, 관리를 시켰던 것이라고 한다.

로마의 가로수도 소나무인데 우리의 그것과 달리 우산 소나무다. 겉모습이 영락없이 펼친 우산 같다. 행군하는 로마 병사들에게 그늘을 제공하면서 동시에 시야를 확보할 수 있는 수종이다. 이탈리아 작곡가 레스피기Ottorino Respighi는 교향시 3부작〈로마의 분수〉〈로마의 소나무〉〈로마의 축제〉를 작곡했는데, 이 곡에서의 소나무는 보르제게 별장, 카타콤, 자니콜로의 소나무와 더불어 아피아 가도의 가로수 소나무를 노래하고 있다.

234

동서양을 막론하고 대부분 중요한 도로뿐 아니라 거의 모든 도로에 가로수를 심었는데 수종을 유심히 살펴보면 시대의 변화를 읽어낼 수 있다. 일제강점기에는 포플러 일색으로 식재했고 서울에는 가죽나무를 많이 심었다. 일제강점기 후반에서 해방 이후에는 플라타너스를 집중적으로 심었다. 빨리 자라고 그늘이 넓기 때문이었다. 그러나 도로변 농지에 그늘이 드리워 농가에서 꺼리고 봄에 플라타너스 열매가 흩어지면서 씨에 붙은 털 때문에 알레르기를 유발한다는 오해 때문에 꺼리게 되었다. 요즘은 벚나무가 집중적으로 심어지고 은행나무, 플라타너스, 느티나무가 뒤를 잇는다. 그러나 최근 은행나무는 악취 때문에 도심의 가로수에서 퇴출되고 있다. 이팝나무와 메타세쿼이아를 심는 곳도 많이 늘었다. 특히 담양 메타세쿼이아가 유명해지면서 많은 곳에서 따라 하고 있다. 지방마다 토양과 기후에 맞는 특산 수종을 정해 지역의 정체성을 강화하는 가로수를 선정하기도 한다. 남쪽에서 배롱나무를 가로수로 심는 게 그런 사례다. 감이 특산물인 충북 영동과 경북 상주의 경우에는 감나무를 가로수로 심었다. 특히 영동永同은 지명에서 알 수 있듯 서울과 부산의 중간 지점, 즉 양쪽으로 길이가 같은데, 조선말 어윤중이 그것을 기념하여 심은 소나무가 반송半松이다. 그 지역 사람들은 당시 어윤중의 신분이 어사였기 때문에 어사가 심은 나무라는 뜻으로 어사송으로 부르기도 한다. 이렇게 가로수에 담긴 특별한 의미를 찾는 것도 재미있는 일이다. 제주도는 상록활엽수 자생이 적절해서 다른 지역에서 볼 수 없는 가로수를 만날 수 있고 야자나무도 심어서 이국적 정취를 더한다.

충북 영동의 어사송(혹은 반송)

가로수가 없는 길은 상상하기 어렵다. 나무 하나 없이 길만 덩그마니 있다면 상상만 해도 살풍경하다. 그러나 가로수라고 장점만 있는 건 아니다. 무엇보다 공간을 차지한다는 점이다. 특히 가게를 운영하는 사람들 입장에서는 자신들의 간판도 보이지 않고 장소도 가릴 수 있다는 이유 때문에 가로수를 제거해달라는 민원을 제기하거나 심지어 몰래 베어버리기도 한다. 버스 같은 대형 차량을 운전하는 경우에도 시야를 가린다는 불평이 많다. 특히 잎이 많고 가지가 많은 나무들의 경우는 더더욱 그렇다. 보행자들도 인도가 좁아진다는 불평을 쏟는 경우가 생긴다. 그래서 이른봄 전지작업을 통해 가로수가 과다하게 성장하는 것을 억제한다. 그런데 강남 일부, 대학로, 수원 등에서 플라타너스 가로수를 마치 카스텔라처럼 전지해서 차도에서도 시야를 확보하고 길의 가게들도 간판을 가릴 일이 없을 뿐 아니라 조형적으로도 멋져서 사람들이 일부러 찾는 효과를 거두기도 한다. 수원은 특히 은행나무도 전지하는데, 마치 우산처럼 깎아서 아주 특이한 모습에 매료되기도 한다. 가로수가 과다하다고 비판하는 사람들은 한국의 도시들 대부분이 산을 끼고 있어서 굳이 공기정화를 위해 가로수를 심을 까닭이 없다고 극단적으로 주장하기도 한다. 건물 옥상이나 아파트 단지 내처럼 통행에 방해를 주지 않는 선에서 나무를 키우고 가꿀 수 있는 공간을 활용해야 한다는 주장도 있다. 알레르기, 악취 등의 2차 피해 때문에 가로수를 제거하거나 수종을 바꿔달라는 민원도 끊이지 않는다.

나는 국내건 해외건 다른 곳을 갈 때마다 그곳의 가로수를 관심 있게 살펴본다. 가로수를 보면 그 도시의 토양이나 기후뿐 아니라 품성도 조금은 짐작할 수 있다. 언젠가 TV에서 과테말라의 한 작은 도시를 비춰주는데 가로수를 너무 아름답게 조성한 걸 보고 거기에 사는 사람들의 품성은 선하고 예쁠 것 같다는 생각이 절로 들었다. 우리네처럼 장사에 방해된다고 베어버리거나 고사枯死시키는 약물을 주입하는 야만은 저지르지 않는 것만으로도 충분히 그럴 것 같다. 요즘은 가로수가 예쁜 곳을 일부러 찾아가는 여행자도 늘고 있다. 가로수 관리만 잘해도 사람들을 불러올 수 있다는 뜻이다. 서울지하철 3호선 신사역 8번 출구부터 신사동 주민센터로 이어지는 길인 가로수길은 정작 특별한 가로수도 없는데 새로운 가게들이 속속 들어서면서 강남의 핫플레이스가 된 특이한 케이스이다.

충북 청주의 가로수길은 청주의 랜드마크가 될 만큼 유명하다. 길 양편과 중앙분리대가 거대한 양버즘나무(플라타너스)로 긴 터널처럼 이어졌다. 1952년 청원군 강서면 홍재봉 면장이 당시 녹화사업으로 1600그루의 나무를 심은 것에서 시작되었다. 본래 2차선 길이었지만 1970년 경부고속도로 개통으로 청주 진입로를 4차선으로 확장하면서 가로수가 모두 뽑힐 위기에 처했다. 다행히 충청북도 도청의 이종익 도로계장이 시민들의 지지와 성원에 힘입어 나무들을 모두 옮겨 심어 현재의 가로수길로 성장할 수 있었다. 유명한 드라마 〈모래시계〉에서 주인공 박태수(최민수 역)가 오토바이를 타고 달리던 멋진 길이 바로 이 길이다. 고속도로 톨게이트를 빠져나와 이 가로수길에 들어서면 청주에 왔다는 느낌이 절로 든다. 청주시민들에게 이 가로수길은 친근감과 자부심이기도 하다. 가로수와 길이 역사문화자산이 될 수 있다는 걸 보여준 사례. 담양의 메타세쿼이아 길도 그런 대표적 사례. 제주도 평대10길의 가로수 담팔수는 다른 곳에서는 찾아볼 수 없어서 이미 그 자체로 독특하다. 제주도에서는 흔히 볼 수 있지만 다른 곳에서는 만나기 어려운 먼나무(나무 이름이다. '뭔~나무'가 아니다)를 보는 것만으로도 나는 이미 제주도에 왔다는 걸 실감한다.

무작정 속성수를 심거나 유행을 따라 특정한 수종을 별생각 없이 마구 심을 일이 아니다. 그 도시의 기후, 토양, 정서, 문화 등 다양한 요소들을 고루 고려하고 시민들이 자발적으로 참여하여 수종을 선정하고 함께 가꿔갈 수 있는 장기적인 안목부터 갖춰야 한다. 마구 심고 마구 뽑거나 베는 야만을 반복하면서 아까운 혈세를 낭비하는 일부터 멈춰야 한다. 시민들도 그걸 감시하고 비판하며 다음 세대에 멋진 길과 아름다운 가로수를 물려줄 사명감을 가져야 한다. 남의 나라 멋진 가로수길 부러워만 할 게 아니라 우리 도시에도 그런 가로수 잘 심고 가꾸어 가로수가 가득한 도시를 순례할 수 있으면 얼마나 좋을까! 가로수는 그늘을 마련해주는 기능적 역할만 하는 게 아니다.

가수 이문세는 〈가로수 그늘 아래 서면〉이라는 노래에서 그리움과 사랑을 노래했다. 누군가에게 그런 가로수 하나 쯤은 있지 않을까? 그렇게 가로수는 사연을 품은 사람에게는 그 자체로 하나의 정표情表요 징표徵標가 되기도 한다. 가로수는 단순히 길의 나무에 그치지 않는다. 가로수는 그 자체로 작은 도시숲이고 치유의 공간이자 사회적 편익효과가 크다.

뙤약볕 길을 걷는 일은 끔찍하다. 잠시 가로수 그늘에서 땀을 식히는 것만으로도 충분한 휴식과 힐링이 된다. 봄날 어린것 젖니처럼 돋아나는 가로수의 여린 잎을 보는 것만으로도 우리의 하루는 싱싱한 피가 도는 듯한 생기를 느끼지 않는가. 가끔 쓰다듬어줄 일이다. 나는 누군가에게 그런 가로수라도 되었는지도 생각하면서. 길잡이도 되고 보호대도 되며 그늘도 마련해주는 가로수 같은 사람이면 족하지 않은가. 낙락장송만 선망할 게 아니다.

명함

사회생활을 시작하면서 누군가를 만나면 가장 먼저 받는 것 가운데 하나가 바로 명함이다. 영어로는 business card다. 명함을 받으면서 그 자리에서 세밀하게 읽는 사람들은 별로 없어 보인다. 앞에 사람을 두고 명함을 빤히 읽는 건 무례하게 보일지 모르기 때문일 것이다. 상대가 중요한 사람이라 여기면 명함을 잘 간직한다. 언젠가 자신에게 도움이 되거나 중요한 관계를 맺을지 모르기 때문이다. 그러나 그렇지 않다고 여기면 간수에 별 신경을 쓰지 않는다. 어떤 사람은 명함에 자신만의 기록을 써두기도 한다. 만난 날짜, 장소, 간단한 상황, 또는 서로 수인사하면서 얻은 짧은 정보 등을 빼곡하게 써둔다.

명함에는 자신이 속한 회사나 소속과 더불어 자신의 이름, 주소, 전화번호, 휴대전화번호, 이메일주소 등이 적혀 있다.

241

때로는 그냥 이름만 써둔 경우도 있다. 외국에서는 일반적으로는 본인의 이름만 기입하는 경우도 많은데, 한국에서는 구체적인 직업 등을 상세히 기록하는 경향이 있다고 한다. 사회생활에서 명함은 일종의 자기보고서와 같다. 내가 어떤 사람인지, 어떤 일을 하는지, 어떻게 연락할 수 있는지 등을 알려주기 때문이다. 처음 만나는 사람에게 자신의 정보를 건넨다는 점에서 일종의 얼굴과도 같은 명함은 언제부터 사용하기 시작했을까?

최초의 명함은 고대 중국에서 시작되었다. 대나무를 잘라서 만들었다고 한다. 오늘날 같은 종이 명함은 1600년대에 유럽에서 귀족들에 의해 본격적으로 사용되기 시작했다. 그래서 어떤 명함은 가문의 문장만 인쇄된 경우도 있었고 직업에 따라 세세한 정보가 담긴 명함도 있었다. 요즘으로 치면 거의 전단지 수준에 가까운 명함도 많았다. 목포자연사박물관에는 1887년 조선 관리 김성규가 서기관이었을 때 사용한 명함이 전시되어 있는데 홍콩에서 만든 것이었다고 한다. 그가 영국, 독일, 프랑스, 러시아, 이탈리아 등 5국 전권공사관의 서기관으로 부임하는 길에 홍콩에 머물면서 만든 것인데 청나라에 의해 부임이 저지되어 되돌아왔다(그는 을사늑약 후 스스로 관직을 버리고 낙향했다. 그의 장남이 바로 현해탄에서 가수 윤심덕과 함께 투신한 유학생 김우진이었다).

흥미로운 건 나라마다 명함의 크기나 재질 등이 다르다는 점이다. 명함을 종이로만 만드는 시대는 지났다. 플라스틱 등 다양한 소재가 사용된다. 동남아시아 일부 국가에서는 명함의 두께가 지위를 반영해서 급이 높으면 약간 두꺼운 종이를 사용하고 급이 낮으면 아주 얇은 종이를 사용한다. 그러니까 명함을 받으면서 촉감으로 이미 그의 직급과 지위를 대충 짐작할 수 있을 것 같다. 우리나라의 경우 명함의 크기는 대부분 90mm×50mm로 신용카드 크기와 비슷하고 지갑에 넣기 편하다. 보통 표준 규격을 85mm×54mm로 하는 건 바로 신용카드 국제표준규격인 85.6mm×53.98mm(1985년 처음 제정)를 고려한 것이다. 미국이나 캐나다의 명함은 우리보다 가로, 세로 각 1mm 정도 크고 유럽의 명함은 85mm×55mm, 북유럽 국가와 호주, 뉴질랜드, 그리고 대만에서는 90mm×55mm, 일본은 91mm×55mm가 널리 쓰인다. 중국, 홍콩, 싱가포르에서 쓰는 표준 명함 크기는 90mm×54mm이며 남미 국가들은 90mm×50mm가 통용된다. 그러니까 가로 90mm, 세로 50mm가 대략적 기준인 셈이다. 가끔 명함이 커서 지갑에 넣지 못하는 경우 곤혹스러운 경우도 있다. 굳이 그걸 개성이라고 하기에는 좀 부담스럽다.

일본은 유독 명함이 발달한 사회다. 일본에서는 명함을 명자名刺라고 부른다. 일본 명함이 가장 해독하기 어렵다고 한다. 일본은 이름이나 성에 훈독/음독이 섞여 있는 데다 가족들 아니면 어떻게 읽는지 헷갈리는 경우도 있다고 한다. 그래서 일본 명함에는 한자 이름 위에 일본 발음을 적거나 로마자를 붙이는 경우가 많다. 그리고 우리의 중역에 해당하면서 범위가 훨씬 다양한 '취재역'처럼 쉽게 알지 못하는 직책이나 직급명이 있는 경우도 있어서 명함을 받았을 때 상대에게 확인하는 것이 좋다고 한다.

일본은 유난하게 명함에 대한 예절을 따진다. 예를 들어 테이블을 사이에 뒀을 때는 상대방이 있는 곳으로 가서 명함을 교환한다. 우리가 테이블을 사이에 두고 서서 명함을 교환하는 것과 다르다. 명함은 당연히 두 손으로 건네며 자기 이름이 상대방 입장에서 바로 보이게 전한다. 명함을 건네면서 회사명과 부서명, 이름을 밝히는 게 순서다. 그리고 명함은 아랫사람이 먼저 건네는 게 비즈니스 매너인데, 상대방이 먼저 줄 경우 "인사가 늦었습니다"라는 말을 덧붙이며 건넨다. 상사와 함께 있을 때는 상사가 먼저 명함을 건넨 뒤에 전달한다. 그리고 앞서 말한 것처럼 상대방 이름을 읽지 못할 때는 그 자리에서 확인하는 것이 예의다. 명함을 받은 뒤에는 곧바로 수첩이나 명함꽂이에 넣지 않고 이야기가 끝날 때까지 테이블 위에 두되 책상 위라면 명함꽂이 위에 놓는 것이 일본인들의 명함 예절이라고 한다. 일본인과 비즈니스할 때는 참고하면 좋을 듯하다.

요즘 명함에서 한자를 쓰는 경우는 별로 없는 듯하다. 내가 대학에 재직할 때만 해도 한자 명함을 썼는데 뜻밖에도 이름을 읽지 못하는 상대가 많았다. 그래서 요즘은 한글 명함을 사용한다. 만약 한자 이름을 받았는데 읽을 줄 모르면 정중하게 묻는 것도 좋을 것이다. 사람을 많이 만나는 경우 명함을 워낙 많이 받아서 관리, 보관하는 것도 예삿일이 아니다. 예전에는 명함 파일을 이용했지만, 요즘은 스마트폰으로 사진을 찍으면 명함에 기록된 이름과 전화번호 등을 자동으로 인식하고 저장하는 애플리케이션을 사용하는 경우가 많다. 아예 명함 자체를 스마트폰으로 교환하는 모바일 명함을 사용하는 사람들도 늘고 있다.

명함은 주민등록증처럼 공증이나 공인을 받는 공공증서가 아닌 까닭에 사기꾼들이 손쉽게 이용하는 수단으로 쓰기도 한다. 그리고 그런 명함에 현혹되어 어처구니없게 당하는 이들도 뜻밖에 꽤 많다. 그래서 명함에 있는 걸 액면 그대로 믿을 수 있는 사람인지 잘 판단해야 한다. 특히 국가정보원 명함에 속는 사람들이 많은데 거기 직원들은 대부분 '동해물산 아무개 과장' 등 철저하게 위장된 명함을 사용한다는 점을 기억해야 한다. 내가 받은 가장 인상적인 명함은 화가에게 받은 명함이다. 그 자리에서 작은 그림을 하나 그리고 자신의 이름을 적었다. 어떤 작가에게서도 그 자리에서 만년필로 서명한 명함을 받은 적이 있다. 그 사실만으로도 그 사람을 잊지 못하는 탁월한 효과가 있는 명함이었다.

나는 주부들에게도 명함을 권한다. 우리는 어딘가 소속되지 않으면 명함 만들 생각을 아예 하지 않는 경향이 있다. 누군가를 만났을 때 다른 사람들은 명함을 주고받는데 자기만 명함이 없어서 어색하거나 자존심이 상하기도 한다. 왜 집안일을 한다고, 혹은 직업이 없다고 명함을 못 만드는가. 정심심하면 '우리집 CEO'라고 이름 앞에 붙여도 되고 좋은 문구 하나 적어도 되지 않을까? 고정관념을 깨면 될 일이다. 아이들 보기에도 당당한 엄마, 아빠여서 보기 좋을 것이다. 그러니 2~3만 원 투자해서 명함을 만들면 된다. 그깟 작은 종이쪼가리에 잘난 자리 이름 하나 박으려고 치사하게 살 건 아니지.

세탁기

세탁기가 없는 집은 거의 없다. 만약 지금 세탁기가 없다면 어떻게 살아갈 수 있을까 싶을 정도로 일상적인 기기가 되었지만 사실 세탁기의 출현은 그리 오래되지 않았다. 지금은 삶는 기능까지 갖춘 세탁기가 일반적이지만 예전에는 추운 겨울에도 빨래터나 우물가에서 손과 다듬잇방망이를 이용해서 빨았고 수건이나 속옷 같은 건 따로 삶아야 했다. 여인들의 생활이 얼마나 고달팠을까!

우리의 일상생활에 세탁기가 처음 들어온 건 1969년이었다. 금성사(지금의 LG전자)가 제조한 '백조' 세탁기였다. 자체 기술로 만든 건 아니고 일본의 히타치와 기술 제휴로 만든 제품이었다. 용량은 고작 1.8kg에 불과한 2조식 세탁기였다. 이후 1970년대 중반에는 대한전선의 무지개세탁기, 삼성전자의 은하세탁기, 신일산업의 백구세탁기, 한일전기의 비너스세탁기 등이 줄을 이었다. 그러나 당시 보급률은 고작

1%에 불과했다. 내가 중학생 때만 해도 세탁기 있는 집은 아주 드물었다. 우리는 그게 어떤 건지도 거의 몰랐다. 중3 때 짝이 자기네 집에 미제 세탁기가 있다고 자랑했는데 그 친구 아버지가 해군 제독으로 월남전에 참전하고 귀국할 때 가져온 것이라고 했다. 1980년대 중반쯤 되면서 서너 집 건너 한 집꼴로 세탁기를 들여놓기 시작하였다. 내가 결혼한 1987년쯤에는 세탁기가 일반화되어 혼수품에 꼭 들었다. 1990년대 초에 들어서면서 90% 이상의 가정에서 세탁기를 갖췄다.

세탁기는 사회학에서 매우 중요한 생활기기로 평가된다. 심지어 미국 사회학에서는 세탁기 이전과 이후로 가정이 확연하게 변모했다는 점에서 많은 분석들이 나왔다. 세탁기의 보급이 가사노동에 큰 변화를 가져와 여성을 가사노동에서 해방시켰다는 점에서 더욱 그렇다. 그래서 산업혁명 시기의 방직기 발명에 버금가는 혁명적 발명품이라는 평가를 받는다. 육체노동에서 여성을 해방시킴으로써 여성의 사회진출을 가능하게 했다는 점에서 가정의 형태가 변화하게 되는 중요한 전환점을 마련했다. TV나 냉장고와 달리 사회학자들이 세탁기에 주목하는 이유다. 그런 점에서 세탁기는 세상을 바꾼 발명품이라고 할 수 있다.

물론 모든 학자들이 이러한 견해에 동의하는 건 아니다. 경제학자 조안 바넥Joann Vanek의 1974년 연구에 따르면, 실제로 미국 전업주부들의 가사노동 시간은 거의 변화하지 않았으며 도농 간의 차이도 별로 없었다. 세탁기를 비롯한 가전제품 보급에 따라 가사노동 시간이 줄어든 것처럼 보이지만 현실은 그렇지 않다는 반론이다. 세탁물의 양과 세탁의

횟수가 증가했기 때문일 것이라는 추정이 그런 반론을 뒷받침한다. 기술사학자 루스 코완Ruth S. Cowan은 『엄마에게 더 많은 일을』(1983)에서 오히려 다양한 가전 발명품들이 가정주부에게 더 많은 일을 안겼다고 비판했다. 자동차를 운전하는 여성은 쇼핑과 자녀 운반이라는 새로운 노동까지 떠맡았다. 자잘한 노동은 줄었을지 모르지만 새로운 일들이 더 많이 생김으로써 여성이 노동에서 해방되어 사회진출이 가능해졌다는 분석은 지나치게 단선적 해석이라는 비판이다.

우리가 생각하는 세탁기는 당연히(?) 전기세탁기다. 우리나라에서 '세탁기'라는 이름을 달고 우리 생활에 들어온 건 가전제품으로의 세탁기였기 때문이다. 전기세탁기는 1910년 앨바 피셔Alva Fisher가 처음 특허 등록했다. 그러나 그 이전부터 세탁기는 엄연히 존재했다. '빨래판'은 가장 단순하고 오래된 세탁 도구였다. 18세기 후반 기계식 세탁기가 발명되었다. 영국의 헨리 시지어Henry Sidgier는 나무 살로 되어 회전시킬 수 있는, 손잡이가 달린 통을 만들었다. 드럼세탁기의 원조도 생각보다 일찍 개발되었다. 1851년 제임스 킹James King이 회전하는 빨래통을 만들었다. 흥미로운 건 1874년 윌리엄 블랙스톤William Blackstone이 아내의 생일선물로 세탁기를 직접 만들었는데, 이것이 최초의 가정용 세탁기로 평가된다. 아내가 엄청나게 좋아하는 반응을 보이자 세탁기 사업에 뛰어들었다고 한다. 남편과 아내가 서로에게 선물을 준 셈이다.

세탁기의 획기적인 변화는 집안에 들어왔다는 점이다. 수도의 보급은 그런 점에서 세탁기에게 날개를 달아준 혁명적 변화였다. 이전에는 빨래하기 위해 약 190리터의 물을 직접 길어다 부어야 했으니 그 불편함은 이루 말할 수 없었다. 그러나 집안으로 수도관이 연결되면서 직접 세탁기에 물을 공급할 수 있었다. 물론 초기에는 빨래할 때마다 수도꼭지와 연결해서 물을 공급했지만 이제는 세탁기 전용으로 사용하는 냉온수 수도와 연결되어 전원만 켜고 빨래를 넣으면 세탁과 헹굼뿐 아니라 탈수가 함께 이루어지고 최근에는 건조 기능까지 부가되어 말 그대로 원스톱으로 빨래의 전 과정이 해결된다. 우리나라 초기 세탁기는 세탁 기능만 있어서 탈수는 따로 해야 했다. 나중에 탈수 기능을 갖춘 세탁기가 출현한 이후에도 저렴한 세탁기를 구입하고 따로 '통돌이 탈수기'를 사용하는 가정도 많았다. 나중에는 김장 배추의 물 빼는 수단으로 사용하기도 했다.

세탁기가 없던 시절 여인들은 동네 빨래터에 함께 모여 방망이를 두들기며 동네의 자잘한 소문들을 나누고 전하며, 신세 한탄과 은근한 자랑 등을 퍼뜨리는 진원으로 사용하기도 했다. 어쩌면 그곳이야말로 정보와 감성 교류의 중심이었고 더불어 사는 삶의 핫플레이스이기도 했을 것이다. 이제는 아무도 밖에 나가서 빨래할 일은 없다. 모든 건 가정 내에서 이루어진다. 그러면서 서로 섞일 일도 줄었다. 물론 빨래하던 사람들에게는 손빨래가 고역이었고 세탁기의 출현은 신세계와 같은 선물이었을 것이다. 빨래터에 대한 향수를 말하려는 게 아니다. 우리집은 남자들이 빨래하는 걸 뭐. 빨래터 수다가 빨래방 수다로 이어지지 않는 우리는 뿔뿔이 흩어진 파편으로 사는 셈이다.

광장

square/plaza

，

廣場

우리에게 광장이라는 말은 낯설다. 낱말은 낯설지 않지만 흔한 곳은 아니다. 광장은 말 그대로 '너른 마당'이다. 국어사전은 광장을 '많은 사람이 모일 수 있게 거리에 만들어놓은, 넓은 빈터'로 정의한다. 나는 이 정의에서 '만들어놓은'이라는 말에 주목한다. 의도나 목적을 가졌다는 뜻이다. 그렇게 '만들어놓은' 광장이 우리에게도 있었다. 그러나 그 의도나 목적이 불순했고 무람했으며 황량했기에 기억조차 끔찍하다. 이름도 거부감을 주기 충분한 '5.16 광장'이었다. 황량한(그 당시는 황량함 그 자체였다) 여의도에 만들어진 엄청난 크기의 아스팔트 광장이었다. 예전 여의도가 비행장이었으니 활주로로 쓰면 딱 좋을 용도였다. 평소에는 일부분을 차로로 쓰다가 관제 시위나 행사 때면 모든 통로를 막고 사람을 동원해서 세를 과시했다. 국군의 날 행사가 거기에서 열렸고

251

미국에서 유명한 선교사가 왔을 때나 교황의 방한 때도 쓰였다. 그러나 그곳은 대부분 소통의 광장이 아니라 관제 동원 집회나 광기의 광장에 불과했다.

유럽 대부분의 도시에는 광장이 있다. 시청 앞이나 대성당 앞에는 어김없이 광장이 있다. 그 광장은 도시 속의 개방된 장소다. 많은 시민들이나 관광객들이 자유롭게 이용하거나 모일 수 있는 넓은 공간이다. 고대 그리스 도시의 아고라agora는 시장이며 광장이었다. '사람들이 모이는 곳'이라는 뜻의 아고라는 시민생활의 중심지이자 다양한 사회생활의 중심지였다. 동시에 휴식의 장소였다. 그러나 가장 큰 의미는 '소통과 교류'의 공간이었을 것이다. 고대 로마의 포룸forum도 광장이었다. 거기에 기능이 세분되면서 사법 광장(fora civilia)이나 상업 광장(fora benelie) 등으로 분화되었다.

중세 도시의 광장은 종교와 정치의 장소로 변화했다. 그래서 대성당이나 시청 혹은 궁정 앞에 광장이 만들어졌다. 그 외에도 다양한 목적과 형태의 광장들이 들어섰다. 가끔 보게 되는 오벨리스크는 광장의 소재를 밝히는 등대의 구실을 했다. 오벨리스크 대신 왕의 동상을 세우고 그 주변에 주택을 배치하는 방식으로 광장이 조성된 경우도 많았다. 그들에게 도시는 곧 광장이었고 광장은 곧 도시였다. 광장은 혁명의 중심지가 되기도 했다. 많은 사람들이 모여 자신의 의견을 주장하기에 광장만한 곳이 없다. 그곳은 일종의 직접민주주의의 용광로였다. 시민들은 불의에 항의하기 위해 모였고 때론 피를 흘리며 싸웠다. 그래서 광장은 때로 대학살과 피의 가마솥이기도 했다.

근대 이후 산업화사회는 광장에 대한 흥미를 쇠퇴시켰다. 광장 대신 철도나 공장 혹은 빌딩들이 도심지에 건설되면서 광장은 '놀려두기에 아까운' 공간이 되었다. 우리나라에서도 도시뿐 아니라 소읍의 기차역 앞이 제법 너른 공간을 갖게 된 건 근대화와 철도의 연결이 가져온 결과물이었다. 예전 집회 위주의 선거운동 때 역 광장에서 대규모 선거집회가 열린 건 그 때문이었다. 하지만 20세기 후반 새로운 광장이 출현했다. 재개발되는 도심이나 신新주택지의 중심지에 시민들이 쇼핑과 산책을 겸할 수 있는 공간이 필요했기 때문이다. 우리의 그런 광장은 공적 공간보다 시민 개개인의 목적에 맞는 공간으로 변형된 셈이다.

엄밀한 의미에서 유럽 도시의 광장과 비교했을 때 우리에게는 여전히 광장의 개념이 빈약하다. 그러나 대한민국의 시민들은 새로운 광장을 만들었다. 그것은 일종의 파시波市와도 같았지만 때론 정권을 무너뜨리는 엄청난 힘으로 폭발했다. 세종로를 '광화문 광장'으로 만든 시민들의 모임으로 인해 그곳은 자유롭게 토론하고 의견을 개진하는 열린 공간으로 진화했다. 수백만 명이 모여 불의와 무능을 질타하고 정의와 민주주의를 외쳤다. 우리의 시민혁명은 뜻밖에 이러한 새로운 광장의 '창조'로 진화했다. 정말 다이내믹 코리아다. 이웃 일본이 정치적 무관심과 그것을 악용한 극우세력의 득세로 퇴행하는 건 바로 그런 시민광장의 활력을 상실했기 때문이다.

"바다는, 크레파스보다 진한, 푸르고 육중한 비늘을 무겁게 뒤채면서, 숨을 쉰다."(초판에서는 "바다는 크레파스보다 진한 푸르고 육중한 비늘을 무겁게 뒤채이면서 숨쉬고 있었다" 였던 것을 여러 차례 개정하면서 이 문장이 만들어졌다)는 멋진 문장으로 시작하는 최인훈의『광장』은 '열린 공간'이지만 내 용은 그 반대다. 폐쇄된, 타율적 밀실은 넘치지만 광장이 없 는 현실에 좌절한 명준이 월북한 것이나 나중에 제3세계를 선택한 것, 그리고 배에서 바다로 뛰어든 것은 남이건 북이 건 각종 집단주의를 위한 광장은 있지만 개인의 '밀실'은 없 는 곳임을 보여준다. 자유로운 개인으로서의 밀실이 전제되 지 않은 광장은 집단주의의 광기가 모인 곳일 뿐이다. 그러 므로 광장은 밀실과 불가분의 관계를 맺는 셈이다.

하버드대학의 역사학 교수며 경제사학자인 니얼 퍼거슨 Niall Ferguson은『광장과 타워』에서 둘 사이의 오래된 힘과 새 로운 반격의 단층면을 발견한다. 역사는 위계적 조직이 지배 하던 기나긴 시대를 거치면서 타워의 권력자가 통치했다. 그 러나 진정한 권력은 종종 아랫마을 광장의 네트워크에서 일 어났다. 혁신하는 경향이 있는 건 광장이지 타워가 아니다. 그 혁명적인 아이디어가 전염성 있게 퍼질 수 있는 건 네트 워크를 통해서다. 그러니까 현재의 다양한 온라인 네트워크 는 새로운 광장의 출현이며 민중의 수평적 소통과 힘의 결집 으로 진화하고 있는 것이다. 21세기의 광장은 오프라인뿐 아 니라 온라인에서 더 뜨겁게 꿈틀댄다. SNS는 새로운 광장을 만들어낸다. 통제와 왜곡으로 언론을 쥐고 흔들던 폐쇄적 권 력은 더이상 용납되기 어렵다. 신문과 방송만 통제하고 왜곡 된 선전만 퍼부으면 되던 시대는 끝났다.

광장도 변화한다. 그렇다고 늘 긍정적인 방향으로 진화

하는 것만은 아니다. 가짜뉴스가 범람하고 쓰레기 같은 정보들이 넘쳐나는 하수구가 되기도 한다. 게다가 그 광장에서 제 잇속 잽싸게 챙기려는 장사꾼들도 넘쳐난다. 결국 각 개인의 분별력이 필요하다. 폴 케네디Paul Kennedy가 말한 'exformation(information의 반대 개념으로 쓰레기 정보를 밖으로 배출해야 한다는 의미의 조어)'의 능력이 필요하다. 광장을 악당에게 빼앗기지 않으려면 시민들이 공부하고 분별력을 키워야 한다.

서울을 비롯한 우리나라의 도시들은 이미 부동산 가격이 어마어마해서 광장을 새롭게 만드는 게 거의 불가능하다. 광장이라는 공간에 대한 새로운 해석과 대응이 필요하다. 광장이 없는 도시는 심장이 없는 몸과 같다. 적어도 새롭게 만드는 신도시에서라도 다양한 광장을 반드시 마련하는 법안부터 만들어야 한다. 광장은 휑한 공간이 아니다. 모든 가능성이 꿈틀대는 용광로며 수평 사회의 상징적 통로다. 광장은 단순히 공간에서만 설정되는 것도 아니다. 모든 관계에서, 그리고 내 안에서 그런 광장이 있는지 둘러볼 일이다.

　　"힘껏 산다. 시간의 한 점 한 점을 핏방울처럼 진하게
　　산다."

최인훈의 『광장』을 읽을 때마다 나는 그 문장에서 전율한다. 나에게 광장을 마련하지 않으면서 남에게 광장을 요구하는 것만큼 이기적인 일은 없다. 내 안에 광장이 있다는 건 나의 우주가 담길 수 있는 영토가 있다는 뜻이다.

얼마의 돈을 가져야 부자라고 할까? 세계적 부호들은 '조兆' 단위로 재산을 평가하지만 일반 시민은 몇십억 원의 돈을 가지면 부자 소리 듣는다. 2억 달러면 엄청난 재산이다. 평생 쓰더라도 상당한 돈이 남을 것이다. 그런데도 3억 달러, 4억 달러를 벌기 위해 혈안이다. 그들에겐 이미 돈은 소비의 수단이 아니라 게임이다. 일종의 마약과도 같다. 실제로 돈을 벌었을 때 뇌파 반응은 코카인 같은 마약을 흡입했을 때 뇌의 반응과 너무나 비슷해서 구별하기 힘들 정도라고 한다.

최초의 화폐는 동전이었다(그 이전에는 조개를 썼지만). 화폐의 발명은 인류의 역사 자체를 바꿨다. 물물교환의 경제 사회에서는 자신이 수확한 고기나 농산물의 저장이 불가능하기 때문에 늘 그 자리에서 처분해야 했지만 화폐가 생기면서 부의 축적이 엄청난 방식과 속도로 발전했다. 당연히 돈의 발행은 최고 권력이 통제했다. 동전에는 권위(그래서 대부분의 동전에는 황제의 얼굴이나 문장을 썼다)와 함께 그 사회의 신용과 소통이 담겼다. 이동할 때도 물건 자체를 들고 다닐 필요가 없었기에 훨씬 더 장거리 이동이 쉬웠을 것이니 제국의 확대에도 크게 영향을 끼쳤을 것이다.

지폐의 출현은 또다른 혁명이었다. 하지만 초기에 지폐는 도저히 이해할 수도, 신뢰할 수도 없었을 것이다. 어떻게 그게 가능했을까? 최초의 불환지폐를 만든 건 쿠빌라이 칸(원나라 세조)이었다. 그런 점에서 자본주의는 동양에서 만들어서 서양에 전파한 셈이다. 칭기즈칸의 손자인 쿠빌라이는 남송을 함락시키고 남중국해까지 지배권을 넓혔다. 그의 제국은 미얀마에서 헝가리에 이르기까지 거대했다(물론 그 혼자다스린 게 아니라 분할 통치되었지만). 지폐는 신용이 높지 않으면 통화될 수 없다. 금이나 은 혹은 동이라도 들어 있어야 태환성이 있는데 지폐는 그야말로 종이 쪼가리에 불과하지 않은가.

화폐의 신용은 결핍의 산물이기도 했다. 쿠빌라이 칸 이전에 여진족이 세운 금나라는 북중국의 한인들을 지배했는데 중국에서도 가장 상업이 번창했던 지역인 북중국에는 동광산이 없었다. 동銅이 없으면 청동전을 만들 수 없다. 그래서 금나라에서는 화폐의 부족을 보완하기 위해 어음거래가 활발했고 그에 따라 신용 관념이 발달했던 것이다. 그러니까 지폐의 발행은 어음 증서에서 발전한 셈이다. 하지만 페르시아를 비롯한 서역에서는 종이돈은 도무지 이해할 수도, 수용할 수도 없었다. 쿠빌라이 칸은 강력한 권한으로 지폐의 유통을 강요했다. 그렇다고 무조건 강도질처럼 강요하기만 해서는 결코 해결할 수 없는 일이다. 그는 상인들을 보호하고 교통로의 치안 유지에도 열심이었으며 외국 상인은 입국할 때마다 한 번만 수수료를 납부하면 됐고 그후에는 어디를 가더라도 관세를 물지 않게 했으며 심지어 사기나 강도 때문에 피해를 입으면 그곳의 몽골 군주에게 호소해서 배상을 받을 수 있게 했다. 자연히 몽골제국의 신용은 높아졌다. 그 토대 위에서 불환지폐의 발행이 성공할 수 있었던 것이다. 굳이 무거운 은괴를 날라서 결제하지 않아도 멀리 떨어진 곳과의 거래가 편리해지니 자연히 상업과 무역이 성행했다. 자본주의의 모태는 그렇게 시작된 셈이다. 13세기에 베네치아에서 유럽 최초의 은행이 생긴 것도 이러한 자본주의경제가 초원의 길을 따라 지중해로 전해진 결실이라고 보아도 무방하다. 신용은 자본주의경제의 기초다. 그 시작은 바로 지폐였다.

이제는 지폐조차 없어도 된다. 플라스틱 화폐인 카드만 있으면 된다. 월급도 돈으로 직접 받는 게 아니라 계좌이체되어 들어온다. 돈을 만질 일이 별로 없다. 이미 비가시적인 화폐가 되었다. 머지않은 미래에 홍채인식처럼 얼굴을 인식해서 자동으로 돈이 지불되는 날도 올 것이다. 그런데도 이상하게 지갑에 돈이 없으면 불안하고 불편하다. 통장에 큰돈이 없는데도 지갑이 두둑하면 마음이 편하고 너그러워진다. 아직도 돈을 직접 감각할 수 있어야 존재감을 느끼는 본능이 남아 있기 때문일 것이다.

돈에 대한 욕망은 갈수록 더 커진다. 음식은 배부르면 먹지 않지만 돈은 아무리 넘쳐도 욕망이 멈추지 않는다. 아마도 위胃가 아닌 뇌로 느끼는 욕망과 쾌감 때문일 것이다. 돈이 없으면 비루해지고 비겁해진다. 성인군자가 아닌 다음에야 빈 쌀독에 안빈낙도할 수는 없는 노릇이다. 사람답게 살려면 돈이 필요하다. 자본주의 사회는 더더욱 그렇다. 돈이 최고의 권력이다. 대통령보다 삼성의 회장이 더 센 나라가 되었다. 권력에 대한 욕망보다 돈에 대한 욕망이 더 크기 때문이다. 돈 없이는 살 수 없다. "성경은 빛을 주고 돈은 온기를 준다"는 유대인 속담은 그런 의미다.

돈을 버는 건 기술이지만 돈을 쓰는 건 예술이라고 했다. 미국의 전설적 투자자 워런 버핏Warren E. Buffett은 "가격은 우리가 내는 돈이며, 가치는 그것을 통해 우리가 얻는 것이다"라고 했다. 정당한 소유는 인간을 자유롭게 하지만 지나친 소유는 소유 자체가 주인이 되어 소유자를 노예로 만든다는 니체의 경고에 귀기울여야 한다. 돈의 주인이 아니라 돈이 주인인 세상과 삶은 끔찍하다. 만족할 줄 알아야 하고 탐욕을 억제할 수 있어야 한다. 내가 주인이어야 한다. 어렸을 때부터, 초등학교에서 반드시 그걸 가르쳐야 한다. 돈의 괴물이 되지 않도록 하기 위해서. 칼릴 지브란Kahlil Gibran은 돈은 현악기와 같아서 그것을 적절히 사용할 줄 모르는 사람은 불협화음을 듣게 된다고 했다. 졸부를 꿈꾸지 말 일이다. 프랜시스 베이컨Francis Bacon의 말이 압권이다. "돈은 최선의 종이요, 최악의 주인이다."

돈을 외면할 수도, 외면해서도 안 되지만 끌려다니거나 내 목줄을 스스로 내놓고 굴종하지는 않아야겠다. 돈의 노예가 되지는 말아야 할 삶이 아닌가. 누군가 만나서 밥 사줄 만큼의 돈만 지갑에 있으면 일단 만족할 수 있을 일이다. 돈에 매달리면 노예가 되고 돈을 무시하면 비루하게 되며 돈에 미치면 누군가를 해치게 된다. 그걸 먼저 가르쳐야 하는 게 경제학이다.

사진

photo/picture , 寫眞

앨범이란 낱말은 여전히 존재하고 다양한 형태의 앨범이 있지만 이미 그 의미와 느낌은 달라졌다. 요즘은 파일에 저장된 사진첩이지만 여전히 앨범이라고 하면 인화된 사진들을 모아 책처럼 만든 것이 먼저 떠오른다. 시간이 지나면 사진도 바래고 추억도 희미해진다. 앨범을 넘기면서 그 사진의 시간과 장소를 떠올리는 건 특별한 감정이다. 사진은 확실히 어떤 특별함을 지닌다.

요즘은 전문적으로 사진 찍는 사람 말고는 카메라 들고 다니는 사람 거의 없다. 스마트폰에 내장된 카메라만으로도 충분히 좋은 사진을 찍을 수 있기 때문이다. 갈수록 카메라 기능이 좋아져서, 전문 카메라에는 미치지 못하더라도 일반 카메라의 수준을 이미 훌쩍 넘었다. 이제는 어디에 가든 풍광이 좋거나 특별한 대상이 있으면 스마트폰부터 꺼내 사진 찍기 바쁘다. 그래서 어떤 때는 정작 '내 눈'으로 볼 여유는 없고 렌즈를 통해 기록하는 일에 빠져, 생각하고 천천히 느낄 시간을 스스로 삭제하는 게 아닌가 할 때도 있다.

미국의 작가이며 평론가인 수전 손택Susan Sontag은 『사진에 관하여』에서 "사진이란 원하는 곳이면 어디든 갈 수 있고, 원하는 것이면 무엇이든 할 수 있게 해주는 일종의 허가증"이라며 사진은 이 세계를 백화점이나 벽 없는 미술관으로 뒤바꿔놓았다고 해석했다. 현실을 몽타주 하고 역사를 생략해버릴 수 있는 위험성이 사진에 내포되었다는 점을 예리하게 비평한 것이다. 그래서 누군가의 사진을 찍는다는 것이 그 사람의 삶에 끼어드는 것이 아니라 '방문하는' 것이 된다. 사진은 이 세계의 모든 것을 피사체로 둔갑시켜 소비품으로 변모시킬 뿐 아니라 미적 논평의 대상으로 격상시키기도 한다. 손택에 따르면, 그래서 우리는 카메라를 통해서 현실을 '구매'하거나 구경하는 것이다. 때로는 일부러 카메라를 꺼내려는 유혹을 물리치고 눈과 마음으로 피사체와 '대화'하는 '일탈'을 즐겨볼 일이다.

사진은 엄연히 예술의 중요한 영역을 확보했다. 처음 사진이 출현했을 때 화가들은 위기의식을 느끼며 배척했다. 그도 그럴 것이 부르주아 등의 초상화 주문이 큰 생계수단이었는데, 그림 주문이 줄어든 상황에서 사진의 출현은 그 시장마저 위태롭게 만들었으니 더더욱 그랬을 것이다. 사진이 만들어내는 경이로운 재현의 능력에 감탄했지만 그것은 단순히 기계적 조작이며 여러 장의 사진을 '찍어낼 수' 있다는 점에서 오리지널로서의 예술적 일회성과 독창성에 대해 회의적이었다. 그러나 사진의 출현은 인상파 미술의 출현을 이끌었다. 이후에도 오랫동안 사진은 예술의 영토에 진입하지 못했다. 그러나 사진의 영향력과 예술성의 증가는 저절로 그 장벽을 허물었다. 이제는 사진 예술에 대해 토를 달거나 이의를 제기하는 사람은 없다.

사진의 원리를 처음 개발한 레오나르도 다 빈치의 '카메라 옵스쿠라camera obscura(어둠상자)'는 그림을 정확하게 그리기 위한 복제도구였다. 그의 비공개 노트에 이런 기록이 있다. "만약 한 채의 주택이 있고 그 주택의 햇빛이 들지 않는 벽에 조그맣고 둥그런 바람구멍이 있으며 그 벽 맞은편으로 양지바른 건물 혹은 광장이나 들판이 보인다면, 햇빛에 비치는 모든 광경은 스스로의 영상을 이 구멍을 통해 들여보내 반대편 벽에 자신을 나타낼 것이다. 그리고 그 벽이 흰색이라면 원래대로의 모습이 그곳에 비추어질 것이다. 단 거꾸로 비춰질 것이다. 만약 그 벽에 구멍이 여러 개 있다면 각각의 구멍마다 같은 결과가 생길 것이다." 카메라 옵스쿠라는 종이 위에 비친 영상을 그리고 거기에 그림자를 더하기만 하면 자연을 그대로 옮겨놓을 수가 있어서 18세기에 와서 화가들이 그림을 그리는 데 필수적인 도구가 되었다. 그와 함께 뒤집어진 영상을 바로 보게 할 수 있는 방법이 연구되었고 들고 다니면서 사용할 수 있는 휴대용도 실용화되었다. 카메라는 단순히 현대의 발명품이 아닌 것이다.

오늘날의 사진으로 발전시킨 건 프랑스의 니세포르 니에프스Nicéphore Niépce였다. 당시 프랑스에서는 석판인쇄가 유행했는데 니에프스가 이 기술을 실험하면서 그림솜씨도 없고 적당한 석판을 구할 수 없어서 다른 시도를 해보았다. 빛에 민감한 여러 물질들을 백랍에 띄워 그 위에 판화를 올려놓고 '햇빛으로' 그것을 복사하려고 했다. 1816년 '해가 그리는 그림'이라는 뜻의 헬리오그래피heliography가 그렇게 탄생했다. 그는 계속해서 실험을 시도했다. 빛을 받으면 굳어지는 일종의 아스팔트인 유대 역청을 사용했는데 이것은 빛에 매우 민감한 물질이었다. 유리 위에 판화를 올려놓고 그림을 복사해서 정착시켰다. 1822년의 일이다. 그가 자연의 영상을 영구적인 영상으로 처음 정착시킴으로써 비로소 현대 사진의 길이 열렸다. 니에프스는 파리의 화가이자 사진술 연구에 열심이던 루이 다게르Louis Daguerre와 함께 작업하면서 사진술의 대중화를 더욱 가깝게 만들었다. 니에프스 사후 다게르는 1837년 은판사진술을 완성했다. 이후 사진과 카메라의 기술은 빠른 속도로 발전하고 확장되었다. 사진이 예술로 발전하는 데에 카르티에 브레송Cartier-Bresson의 역할을 빼놓을 수 없다. 그는 모든 요소들이 파인더의 시야에 동시에 모이는 순간을 포착했고 그가 찍은 결정적 순간은 박물관과 미술관에서 사진을 예술로서 전시하는 중요한 역할을 했다.

예전에는 사진 한 장 찍는 것도 늘 선택과 집중을 요구했다. 필름 값뿐 아니라 인화해야 할 비용까지 염두에 두면 아무렇게나 마구 찍을 수 없었다. 요즘처럼 연사連寫까지 동원하며 마음대로 찍은 뒤 좋은 사진 하나 고르는 건 불가능한 일이었다. 피사체와 더 많은 대화를 나눌 수 있었던 아날로그 사진이 가끔 그리운 건 그 때문이다. 사진관에 인화를 맡기고 기다리던 그 긴 시간의 설렘은 또 어떻고. 며칠 걸리던 인화가 1시간 이내에 가능해진 즉석 인화에도 그토록 경이롭던 일도 이제는 모두 추억의 일이 되고 말았다. 그 애틋함이 그리울 때도 있다.

사진은 하나의 시각적 언어다. 사진은 단순히 카메라라는 기계가 '찍어내는' 피사체의 인화가 아니다. 렌즈로 읽어내기 이전에 마음의 눈으로 읽어내고 몸의 눈이 해석하며 포착하는 순간의 집중이다. 사진은 내 삶에서 만난 사건과 대상을 특별한 시간 안에 담아 보관할 뿐 아니라 거기에 담긴 나의 시간을 소환할 수 있는 대체 불가의 수단이다. 사진 안에 담긴 것뿐 아니라 사진 밖에 있는 것들까지 늘 새로운 방식으로 불러올 수 있다. 가끔 아이들을 찍은 앨범을 들춰보면 나는 없다. 그러나 아이들이 그 사진 속에서 바라보고 있는 건 단순히 카메라 렌즈가 아니라 사진을 찍어주는 나라는 걸 발견한다. 그러니 그 사진 속에서 나는 늘 존재한다. 인화지에 출력한 사진을 차곡차곡 간직한 앨범도 이제는 서서히 사라지고 있다. 그러나 디지털 사진으로는 담을 수 없는 농밀한 순간들을 담은 사진과 앨범은 내 마음에 늘 생생하게, 그리고 따뜻하게 살아 있다. 사진은 멈춰진 시간을 담았지만 그 뒤편에 시간의 문을 달고 있어서 거대한 스토리 그 자체가 된다.

우
체
통

letterbox/mailbox/postbox **,** 郵遞筒

길지 않은 삶이었지만 사라져가는 걸 하나씩 느낀다는 건 서글픈 일이다. 물론 새롭게 생겨나는 것들이 주는 즐거움을 외면하는 건 아니지만 사라지는 대상은 단순히 물성을 가진 사물의 퇴장이 아니라 거기에 담겼던 나의 시간과 추억도 함께 기억의 건너편으로 물러나는 것이기 때문이다. 이제는 눈 씻고도 찾기 힘든 전당포. 거기에 드나들던 사람들의 기억 속에서도 이미 사라졌을까? 대학 시절 사소한 일이지만 사고가 나서 누군가 총대를 메야 했던 때 근처 전당포에 가서 시계를 맡기고 몇 푼 받아 가까스로 문제는 해결했는데 그걸 찾지 못해 막막했던 사건도 전당포의 퇴장과 함께 조금은 옅어진 기억으로 남는다.

아직은 가끔 마치 기념비처럼 남아 있는 빨간 우체통이 완전히 사라지지는 않겠지만 그것마저도 갈수록 숫자가 줄어

269

들 것이다. 통영에서 시인 청마 유치환은 밤새 지우고 쓰고 다시 지웠다 고치고 했던 편지를 출근길에 우체통에 넣으면서 얼마나 설렜을까. 그에는 미치지 못해도 우리 모두 그 빨간 우체통에 밥 주듯 하얀 편지 봉투를 들이밀었던 기억 하나쯤은 간직하고 있을 것이다.

모든 우체통이 다 빨간색은 아니다. 물론 많은 나라들이 빨간 우체통을 운영하지만 미국은 파란색(영국은 빨간색인데 건지섬은 파란색이고 포르투갈은 1등우편은 파란색, 2등우편은 빨간색으로 구별한다)이고 독일, 스웨덴, 스위스, 프랑스, 스페인, 브라질 등과 바티칸은 황색이다. 그런가 하면 녹색이 국가의 색인 아일랜드는 우체통도 녹색이다. 나라의 색깔이 오렌지색인 네덜란드는 당연히 오렌지색이고 네덜란드의 오랜 식민지였던 인도네시아도 오렌지색이다. 중국은 녹색 우체통이다. 홍콩도 중국에 반환된 이후에는 녹색을 따랐다. 나라마다 색의 개성이 다른 것도 하나하나 찾아보면 재미있다. 우리나라는 1884년 우정총국이 출범되면서 우체통이 처음 설치되었다. 1884년 12월의 갑신정변은 바로 홍영식이 총판으로 있던 우정국 낙성식 축하연에서 벌어졌다.

우리나라에서 최초로 사용된 우체통은 목조의 사각함이었다. 그러나 일제강점기 때 일본을 따라 빨간색의 원형 우체통으로 바뀌었다. 흥미롭게도 일본에서 우편제도 초기에는 우체통이 흑색이었다고 한다. 그런데 우편의 '편便'을 '변便'으로 착각해서 사람들이 화장실로 오해했다고 한다. 게다가 어두운 밤에는 검은색 때문에 잘 보이지 않아서 사람들이 충돌하는 사고가 빈번하게 발생하자 1901년부터 눈에 잘 띄는 빨간색으로 바뀌었다고 한다. 일제강점기 때 빨간색이었던 우체통은 해방 후 잠시 녹색과 혼용해서 쓰였지만 다시 지금의 빨간 사각 우체통으로 굳어졌다.

통신은 인류의 역사에서 꽤 오래된 역사를 간직하고 있다. 특히 전쟁에서 통신은 매우 중요했다. 고대 이집트에서는 편지를 나르는 급사急使의 직업이 있었고 페르시아에서는 정기적으로 통신을 제도화한 역마제도(앙가리)가 있었다. 역마제도는 일찍이 고대 중국에서도 주나라 초기부터 사용했다. 당나라 때 역마제도가 정비되었고 원나라는 대제국을 건설한 뒤 독특한 역마제도를 완성하여 빠르게 정보를 전달하여 통치했을 뿐 아니라 동서의 교통을 연결시키는 역할까지 수행했다. 우리나라에서는 일찍이 신라시대에 역이 설치되어 국가의 우편을 취급했다. 민간을 위한 우편제도는 발달하지 못했지만 고려시대와 조선시대에도 역이 그 역할을 담당했다. 때로는 그 역할을 비둘기가 담당하기도 했다. 그 비둘기를 전서구傳書鳩(서신을 전하는 비둘기)라고 불렀다. 생각보다 전서구의 역사는 꽤 길며, 유럽에서는 꽤 오랫동안 애용했고 민간에서도 일종의 취미로 유지되었다.

오늘날의 우편제도는 영국의 행정가 로울랜드 힐Rowland Hill이 1837년 우편제도에 관한 책을 쓰면서 시작되었다. 그 책을 통해 최초의 우표가 탄생했다. 이전에도 우편제도가 있었지만 복잡하고 번거로워 효과적이지 못했다. 당연히 사람들의 건의와 진정이 몰려들었고 영국 의회에서 특별의원회를 설치하고 많은 보고서를 받았지만 큰 진전을 얻지 못하다가 힐이 우편제도 개혁을 주장하는 소책자를 발표하면서 획기적으로 바뀌었다. 이전에는 편지를 받는 사람이 요금을 냈지만, 이후에는 보내는 사람이 내고(미리 지급한 걸 증명하는 증지가 우표다) 거리에 상관없이 요금을 낼 수 있었다. 빅토리아여왕은 이 제안에 서명했고 1840년 현대식 우편제도가 정착되었다. 누구나 쉽게 편지를 이용할 수 있는 이른바 '1페니 우표(penny black)'가 출현한 게 1840년 5월 6일이었다. 이후 편지를 보낼 수 있는 우체통이 빠르게 증가했다. 우편의 근대화는 누구나 싼 요금으로 쉽게 이용하고 공평한 취급이 약속될 뿐 아니라 비밀이 보장되며 세계를 하나로 연결하는 대전환점을 마련했다.

예전에는 편지도 많이 주고받았다. 그게 가장 보편적인 안부와 정보의 교환 방식이었다. 사랑의 편지는 설렘을 담았고 시골에서 유학 간 자녀가 빠듯한 생활비에 고생하다 망설임 끝에 돈을 보내달라는 어려운 부탁도 편지에 담았다. 사랑과 애환, 사연과 기다림 등이 편지와 우체통에 가득했다. 이제는 그 우체통의 역할도 크게 줄었고 당연히 숫자도 줄었다. 이전에 시간과 비용이 들던 편지의 역할은 이제 거의 모두 전자우편(이메일)으로 대체되고 집으로 배달되는 우편물들은 대개 고지서가 차지하고 있다. 이제는 일반우표 한 장에 얼마인지 모르는 이들이 대부분이다. 그래도 여전히 우체통은 반갑고 설렌다. 윤도현의 〈가을 우체국 앞에서〉를 들을 때마다 나는 빨간 우체통이 먼저 떠오른다. 끝내 사라지지 않기를 소망하면서.

경기도 이천과 충남 공주에는 앙증맞은 작은 우체통이 있는데 '희망우체통'이라는 이름이다. 시민들이 버스와 택시를 기다리는 시간에 실직, 가정폭력, 질병, 생계 곤란 등으로 어려움을 겪는 이웃의 사연을 희망우체통에 적어 넣으면 관할 행정복지센터에 배달돼 해당자에 대한 지원이 이루어진다고 한다. 사람을 잇고 살리는 우체통인 셈이다. 이런 우체통이 전국 방방곡곡에 설치되면 사람 사는 맛이 깊어질 것 같다. 새로운 형태와 목적의 우체통들이 많이 생겨나기를 꿈꿔볼 일이다.

요즘은 '느린 우체통'이 마련된 곳이 많다. 주로 관광지들인데 한 달 뒤 혹은 1년 뒤 배달되는 편지를 넣는다. 바쁘고 빠르게만 사는 현대인들에게 작은 위로와 감동을 주는 일종의 이벤트인 셈이다. 남쪽 끝 마라도에서 만난 우체통은 특별한 느낌이었다. 독도에도 우체통이 있다고 한다. 천안의 우정박물관에 있는 밀레니엄 우체통은 세계 최대의 우체통이라고 한다. 너무 커서 현실감이 들지 않을 정도였다. 나는 여전히 작고 아담한 빨간 우체통이 좋다. 때론 수신인도 없는 편지를 넣고 싶다. 우체통이 얼마나 허기질까 싶어서라도. 전당포도 여인숙도 사라지지만 그래도 끝내 우체통은 우리 곁에 남아 있으면 좋겠다. 가끔은 바닷가 우체통을 찾아가 엽서라도 촘촘하게 써서 부치면 그것도 멋지게 '사는 맛' 아니겠는가.

나의 모든 소식이 모여 당신에게 전달되는 우체통이 가장 핫한 사랑이다.

유치원

kindergarten , 幼稚園

내가 사는 아파트 단지에는 옆 단지의 유치원과 함께 두 개의 유치원이 길을 사이에 두고 나란히 있다. 아침마다 싱그럽게 지저귀는 참새 소리처럼 재잘대는 아이들을 볼 때마다 마냥 예쁘기만 하다. 노란 유치원 버스만 봐도 예쁘다. 지금은 대부분 미취학 아동을 어린이집에 보내지만, 예전에는 그냥 집에서 놀다 거의 아무것도 배우지 않은 상태에서 초등학교에 입학했다. 그래서 유치원 다닌 아이는 이미 하나의 특권을 누린 것으로 여겼다. 유치원도 별로 없었다. 그러나 이제는 동네마다 아파트 단지마다 한 개 이상의 유치원이 있다.

 좋은 유치원에 보내려고 치열하게 경쟁하는 건 예사로운 일이 되었다. 유치원에서 일찍부터 다른 아이들과 함께 어울리며 인간관계의 토대를 마련하고 즐겁게 놀고 배우면서 기초를 다지는 건 좋은 일이다. 그러나 맞벌이 부부가 늘면서 아이를 맡겨야 할 곳이 필요한 사회적 상황도 무시할 수 없다. 어린이집 구하기는 거의 모든 신혼부부의 관심사가 된다.

이런 현상과 상황을 악용하는 유치원들도 많다. 원비를 원장의 사사로운 비용으로 전횡하고 유치원 교사에게는 과다한 일을 맡기면서 박봉으로 착취하는 유치원도 많다. 급기야 이 문제가 터져 '유치원 대란'을 겪고 난항 끝에 국회에서 유치원법이 새롭게 만들어지기도 했다. 이에 반대하여 유치원을 '폐업'하겠다고 으름장을 놓는 유치원들도 나타났다. 투명하고 교육적인 유치원 마련도 중요하지만 미래 자산인 아이들을 위해 가장 좋은 사회적 요건을 갖춘 유치원을 마련하는 데에 깊은 성찰이 필요하다.

유치원은 학령 전기, 즉 만 3세부터 초등학교에 입학하기 전인 유아의 교육을 위해 유아교육법에 따라 설립, 운영되는 교육기관이다. 유치원은 언제 처음 생겼을까? 1840년 독일의 프뢰벨F. W. A. Fröbel이 '어린이의 정원'을 의미하는 kindergarten이라는 이름으로 자신의 아동관에 따라 교육원리와 교수방법을 펴기 위해 창설한 독창적인 교육기관이었다. 프뢰벨은 페스탈로치의 제자로 현대 교육을 창시한 인물 가운데 하나다. 루터교 목사의 아들로 태어나 자연에 관심이 많아 산림전문가의 도제가 되었고 중학교 교사가 되었다가 스위스에 있는 페스탈로치연구소에 들어가 근무했다. 그는 이테르텐에서 그루너G. A. Gruner를 통해서 페스탈로치에게 고취되어 아동에 대한 존중, 정서적으로 안전한 학습 환경 등의 중요성을 인식했고 이것이 훗날 프뢰벨이 유치원을 창설하는 초석이 되었다.

프뢰벨은 아이들은 아이만의 독자적인 욕구와 능력을 지니고 있다는 인식하에 현대 교육을 창시한 인물이다. 프뢰벨은 아이들이 놀이 과정에서 자신의 사고, 욕구, 소망 등을 표현할 수 있다고 믿었다. 그는 아이들이 어른의 직업적 활동과 사회화 과정을 놀이를 통하여 모방하면서 문화적 반복과정을 촉진시킬 수 있다고 생각했다. 아이들은 놀이를 통해 성인의 사회적, 경제적 활동을 모방하면서 사회화가 이루어지고, 더 넓은 집단의 삶을 점차 경험하게 된다는 것이다. 이런 생각을 바탕으로 유치원을 세웠다. 그리고 곧 유치원은 독일 전역으로 확대되었다. 그러나 1851년 프로이센의 교육부 장관 폰 라우머가 프뢰벨의 유치원이 전통적인 가치관을 경시하고 무신론과 사회주의를 퍼트린다는 황당한 죄목으로 그를 기소했고 결국 프로이센에서는 유치원이 금지되었다. 아이러니하게도 다른 나라에서는 유치원이 계속해서 설립 운영되었지만 정작 프로이센에서는 10년 동안 유치원이 다시 세워지지 않았다.

프뢰벨의 유치원을 가장 빨리 정착시킨 건 미국이었다. 1860년 피바디Elizabeth Peabody에 의해 보스턴에 처음 유치원이 설립된 이후 빠르게 확산되었다. 우리나라에 유아교육이 처음 소개된 것은 1879년의 일이다. 미국 선교사들에 의해 소개되었을 것이다. 1909년 함경북도에서 정토종포교자원에 의해 설립된 나남유치원이 유치원의 효시다. 그 이전인 1897년 부산유치원, 1900년에 인천유치원, 경성공립유치원이 있었지만 일본인 자녀를 위해 만들어진 것들이었다. 1910년에 서울에 정동유치원과 1913년에 경성유치원이 세워졌다. 지금까지 존재하는 가장 오래된 유치원인 이화유치원은 1914년에 설립되었다.

짧은 역사를 훑어봐도 유치원은 사설교육기관이었음을 알 수 있다. 그러나 전 세계적으로 유치원은 공교육의 영역으로 편입되고 있다. 유치원 대란을 겪었을 때 그 원인 제공자가 '전유총'을 비롯한 사학재단이었다는 점에서 많은 학부모들이 공립유치원의 증설을 요구한 건 그러한 글로벌한 추세를 반영한 것이기도 하다. 우리나라에서 유아교육이 정부주도형으로 바뀐 건 1983년 이후였고 공립유치원이 증가했다. 대략 공사립 유치원 수는 비슷하지만 학급과 원아의 수는 사립유치원이 더 많다. 사립유치원을 공립화해달라는 요구는 계속해서 늘 것이다. 21세기 들어 맞벌이 가정이 늘면서 사회적 요구에 따라 반일제, 시간 연장제, 종일제 등 다양한 운영 방식이 각 유치원 사정에 따라 이뤄지고 있는 건 과도기적이다. 궁극적으로 아이들은 미래의 가장 중요한 자산이며 당연히 사회적 공공재를 투자해야 한다는 적극적 개념으로 확장하는 것은 필연이기 때문이다.

모든 사립유치원도 좋은 뜻으로 많은 돈을 들여서 유치원을 설립하고 운영했을 것이다. 속되게 말해 큰돈 버는 일도 아니다. 그런데 개중에 빈틈을 노리고 허술한 점을 찾아내 돈 빼내는 걸 알게 되고 별 죄책감 없이 비리를 저지르다 그게 아예 당연한 것으로 여기게 된 이들도 많을 것이다. 그런데 그걸 질책했더니 문 닫겠다고 으름장을 놓는다. 이들의 적반하장에 아이를 가진 부모들은 분노했다. 이들이 끝내 저항했지만 국회에서 새로운 유치원법이 통과된 건 시민들의 공분에 힘입은 것이다. 일시적 문제가 아니라 근본적 문제로 접근하고 투자해야 한다. 우리 모두의 아이들이 아닌가.

노란 통학버스에서 노란 병아리들이 쏟아져나온다. 재잘재잘 종알대는 그 병아리들의 지껄임이 마냥 예쁘다. 노란 개나리가 피는 봄날, 그 장면이야말로 가장 아름다운 봄의 향연이다. 저 아이들이 어른들 싸움에 상처받지 않고 더 아름다운 세상에서 더 멋지게 살아갈 수 있는 미래를 위해 어른들이 머리 맞대고 사회도 고민해야 한다. 저들이 우리의 미래다. 생각이 바뀌어야 한다.

"교육은 사랑과 본보기다. 그 밖에는 아무것도 아니다."

"국민의 운명은 권력을 잡은 자의 손에 달려 있는 게 아니라 엄마의 손에 달렸다. 그러므로 우리는 인류의 교육자인 엄마를 계발하는 데에 노력해야 한다."

프뢰벨은 150년 전에 이렇게 말했다. 그가 말하는 엄마는 우리 모두이다. '세 살 행복 여든 간다'는 걸 배우는 곳이 유치원이면 족하다.

대문

main gate/front gate , 大門

요즘은 대문 보기 어렵다. 아파트 주거가 대세이니 대문은 없고 현관이 있을 뿐이다. 사전적 의미로 대문은 '큰 문'으로 주로 한 집의 주가 되는 출입문 혹은 성이나 담에 통행을 위해 만든 출입구를 뜻하고 현관은 건물의 출입문이나 건물에 붙여 따로 달아낸 '문간'이다. 같은 듯 다르고 다른 듯 비슷하다. '큰 대大'라는 접두사를 붙였지만 그게 꼭 거대한 문일 필요는 없다. 물론 주 출입문이니 한 집에서 가장 큰 문이기는 할 것이다.

중학교 때 오가던 계동, 가회동, 원서동에는 솟을대문 우뚝한 한옥 저택도 있었고 제대로 대문다운 대문 단 집이 여럿 있었다. 그중 하나는 럭키금성 회장 댁이었고(지금은 LG 상남도서관으로 변신했다) 다른 하나는 당시 화신백화점 회장 박흥식 댁이었다. 두 집에는 지금도 드문 수위실이 있는 거대한 대문이 있었고 밖에서 안을 전혀 들여다볼 수 없었다. 우리는 그 대문의 위세에 눌려서 지나다녔다. 그래도 당시 집마다 소박하나마 대문을 달고 살았다. 누구네 집 대문은 파란색이어서 '파란 대문집'으로 불리기도 했다. 그렇게 대문은 길과 독립한 집의 입구였고 출구였다.

대문은 차단하는 곳이 아니라 열고닫으며 들고나는 관문이다. 품고 뱉는 곳이기도 하다. 대문이 달렸다는 건 그 내부가 자신의 영토임을 선언하는 것과 같다. 가족들에게 대문은 그 영토의 진입 통로인 셈이다. 담을 두르고 있으니 대문을 제외하곤 출입할 수 없다. 대문을 무사통과할 수 있는 사람은 그 영토의 구성원이다. 그런 점에서 대문은 집의 상징이기도 했다.

아파트에도 대문이 없는 건 아니다. 현관문이 곧 대문이다. 그러나 일종의 간이문 같은 느낌이다. 마당이라는 중간 영역이 없는, 사무실 입구와 비슷하다. 마당은 단순한 영토 공간이 아니다. 크건 작건 마당은 대문에서 집 사이의 완충 공간일 뿐 아니라 벽에 갇히지 않은(물론 담의 경계는 갖고 있지만) 개방된 집의 일부다. 예전의 집들은 아무리 초라해도 그렇게 '대문 – 마당 – 집'의 관계로 짜였다. 대문이라 부르기 민망하게 그저 나무를 얼기설기 엮은 사립문일지언정 적어도 상징적으로 그 집의 관문이며 통로라는 역할은 충실하게 수행했다. 아예 시각을 차단하지 않은 채 잠금장치조차 없는 대문도 있다. 제주의 전통가옥은 막대기 세 개를 꽂은 게 대문이다. 그 숫자에 따라 주인이 있음과 없음 혹은 근처에 있음을 나타낸다. 깊은 산 속 큰 절의 입구에는 기둥 하나인 일

주문一柱門이 있는데, 그 자체로 부처님의 세계와 속세를 구별하는 경계의 상징이다. 굳이 담을 두르지 않더라도 그 문을 지날 때마다 속진俗塵을 털어내고 저절로 마음을 정화하게 하는 문이다. 그런 점에서 대문은 통과의례의 상징이기도 하다. 이렇게 대문의 상당수가 개방적인 데에 반해 아파트의 현관문은 폐쇄적이다. 그 문만 닫으면 마주보는 집과도 단절된다. 문을 통해 소통하고 교류하는 게 아니다. 도시생활이 이웃과의 단절을 촉발하는 요소는 거기에서 가장 크게 작동된다.

　중국의 옛 도시들을 가보면 가장 놀라게 되는 것 가운데 하나가 성곽과 궁의 문 크기와 구조다. 높이도 그렇지만 두께가 상상을 초월한다. 자금성(쯔진청)의 정문인 천안문(톈안먼)을 보면 입이 떡 벌어진다. 가히 접근 불가요 감히 들어갈 상상조차 불허한다. 일본의 성城도 위압적이고 폐쇄적이긴 마찬가지다. 그건 유럽의 여러 성들도 그렇다. 그에 반해 우리 궁의 문은 상대적으로 헐렁한 느낌이다. 경복궁의 정문인 광화문을 제외하고는 이궁이기는 하지만 창덕궁의 돈화문이나 창경궁의 화홍문 그리고 덕수궁의 대한문 등은 그냥 커다란 대문쯤에 불과하다. 방어적인 개념보다 상징적인 의미로서의 문처럼 느껴진다.

　나는 대문이라는 낱말을 만날 때마다 오스카 와일드Oscar Wilde의 『거인의 정원』('저만 알던 거인'으로 번역되기도 한다)이 떠오른다. 너른 정원을 소유한 거인이 오랫동안 집을 비우고 먼길을 떠났다. 동네 아이들이 거인의 정원에서 날마다 뛰어놀았다. 다시 집에 돌아온 거인은 화를 벌컥 내며 아이들을 내쫓았다. 자신의 영토에 침범한 꼬마 침입자들을 용서하지 못하는 욕심쟁이였다. 아이들이 떠나자 아름답고 따뜻한 계절도 떠나고 언제나 겨울이었다. 거인은 무작정 봄을 기다렸지만 봄소식은 없었다. 그러던 어느 날 정원에 봄이 온 것을 알았다. 담장의 작은 구멍으로 들어온 아이들이 봄을 몰고 온 것이다. 그러나 아직 구석에는 매서운 북풍이 몰아치고 있었다. 거인은 키 작은 아이가 나무에 오르지 못한 채 울고 있는 걸 보고 번쩍 들어 아이를 나뭇가지 위에 앉혀주었다. 그러자 꽃이 활짝 피고 정원에 봄이 가득했다. 아이는 거인의 뺨에 입을 맞췄다. 거인은 담장을 허물고 모든 아이들을 정원으로 초대했다. 담장은 영토의 확인이고 대문은 그 관문이다. 거인은 자신만의 영토를 가졌을지 모르지만 들고나는 대문의 빗장을 소유했을 뿐이다. 대문이 활짝 열린 거인의 정원에 비로소 봄이 온 것은 교류와 소통을 회복했다는 뜻이다. 대문은 차단이 아니라 교통의 경로다. 그런데 우리는 열기 위한 문이 아니라 닫기 위한 문을 더 많이 달고 있다.

물론 대문은 건축구조물의 정문이며 통로인 동시에 외부와의 차단과 경계(境界와 警戒의 뜻이 중의적으로 쓰이는)의 의미가 단호하다. 그러나 우리의 대문들은 상대적으로 개방적이고 느슨한 느낌이 든다. 한때 담이나 대문 위에 철조망이나 유리병 조각들을 위협적으로 설치한 적도 있었다. 내 것을 빼앗길까 두려운 마음의 담이고 대문이었다. 허술한 대문은 그저 상징적 의미일 뿐 동네 사람들이 거리낌없이 넘나들던 구조물이었던 시대는 그렇게 사라졌다.

최근 여러 신도시에는 개인주택단지가 함께 조성되는데

멋진 집들이 많다. 정해진 필지인 까닭에 집과 마당 그리고 대문의 여유가 별로 없지만 그래도 높은 담이나 폐쇄적인 대문이 별로 없어서 반갑다. 개방과 차단 혹은 폐쇄의 양가적 의미의 문은 어느 관점에서 바라보느냐에 따라 달라진다. 집의 대문만 해당되는 건 아니다. 내 마음의 대문이 어떻게 설정되었는지도 살펴봐야 할 일이다. 높은 담을 두르고 틈새 하나 허용하지 않는 갑옷 같은 대문이 내 마음을 막고 있지는 않은지 세심하게 살펴야 한다. 나라는 존재 자체가 하나의 집이고 영토다.

하나의 집이고 영토인 나의 대문은 어디에 달았는가. 입에 단 사람, 가슴에 단 사람, 머리에 단 사람 각양각색이다. 하나의 대문이 아니고, 이동 불가한 고정된 대문이 아닐 수도 있다. 어디에 있건 그 대문이 밖으로 향하는지 안으로 잠기는지를 먼저 구별하고 확실하게 해둬야 한다. 그걸 정하지 않으면 들고 나감이 모호하고 이도 저도 아닌 채 엉킨 문을 여기저기 달고 살게 된다.

그나저나 나중에 아파트를 떠나 내 집을 짓고 산다면 어깨높이의 낮고 소담한 울타리에 그 부속물처럼 예쁜 대문 하나 달아 내가 좋아하는 색깔을 칠하고 딸랑이는 종 하나 달아서 찾아오는 이들이 즐겁게 종을 울리게 하고 싶다. 내 마음에도 그런 대문과 종 하나 달면서. 문은 밖과 차단하는 장치이기도 하고 밖으로 나가는 공간이기도 하다. 또한 문은 공식적 절차를 밟아 밖에서 안으로 들이는 곳이다. 열고 닫음의 상황을 이해하는 것이 문의 존재성을 돋보이게 한다.

285

고속도로 휴게소

expressway service area

高速道路休憩所/高速公路服务区

명절이나 휴가철에 고속도로는 거대한 주차장처럼 수많은 차들로 가득하다. 시간은 자꾸만 흐르고 몸은 덩달아 지친 다. 급기야 생리적 문제까지 생긴다. 그럴 때 휴게소가 나타 나기를 간절하게 바란다. 마치 길고 긴 사막에서 오아시스를 발견하는 것처럼. 꼭 그렇게 체증이 심하지 않을 때도 긴 운 전의 피로를 덜어낼 수 있으니 휴게소는 안전운행에 도움이 된다. 허기도 해소할 수 있고 부족한 기름도 채울 수 있다. 간 단한 정비도 해결할 수 있으니 휴게소 없는 고속도로는 상상 하기 어렵다.

내가 처음 고속버스를 타본 건 1971년쯤이었던 것 같다. 그러니까 경부고속도로가 준공된 다음 해였을 것이다. 당시 고속버스는 지금처럼 한곳에 모여 있는 게 아니라 회사마다 흩어져 있었다. 한진고속과 풍전고속은 서울역 앞, 그레이하

287

운드(흔히 '개 그린 버스'라고 불렸다. 2층 버스였고 뒷자리에
화장실이 마련된 '미제 버스'였다)는 후암동, 광주고속은 양동,
동양고속은 공평동, 삼화고속은 종로2가, 속리산고속은 을
지로3가, 유신고속은 저동에 있었고 한일·천일·한남고속은
을지로 6가에 있었다. 처음 탔던 버스는 한진고속이었던 것
으로 기억한다. 당시에는 '고속버스 안내양'이 맨 앞자리에
앉아서 자잘한 서비스를 했는데 어린 내 눈에는 모두 예쁜
누나들이었다. 사탕도 주고 물도 주는 게 신기했다.

지금은 200개 넘는 고속도로 휴게소들이 있지만 추풍령
휴게소가 처음이었고 매우 유명했다. 그곳은 아예 관광명소
였다. 운전에 지치거나 생리현상을 겪을 때 휴게소는 반갑
다. 평소에는 군것질하지 않아도 이상하게 휴게소에 들르면
그냥 빈손으로 차에 오르기가 아쉽다. 호두과자는 아예 필수
품의 반열에 올랐다. 가장 많이 팔리는 건 커피(아메리카노가
매출 1위, 캔커피가 매출 2위를 차지한다고 하니 가히 커피공화
국이다)라고 한다. 요즘은 각종 휴게소 먹거리가 TV 등을 통
해 유명세를 타면서 성지순례하듯 메뉴별로 휴게소를 찾는
젊은이들도 늘고 있단다.

고속도로 휴게소는 '고속도로에 설치된 편의시설'로 영
어로는 service area다(rest area는 졸음쉼터). 일본에서는 간
이 휴게소로 부르고 규모가 작거나 주차시설만 있는 휴게소
는 parking area라고 부른다고 한다. 주로 화장실, 식당, 편
의점, 주유소, LPG충전소, 정비소 등의 시설을 갖추고 있다.
최근에는 전기자동차의 보급이 늘어나면서 전기자동차 충
전소를 설치한 고속도로 휴게소도 늘고 있다. 또한 트럭 기

사들의 편의를 위한 휴게소도 있다. 겉보기엔 별다른 차이는 없지만 주차장에 화물차 전용공간이 매우 많고, 화물차 기사들을 위한 샤워 및 수면시설이 제공되는 차이점이 있다.

고속도로 휴게소는 언제 처음 생겼을까? 당연히 고속도로가 생긴 이후일 것이다. 세계 최초의 고속도로는 히틀러가 만든 독일의 아우토반이다. 거기에는 '세계 최초의 휴게소'라고 등록된 곳들이 있다고 한다. 고속도로가 가장 많이 발달한 곳이 미국이니 당연히 미국에는 수많은 고속도로 휴게소가 있을 것이라 생각하기 쉽지만, 미국에는 한국이나 일본과 같은 형태의 고속도로 휴게소가 없다. 미국의 휴게소는 우리처럼 도로 중간에 있는 게 아니라 인터체인지에 있는 스퀘어에 여러 상업시설이 모여 있는 방식이다. 거기에 몰, 모텔, 식당가 등이 모여 있어서 지역주민들도 이용할 수 있는 일종의 근린시설에 가깝다. 물론 고속도로 중간중간에 주유소와 간단한 스낵바가 함께 있는 곳들도 있지만 우리에게 익숙한 방식의 고속도로 휴게소는 아니다. 그리고 휴게소 간격도 한국보다 훨씬 길다. 그러나 유럽의 경우에는 버스나 트럭 운전사들이 일정 시간이 지나 계속해서 운전하면 범칙금을 부여한다(예를 들어 2시간 이상 계속해서 운전할 수 없고 모든 운전 과정이 타코미터[운행기록장치]에 찍히기 때문에 감추거나 조작할 수 없다). 우리나라에서도 여객자동차 운수사업법에서는 아예 고속버스, 시외버스, 관광버스 운전자는 2시간마다 15분 휴식을 해야 한다고 명시해놓았다. 휴게소가 그 시간 범위 내에 있을 수밖에 없다. 이용객의 편의를 제공할 뿐 아니라 운전자의 피로로 인한 졸음운전이나 갑작스런 차량 고장 등의 사고를 예방하는 역할을 하기도 하는 휴게소의 설치 기준은 우리나라의 경우 강제적이지는 않지만 (민자고속도로인 대구 – 부산고속도로는 전 구간에 청도휴게소 하나뿐이다) 과거 50km에서 이제는 25km 간격으로 설치해야 한다.

예전에는 지저분하고 비위생적인 시설과 운영도 흔했다. 하지만 1995년부터 휴게소 사업이 민영화되어 입찰제가 도입되고 2000년대에 들어서면서 고속도로망이 비약적으로 늘면서 휴게소도 서비스와 시설의 수준이 아주 높아졌다. 휴식과 요기를 넘어 오락과 문화공간으로까지 진화하고 있다. 우리나라 휴게소는 세계적으로도 인정받는다. 그러나 독점에 의한 과도한 이윤 추구로 인해 맛에 비해 비싼 가격으로 비난받는다. 과다한 수수료 탓이기도 하지만 다른 선택이 없어서 배짱 장사를 할 수 있기 때문이다.

지루한 운전이나 긴 여행에서 휴게소는 반갑고 고맙다. 이제는 주변의 환경도 좋고 시설도 현대적이며 어떤 곳은 심지어 예술적이기까지 한 곳도 있다. 잠시 쉬는 건 단순한 휴식과 충전에 그치지 않고 운전할 때 볼 수 없던 다른 곳에 시선을 던질 수 있는 환기와 여유까지 누리는 것이다. 삶에서도 그런 휴게소를 적당히 마련하되 그 내용을 진화하면 더욱 좋을 것이다. 또 누군가에게 내가 휴게소와 같은 역할을 할 수 있으면 그것만으로도 내 삶은 상찬할 만한 것이 될 것이다.

1970년대 참 신기하기만 했던 고속도로 휴게소도 이젠 거의 기억나지 않는다. 고속버스의 놀라움도 이제는 모두 옛날 이야기일 뿐이다. 더 많은 변화가 더 빠르게 일어날 것이다.

그래도 휴게소와 고속도로의 역할과 본질은 크게 바뀌지 않을 것이다. 며칠 뒤 지방에 내려갈 때는 어떤 휴게소에서 무엇을 해볼지 문득 궁금해진다. 달리기만 할 줄 알면 뭐하나. 잠시 숨 고르고 지친 몸과 마음 걸어둘(憩) 줄도 알아야지. 인생도 마찬가지.

차표

"차표 한 장 손에 들고 떠나야 하네~" 송대관이 부른 〈차표 한 장〉의 노랫말 한 구절이다. 사랑했지만 끝내 서로 다른 방향으로 기차를 타고 떠나야 하는 연인들의 안타까움이 담긴 노래다. 트로트 열풍에 요즘은 아이들도 트로트를 구성지게 부르기도 하는데 정작 '차표'를 본 적은 거의 없을 것이다. 카드로 모든 승차권이 해결되는 세상이니 "카드 한 장 손에 들고 떠나야 하네~"로 가사가 바뀔지도 모르겠다.

나는 차표에 대한 묘한 강박이 있음을 고백하지 않을 수 없다. 기차를 타고 얼마 지나 차장이 검표할 때는 분명히 있었는데 내려야 할 곳에 가까워지면 주머니 여기저기를 아무리 뒤져도 차표를 찾을 수가 없다. 곤혹스러운 낭패다. 실제로 그래서 내리지 못한 경우가 딱 한 번 있기는 했다. 그때도 나중에 차표를 엉뚱한 곳에서 찾고 얼마나 망연했는지! 그 이후로 차표를 잃어버릴지 모른다는 강박이 생겼다. 그래서 요즘처럼 모바일 티켓이 생긴 게 나로서는 여간 반가운 일이 아니다.

내 손으로 버스나 전차를 탈 때 처음 낸 돈은 '5전'이었던 것으로 기억한다. 5원도 아닌 5전이라니 이상하겠지만 내가 미취학 아동이었을 때는 '원'보다 낮은 단위의 '전'이 있었다. 중학교 때는 돈과 함께 회수권을 썼다. 재주가 좋은 녀석들은 10장짜리 회수권을 교묘하게 11장으로 만들어서 1장은 학교 앞 빵집에서 빵으로 바꿔 먹는 신공을 발휘하기도 했다. 그 뒤에 토큰이 생겼고 이제는 카드를 사용한다. 그것도 전국 어디서나 통하는 카드로. 참 편해졌다.

그래도 차표라고 하면 기차표다. 딱딱한 작은 종이에는 타는 역과 내릴 역이 적혀 있고 좌석 표기는 없었다. 일명 에드몬슨식 승차권이다. 흔히 '딱지 승차권'이라고 불렀다. 먼저 타는 게 임자라서 개찰구 앞에서 줄지어 서 있다가 표 한 귀퉁이를 '톡' 찍어내는 절차를 거친 뒤 부리나케 기차 플랫폼으로 달려갔다(어느 해인가 용산에서 출발하는 호남선 귀성열차에 사람들이 한꺼번에 몰려 달려가다 사람이 깔려 죽은 일도 있었다). 개찰할 때의 그 '톡' 소리는 마치 손톱 깎는 소리와 비슷했다. 그러나 그 차표도 사라지고 컴퓨터로 프린트된 용지로 대체되었고 이제는 그것도 모바일 티켓으로 바뀌었다. 매표소에 가서 줄 서서 기다렸다가 기차표를 살 일도 없어졌다. 그냥 아무때나 어디서나 스마트폰으로 결제할 수 있다. 중국에서는 전자상거래 업체인 알리바바가 블록체인으로 기차표를 예매할 수 있는 방식을 도입하고 있다. 자료를 찾아보니 경부철도 최초의 기차표에는 열차 식당차의 식권도 있었다.

세계 최초의 기차는 1800년대 초반 영국에서 만든 페니다 렌호Penydarren였다. 초기 운임 수수 방법은 다양했다. 대개는 손으로 써서 작업했는데 승차권 숫자만 바꾸면 발권내역을 만들 수도 있었다. 역무원이나 차장이 일일이 전표에 구간 과 요금을 적고 돈을 받아 표를 끊어주는 대용승차권 형태였 다. 1등석 요금을 받고 2등석으로 끊어주며 자리는 1등석으 로 주는 등 마음만 먹으면 조작해서 횡령할 수 있었다. 회사 입장에서는 발권 수는 많은데 정작 수입은 늘지 않아서 고민 할 수밖에 없었다. 이 문제를 해결한 사람이 바로 토마스 에 드몬슨Thomas Edmondson이었다. 철도회사 '뉴캐슬 – 칼라일' 에 입사해서 스콧비역을 거쳐 밀턴역의 역장이 된 에드몬슨 은 이러한 횡령 문제를 해결하기 위한 방책을 모색했다. 밀 턴역이 상대적으로 한가해서 그가 연구에 몰두할 수 있는 시 간 여유가 많은 덕분이기도 했다. 그는 승차권의 발매내역을 정확하게 관리하기 위해 수작업 대신 기계식이 필요하다고 결론을 내리고 신개념 승차권 발매기를 발명했다.

우선 휴대하기 편하게 39mm×29mm 크기에 일련번호 가 순서대로 적힌 승차권을 대량으로 찍는 기계를 제작했다. 승차권을 장전한 뒤 재봉틀처럼 핸들로 돌려 일련번호와 발 매내역을 인쇄하고 다시 뒤집어 출발역과 도착역, 열차 시 간과 요금을 기재하는 방식이었다. 당시 목판이 나중에 금속 활자로 바뀌고 수동이 자동으로 바뀐 것 빼고는 그가 제작한 방식이 그대로 유지되었다. 특허출원을 했지만 다른 회사에

에드몬슨이 발매기를 통해 발매한
승차권(밀턴 - 칼라일, 운임은 1파
운드, 일련번호 691)

에드몬슨식 승차권

서 별 관심을 보이지 않다가 1839년 그가 철도회사 '맨체스
터 - 리즈'로 옮겼을 때 회사는 그의 방식을 채택하여 본격적
으로 사용했다.

서양 철도를 들여온 일본은 이 방식을 사용했고 아직도 이
기차표를 사용하는 곳이 많다(에드몬슨식 승차권에 자성을 입
혀서 전산화에 대응하고 있는 철도회사도 있다). 1899년 우리
나라에도 최초로 경인선 증기기관차가 운행을 시작했다. 미
국인 모스가 부설권을 따냈지만 기술력과 자금 부족을 틈타
일본이 넘겨받았고 철도를 부설했다. 자연스럽게 에드몬슨
식 차표를 사용했다. 그렇게 오랫동안 사용되던 딱지 기차표
는 이제 완전히 박물관의 유물로 남겨졌지만 여전히 그 차표
의 향수는 남아 있다.

차표도 많이 변해서 주로 모바일 티켓과 카드로 결제하는
시스템이 거의 대부분이니 이제는 차표를 잃어버리거나 어
디에 보관했는지 몰라 당혹스러울 수 있는 환경은 사라졌다.
그렇게 나의 강박증도 사라졌을 것이다. 그러나 이상하게도
나는 그 강박증이 다시 돌아오더라도 손의 촉감으로 느낄 수

있는 차표가 여전히 그립다. 차표는 어디론가 떠나도 좋다는 여권과도 같다. 특히 기차표는 여전히 그렇다. 그래서 나에게 차표는 강박증과 더불어 자유와 탈출의 상징인지도 모르겠다. 어떤 차표든 지갑에 하나 마련하고 살아야지. 숨통은 트고 살아야지 않겠는가.

원철 ， 차표

명사의 초대
이름을 불러 삶을 묻는다

초판 1쇄 인쇄 2020년 9월 17일
초판 1쇄 발행 2020년 9월 27일

지은이 김경집 | **펴낸이** 신정민

편집 신정민 김승주 이희연 | **디자인** 강혜림 | **저작권** 한문숙 김지영 이영은
마케팅 정민호 김경환 | **홍보** 김희숙 김상만 지문희 김현지
모니터링 이원주 | **제작** 강신은 김동욱 임현식 | **제작처** 상지사

펴낸곳 ㈜교유당
출판등록 2019년 5월 24일 제406-2019-000052호

주소 10881 경기도 파주시 회동길 210
문의전화 031)955-8891(마케팅), 031)955-2680(편집)
팩스 031)955-8855
전자우편 gyoyudang@munhak.com

ISBN 979-11-90277-80-8 03810